KB234489

성홍근 역사소설

연오랑 세오녀

Ⓚ(주)학은미디어

〈삼국유사〉 기이편 / 연오랑 세오녀

저자 일연一然 / 번역 정민호

제8대 아달라왕이 즉위한 4년 정유丁酉(AD 157)에 동해 바닷가에 연오랑과 세오녀 부부가 살고 있었다. 어느 날 연오랑이 바닷가에 나가 해조海藻를 따고 있었는데 갑자기 바위 하나가(혹은 고기 한 마리가) 나타나더니 연오랑을 업고 일본으로 가 버렸다. 이것을 본 나라(일본) 사람들이 "이는 범상한 사람이 아니다." 하고 세워서 왕을 삼았다. 〔일본제기日本帝記를 상고해 보면 전후前後에 신라 사람으로 왕이 된 자는 없다. 그러니 이는 변읍邊邑의 조그만 왕이고 참말 왕은 아닐 것이다.〕 세오녀는 남편이 돌아오지 않는 것이 이상해서 바닷가에 나가 찾아보니 남편이 벗어 놓은 신이 있었다. 바위 위에 올라갔더니 그 바위는 또한 세오녀를 업고 마치 연오랑 때처럼 일본으로 갔다. 그 나라 사람들은 놀라고 이상히 여겨 왕에게 이 사실을 아뢰었다. 이리하여 부부가 서로 만나게 되어 그녀로 귀비貴妃를 삼았다.

이때 신라에서는 해와 달이 광채가 없어졌다. 일자日者(일관)가 왕에게 아뢰기를 "해와 달의 정기가 우리나라에 내려 있었는데 이제 일본으로 가 버렸기 때문에 이러한 괴변이 생기는 것입니다." 했다. 왕이 사자使者를 보내서 두 사람을 찾으니 연오랑은 말한다.

"내가 이 나라에 온 것은 하늘이 시키는 일인데 어찌 돌아갈 수 있 겠는가. 그러나 나의 비妃가 짠 고운 비단이 있으니 이것으로 하늘에 제사를 드리면 될 것이다." 하였다.

이렇게 말하고 비단을 주니 사자가 돌아와서 사실을 보고하고 그의 말대로 하늘에 제사를 드렸다. 그런 뒤에 해와 달의 정기가 전과 같았 다. 이에 그 비단을 임금의 창고에 간수하고 국보國寶로 삼으니, 그 창 고를 귀비고貴妃庫라 한다. 또 하늘에 제사 지낸 곳을 영일현迎日縣이 라 하며 또는 도기야都祈野라고도 한다.

「원문」

三國遺事 / 奇異 / 延烏郎 細烏女

第八阿達羅王 卽位四年丁酉 東海濱 有延烏郎 細烏女 夫婦而居 一日 延烏歸海採藻 忽有一巖（一云一魚）負歸日本 國人 見之曰 此 非常人 也 乃立爲王 [按 日本帝記 前後 無 新羅人爲王者 此乃邊邑小王 而非 眞王也] 細烏 怪夫不來 歸尋之 見夫脫鞋 亦上其巖 巖亦負歸如前 其 國人 驚訝 奏獻於王 夫婦相會 立爲貴妃 是時 新羅 日月無光 日者奏云 日月之精 降在我國 今居日本 故 致斯怪 王 遣使 求二人 延烏曰. 我到 此國 天使然也 今何歸乎 雖然 朕之妃 有所織細綃 以此 祭天可矣 仍使 其綃 使人 來奏 依其言而祭之 然後 日月如舊 藏其綃於御庫 爲國寶 名 其庫 爲貴妃庫 祭天所名 迎日縣 又 都祈野

1

  산과 들에 가득한 3월(음력)의 햇살에 나무와 풀이 메마른 겨울의 칙칙한 허물을 벗어던지고 싱그러운 새옷으로 갈아입었다. 소리 없이 부는 바람에 풋풋한 향내가 묻어온다.

  낮고 넓은 도기야 언덕은 철부鐵夫의 자랑이다. 1천 마리 갈기 서운 말이 땅 뿌리 흔들며 나란히 달리고, 1만의 군사가 한 폭 깃발 아래 진을 꾸며 싸울 수 있는 탁 트인 벌판이다. 백성들이 가꾸는 논과 밭, 소와 말을 살찌우는 풀밭이 아득하게 펼쳐져 있다. 동녘에는 높지 않은 앞산이 바다를 가렸고, 개울 건너로 물러난 서산 마루는 더 나지막이 고개 숙였다. 길게 뻗어 나간 반도의 품에 안긴 안바다(영일만)가 북으로 내다보인다.

고요하던 언덕마을 당평에서 한 줄이 길게 이어져 남으로 내닫는다. 하나·둘·셋·넷…, 가벼운 차림의 기마군騎馬軍이 서른은 넉넉하다. 오랜만에 장군 철부가 다 자란 아들과 부하들을 데리고 나섰다. 빠르지도 느리지도 않게 나아가 얕은 개울을 건너고 동쪽으로 꺾어지니 금방 장승백이 재 밑이다.

한걸음에 고갯마루로 올라서며 잠깐 멈추고 뒤돌아섰다. 바다로 흘러드는 맏내(형산강)와 내 어귀의 섬들이 긴가민가하다. 내를 거슬러 남으로 80리에 서라벌이 있다. 걸어가든 배를 타든 가벼운 하룻길이다.

사로국 2백 년에 서라벌은 몰라보게 달라졌다. 풀과 나무가 마구 뒤엉키고 뭇 짐승이 날뛰던 들녘과 골짜기가 사람이 모여들고 진기한 문물이 넘쳐나는 반듯한 고을로 바뀌었다. 하지만 그에게 서라벌은 꿈의 땅이 아니라 숨 막히는 새장이다. 높고 푸른 하늘을 훨훨 날아야 할 새에게 새장의 번쩍번쩍 빛나는 치장이 무엇이던가? 다시는 돌아가고 싶지 않다. 찬바람 제멋대로 휩쓸고 지나가는 이 거칠고 쓸쓸한 언덕에서는 누구의 눈치도 살피지 않고 살아갈 수 있다.

이런저런 생각에 잠겼던 철부는 졸다 깨어난 사람처럼 갑자기 고개를 번쩍 쳐들고 부장副將들을 불러 세운다.

"여보게, 주타로."

분명히 왜놈 이름인데 선뜻 앞에 나선 차림이 옆 사람과 다름없다.

"열너덧 데리고 똑바로 나아가 미잇재를 넘고 칡밭[漆田]으로 나와 갑바우에서 만나세."

"예, 장군."

“우대랑, 오른쪽 골짜기로 들어가 칠등재를 넘고 불말골과 잣내를 지나면 갑바우 아닌가? 우리는 그길로 가세.”

“예, 장군.”

주타로가 웃으면서 건너다본다.

“장군께서 가실 길이 험하군요.”

“괜찮다. 나는 괜찮아.”

“험한 골짜기에 짐승이 많을 텐데 오늘 사냥은 제가 이기기 어렵겠네요.”

“뭐라고? 핫 핫 핫.”

“핫 핫 핫.”

“핫 핫 핫.”

둘러선 모두가 한바탕 크게 웃고는 곧 편을 가르고 말머리를 돌려 헤어진다. 아들도 주타로를 따라갔다. 철부는 애써 돌아보지 않았지만 점점 멀어지는 그들의 말굽 소리에 귀 기울인다.

“녀석이 벌써 열다섯 아닌가? 호랑이는 아니라도 큼직한 멧돼지 나한 마리 잡아 오려나?”

그는 무리를 이끌고 깊은 골짜기로 말을 몰아갔다. 흐드러지게 피어났던 고운 진달래가 모두 떨어지자 눈곱 같던 움이 하루 다르게 자라나 여린 손을 내밀고 있다. 이제 막 알에서 깨어났을 실뱀이 풀포기 사이로 소리 없이 미끄러지고 불거진 눈망울을 굴리던 개구리가 나보란 듯 풀쩍 뛰어오른다. 바람에 나부끼는 산새의 울음이 한결 매끄럽다. 짐승이 다닐 만한 곳을 눈여겨 살폈지만 칠등재 밑에 이르기까지 사냥감은 눈에 띄지 않았다. 다람쥐나 청설모 몇 마리가 나뭇가지를 어지럽게 오르내릴 뿐이었다.

철부는 말에서 내려 고삐를 잡고 가파른 재를 넘어 불말골 어귀에 이르렀다. 앞서가던 군졸이 걸음을 멈추고 몸을 낮춰 우거진 수풀 사이로 눈길을 모으더니 오른손을 번쩍 들어 짐승이 나타났다는 티를 냈다. 얼른 옆으로 다가가 가리키는 쪽을 보았다. 쉰 걸음 넘게 떨어진 수풀 안에서 멧돼지 한 마리가 고개를 이리 돌리고 저리 돌리며 살피고 있다. 제법 큰 놈이다.

"쳇, 멧돼지로구나. 호랑이는 모두 어디로 갔지?"

철부는 문득 화살 한 대로 호랑이를 잡아 서라벌 천지를 발칵 뒤집어 놓았던 옛날을 떠올렸다.

호랑이는 굶주려도 풀을 뜯지 않는다고 한다. 살아 있는 짐승의 싱싱한 고기만 먹는다. 사슴이나 멧돼지 천 마리 사는 곳에 겨우 한 마리가 살 수 있을 테니 흔하지 않다. 어쩌다 마주쳐도 워낙 재빠르고 사나워 결코 만만한 상대가 아니다.

한 몸 기댈 곳이 없고 한 끼 밥조차 어렵던 열다섯 살 때였다. 날만 새면 어울리던 친구들이 어느 날 그가 외롭게 홀로 사는 아이라고 알자 갑자기 얼굴빛을 확 바꿨다.

"너는 아비어미도 없는 놈이라며?"

"일찍 돌아가셨을 뿐이다. 아비어미 없이 어떻게 사람이 태어나나?"

"이 자식 말하는 꼴 좀 봐. 누군지 모르니 없는 거지 뭐. 너같이 뿌리 없는 놈하고 친구하면 아버지께 야단맞아."

"뭐라고? 설마 길원吉元 장군을 모르지는 않겠지? 우리 아버지는 길원 장군 따라가 마두성馬頭城에서 가야군과 싸우다 돌아가신 사로국의 용사다."

"그걸 어떻게 믿나? 거짓말은 듣기 싫다. 그해 태어났다고 쳐도 지금은 열여섯 살이다. 내가 바로 그해 태어났거든. 넌 열다섯이라고 했잖아?"

"낱낱이 가르쳐 줘도 말귀 못 알아듣는구나. 할 말 없네."

"할 말 없는 건 바로 우리다. 다시는 따라다니지 마라."

그렇게 하나둘 등을 돌려 버렸다. 차마 자신이 이러 이렇게 태어난 유복자遺腹子라고 밝히고 싶지 않았다. 그 말을 입 밖에 내자마자 스스로 슬픔을 참지 못하여 엉엉 울어 버릴까 봐 두려웠다.

모두가 곁을 떠났으나 오직 사량부 촌장의 아들 비연랑飛燕郎만은 한결같이 친구로 남았다.

늦가을 어느 날 아침 비연랑이 난데없이 활과 화살 한 대를 들고 와서 자랑했다. 시위를 당겨 보니 엄청난 강궁이었다.

부러운 듯 만져보다 물었다.

"정말 멋진 활이구나. 어디서 났니?"

"아버지 것이야."

"잠깐 빌려줄래? 우리 이 활로 호랑이 잡으러 가자. 호랑이야말로 사나이가 사냥할 짐승이다."

"사나이가 사냥할 짐승이라고?"

철부는 등 돌려 버린 녀석들에게 자기의 참모습을 보여 주고 싶었다.

"이봐, 비연랑! 너와 나는 당당한 사나이다. 고작 조무래기 몇 놈

끌고 다니며 큰소리치는 골목대장과는 영 다르지. 저들은 호랑이 보면 바지에 오줌 싸고 말걸. 우리 이 활로 호랑이 잡자."

"화살이 한 대뿐인데?"

"하나면 됐지 뭐. 그런데 화살이 어쩐지 좀 작고 약해 보이네. 쇠꺽지 찾아가 날카롭고 큼직한 촉 하나 만들어 달래자."

"쇠꺽지가 누군데?"

쇠꺽지는 할머니 살아 계실 적에 이웃에 살던 나이가 다섯 살이나 더 많은 친구로 어느 날부터 갑자기 보이지 않았는데 두세 해나 지난 며칠 전 거리에서 만났다. 자기는 어느 높은 사람의 작은 대장간 편수라고 했다. 철부는 따라간 비연랑을 문 앞에 세워 두고 들어가 쇠꺽지를 만났다.

"잘 있었나, 친구?"

"철부구나! 입에 젖 냄새 풍기는 네가 건방지게 날보고 친구라고? 핫 핫. 오랜만에 만났으니 반가워서 한번만 봐주겠다. 웬일이냐?"

"친구 아니란 말인가? 나를 등진 놈은 혼내 줘야 하는데 보고 싶던 참이라 오늘은 참겠다. 핫 핫. 너 만나 화살촉 하나 얻으려고."

"좋은 것 보여 줄까?"

그는 날카롭고 큼직한 화살촉 하나를 가져왔다.

"엄청난 촉이구나. 이거 누가 만들었나?"

"내가 만들었어. 이건 예사 촉이 아니야. 쇠라도 뚫고 들어간다. 서라벌에선 어느 누구도 이런 걸 만들지 못해. 너희 할머니 돌아가시고 얼마 뒤에 나는 아무도 모르게 변한으로 가서 목숨 내걸고 쇠 다루는 솜씨를 몰래 익혀 돌아왔단다. 내가 만든 칼과 이 촉은 다른 사람이 결코 만들 수 없다. 이걸 내가 만들었다고 아무에게도 말하지 마라. 알았지? 말하면 큰일 난다. 약속하지?"

"다른 사람에게 말하지 말라며 내겐 왜 털어놓나?"

"네가 아니면 털어놓을 친구가 없거든."

"고마워. 네가 아무도 만들지 못하는 화살촉을 만들 줄 아는 편수라는 걸 잊어버리지 않겠다. 다음에 또 만나자."

"다음 만날 때는 너라지 갈고 형이라 불러야 한다는 것도 잊지 마라. 핫 핫."

철부는 화살촉을 비연랑에게 보이고 화살대에 갈아 꽂으며 말했다.

"이 날카롭고 큼직한 촉 좀 봐라. 이 화살 대갈통에 꽂혀 안 죽을 짐승 있겠나?"

비연랑이 걱정스럽게 물었다.

"정말 호랑이 잡으러 갈 거니? 이 화살 빗나가면 어떡해?"

"잡아먹히는 거지."

"뭐라고? 잡아먹혀?"

"핫 핫. 웃으려고 한 말이다. 빗나가지 않아. 맹세코 그런 일은 없을 게다. 틀림없이 이 한 더로 호랑이를 잡아 서라벌 사람들에게 보여 주고 말 것이야. 넌 내 말 믿지?"

"그럼. 믿고말고."

비연랑이 갖고 온 주먹밥 먹고 난 나머지를 보자기째 허리춤에 꿰찬 둘은 무턱대고 깊은 산속으로 들어갔다. 오로지 호랑이를 잡겠다는 마음뿐이어서 우거진 수풀을 헤치며 저들도 모르는 사이에 고개를 몇이나 넘었다.

“철부야, 호랑이가 안 보이네. 날씨도 추운데 그만 돌아가자.”

“빈손으로 돌아가겠다고? 저 고개만 넘어 보자. 어쩐지 꼭 나타날 것 같아.”

이렇게 하루 내내 헤매 다니다 어느새 해가 지고 날이 저물어 버렸다.

“여기가 어디쯤일까?”

골짜기나 등성이가 모두 낯설었고 꽤 깊은 산속이 틀림없었다. 쌀쌀한 밤바람이 두 겨드랑이로 파고든다. 그새 서리가 내려 옷자락이 차갑게 젖어 버렸다.

비연랑이 떨리는 목소리로 중얼거렸다.

“아이 추워. 길 잃었나 봐. 이러다 얼어 죽겠다.”

“걱정 마라. 아직 얼음도 얼지 않았는데 설마 얼어 죽을라고? 내가 안아 줄게.”

둘이 바위 밑에 웅크리고 앉아 번갈아 서로 껴안으며 추위를 견디고 있을 때 멀지 않은 곳에 짐승의 두 눈에서 나오는 시퍼런 불빛이 나타났다.

“호 호 호랑이다.”

먼저 본 비연랑이 철부의 등 뒤로 돌아서며 귀에다 대고 기어들어 가는 목소리로 말했다. 환한 달빛에 검은 줄무늬와 길게 늘어뜨려 끝을 살짝 들어 올린 꼬리가 아름드리 소나무 사이로 천천히 움직인다. 한발 한발 걷다가는 서고 섰다가는 걸으며 고개를 이리 돌리고 저리 돌리더니 목을 길게 늘여 코를 땅에 가까이 했다가 다시 움츠린다. 큰 호랑이였다. 사람 냄새를 맡았을까?

철부는 두려워하지 않았다. 지나간 세 해 동안 외롭고 슬픈 삶에 시달리며 어떤 두려움도 짓밟고 일어설 만큼 거칠게 살아왔다.

시위에 화살을 먹이고 마음을 다잡아 하나로 모으면서 젖 먹은 힘까지 다하여 당겼다. 활이 휘어질 대로 휘어졌다가 숨을 멈춘 사이 화살이 '핑—' 하는 뒷소리를 남기고 시위를 떠났다. 그 순간에 호랑이는 '캥' 하며 풀쩍 뛰어오르더니 땅바닥에 곤두박질하여 두세 차례 펄떡펄떡 날뛰다가 네 다리를 쭉 뻗고 벌렁 누워 버린다. 시퍼런 불을 내뿜던 두 눈이 과녁이 되어 갓난아기 손바닥 크기의 날 선 화살촉이 머리통 가운데로 깊숙이 뚫고 들어갔다. 아무리 사나운 짐승이라도 어쩔 수가 없었다.

호랑이를 잡자 두 아이를 덜덜 떨게 몰아세우던 추위는 저절로 사라지고, 밤이라 눈에 보이지는 않았지만 철부의 얼굴은 기쁨과 자랑스러움이 넘쳤을 것이다.

"호랑이 잡았다, 비연랑!"

"잡았다, 잡았어."

둘은 서로 덥석 껴안고 펄쩍펄쩍 뛰었다. 칡덩굴을 뜯어 호랑이 네 다리를 묶고 긴 막대기에 꿰어 앞뒤로 어깨에 메고는 낑낑거리며 산을 내려왔다. 호랑이 무게에 눌려 숨이 차오르자 잠깐 내려놓으며 비연랑이 물었다.

"활 솜씨가 귀신같구나. 정말 귀신이야. 누가 가르쳐 줬니?"

"말할 수 없어."

"우리 사이에 그것도 말 못해?"

철부는 등 돌리고 가 버린 친구들의 얼굴과 네가 아니면 털어놓을 친구가 없다던 쇠꺽지의 말이 떠올랐다. 이제 비연랑이 아니면 혼자만 간직해 오던 자기의 옛날을 믿어 줄 사람을 다시는 찾지 못할지도 모른다.

"넌 내 친구 맞지? 내 말을 믿을 수 있지? 믿지 않을 사람에게 이야기해서 뭘 하나?"

"믿고말고. 내가 왜 네 말을 믿지 못하겠니?"

"그럼 말하지. 할머니가 가르쳐 주셨어."

"뭣, 할머니가? 내 참! 할머니라면 여자 아닌가? 여자가 활을 잘 쏘았나?"

"그럼. 잘 쏘고말고. 할머니는 주몽 대왕의 손녀였으니까."

"어! 정말? 정말?"

"너 알지? 바늘구멍도 맞힌다는 고구려 시조 주몽 대왕. 할머니는 당신 할아버지 주몽 대왕의 피를 물려받아 말도 잘 타고 활은 기막히게 잘 쏘았어. 내가 일곱 살 때부터 할머니가 활쏘기를 가르쳐 주셨단다. 배운다고 다 되나? 재주는 타고난다."

"언젠가 넌 탈해 대왕의 후손이라고 말하지 않았나? 이번에는 주몽 대왕?"

"그래, 맞아. 잊어버리지 않았네. 할아버지가 탈해 대왕의 손자 아닌가? 탈해 대왕과 주몽 대왕의 피가 함께 내 몸에 흐르고 있다는 거지."

"고구려 주몽 대왕 손녀가 어떻게 사로국에 시집왔니? 정말이냐?"

"할아버지가 젊었을 때 세상을 돌아보러 북쪽으로 가셨다가 할머니를 만났대. 할머니는 할아버지를 보자 한눈에 반해서 남편 버리고 따라왔다더라. 거짓말 같지?"

"네가 설마 거짓말하겠나? 누가 뭐래도 널 믿어."

"믿어 줘서 고맙다, 비연랑!"

호랑이 메고 오기는 잡기보다 훨씬 힘들었다. 마을에 이르자 둘은 녹초가 되어 길가에 털썩 주저앉아 버렸다. 어느새 날이 훤하게 밝아지자 사람들이 하나둘 모여들었다.

지나가던 낮은 벼슬아치가 다가와 비연랑에게 물었다.

"웬 호랑이냐?"

"우리가 잡았어요. 이 활르요."

"웃기지 마라. 너 같은 풋내기가 어떻게 이걸 잡나?"

"웃긴다고요? 아저씨, 눈은 왜 달고 다니죠? 호랑이 대가리에 화살 박힌 것 한번 보소."

"애들이 날 놀리나? 어디 보자. 앗, 그렇네. 화살이 대가리를 뚫었구나. 이 호랑이 가죽 내게 팔래? 은 열 냥, 아니 스무 냥 줄게."

듣고 있던 철부는 속으로 깜짝 놀랐다. 은을 스무 냥이나 주겠다고? 스무 냥이라면 엄청나게 큰 돈이다. 호랑이 가죽이 아주 값지다는 것을 처음으로 알았다. 그렇게 값진 보물이라면 나라님에게 바쳐야 마땅하다고 생각했다.

"팔지 않겠소."

철부가 한마디로 딱 잘라 버렸다.

그새 비연랑의 집에서는 야단이 났다. 오간다는 말 없이 아버지 활 갖고 나가서 해가 저물고 긴 밤이 다하도록 돌아오지 않았다. 가족과 노복들이 이리저리 애타게 찾아다녔지만 보았다는 사람이 없었다. 단짝 친구라던 철부에게 물어보려 했으나 집이 어디에 있는지 아무도 몰랐다.

"철분가 뭔가 그 아비어미 없다는 녀석하고 늘 어울리더니…."

대놓고 원망하며 밤새 속 타던 비연랑의 아버지는 아들이 무사히 돌아오자 크게 기뻤다. 놀랍게도 호랑이까지 메고 왔으니 이게 웬일인가? 그러다 호랑이 잡은 이야기를 듣고는 가슴을 쓸어내렸다.

"이름이 철부라 했지? 넌 참으로 간도 크구나. 한 대뿐인 화살이 빗나갔으면 어쩔 뻔했지?"

"그런 일은 없습니다. 친구를 지켜 줘야 하는데 어떻게 빗나갈 수 있습니까?"

비연랑의 아버지는 혀를 내둘렀다. 친구를 지켜 줘야 하기에 빗나갈 수 없다고 딱 잘라 당당하게 대답하다니. 아비어미 없다기에 함부로 보았더니 정말 예사롭지 않은 아이라고 생각했다. 크게 칭찬하고 활에 걸어 맹세하는 것으로 두 사람을 의형제로 맺어 주면서 그 활을 가지라고 주었다. 의형제가 되면 아들에게 큰 힘이 될 것이라 보았다.

열다섯 살 아이가 호랑이를 잡았다는 소문이 날개 돋친 듯 온 서라벌에 퍼지면서 구경꾼들이 꾸역꾸역 모여들었다.

철부와 비연랑은 비연랑 아버지의 주선으로 임금에게 호랑이를 바치면서 직접 알현하게 되었다.

왕이 물었다.

"이 호랑이를 정말 너희들이 잡았나?"

"어젯밤에 저희 둘이 잡았습니다."

철부가 대답하자 천성이 착한 비연랑이 옆에 엎드린 철부를 가리키며 떨리는 목소리로 말했다.

"대왕이시여, 이 철부가 화살 한 대로 잡았습니다."

"뭐라고? 화살 한 대로 잡았다고? 정말 놀랍구나. 너희야말로 사로국의 훌륭한 장수가 되겠다."

크게 기뻐하며 곧바로 이 둘을 왕을 지키는 호위 군사로 삼았다. 처녀 몸에서 유복자로 태어나 어머니가 남편 맞으며 젖 떼고 떠나 버려 할머니 밑에서 자랐던 철부다. 열두 살에 할머니마저 여의자 몸 기댈 곳 없고 아무도 돌아보지 않던 그는 이때 처음으로 세상 가운데 나섰다.

그로부터 도기야에 자리 잡을 때까지 철부의 삶은 거센 바람이 몰고 오는 성난 너울과 같았다. 어릴 적에 할머니 무릎 위에서 귀에 감았던 아련한 꿈은 기적처럼 되살아나고, 자신도 모르게 솟구치는 힘은 동녘 하늘에 떠오르는 아침 해의 모습 그대로였다.

느닷없이 찾아온 옛 생각을 훌훌 털어 버리려는 듯 고개를 절레절레 흔들고 혼잣말로 중얼거렸다.

"하긴 맛으로 말하자면 멧돼지고기만 한 것도 드문데 구태여 호랑이를 찾을까?"

멧돼지는 보기보다 날쌔고 경계심이 높아 먹이를 찾아다니면서도 늘 곁을 살핀다. 냄새도 기막히게 잘 맡는다. 이리저리 고개 돌리고 코로 흙을 파헤치며 몇 걸음 천천히 움직이더니 뭔가 낌새를 알아챈 듯 철부가 시위에 화살을 먹이기도 전에 냅다 뛰면서 눈 깜짝할 사이에 수풀 속으로 사라져 버렸다. 그러나 군사들이 미리 길목을 가르막고 있었다. 우- 우- 하는 몰이 소리에 놀라 다시 모습을 드러낸 그는 갈팡질팡하더니 철부를 향하여 곧바로 달려왔다. 돌담이라도 넘어뜨 릴 무서운 기세였지만 이번에는 놓치지 않았다. 마주 오는 놈을 보고 화살을 날리자 대가리를 곤두박고 땅에 구른다. 옛날에 호랑이 잡을 때와 마찬가지로 쇠 화살촉이 앞이마를 깊게 뚫고 들어가며 단박에 숨을 끊어 놓았다. '와-' 하고 군사들이 고함쳤다. 철부가 쓰러진 멧 돼지에 다가가자 모두 모여들었다.

"자기를 보고 달려오는 성난 멧돼지는 호랑이 못지않게 무섭네. 머 리뼈가 워낙 단단해서 똑바로 맞히지 않으면 화살촉이 미끄러져 뚫지 못하지. 그러면 사냥꾼에게 덤벼드는 거야."

일행은 다시 짐승을 찾았지만 철부는 이제 한 발짝 물러나서 부하 들에게 사냥을 맡겨 버렸다. 사슴 한 마리를 더 잡아 갑바우에 닿았을 무렵 방금 해가 넘어간 서산 마루 위로 분홍빛 저녁노을이 활짝 펼쳐 져 있다. 우뚝 서서 노을을 바라보며 한숨지었다.

"아! 아름답구나. 오내벌 들녘을 박차고 구만리 하늘로 날아오르는 큰 새의 날개 같구나. 무영은 누구를 생각하며 무엇을 하고 있을까? 티 없이 맑은 사랑을 오래오래 간직하는 것으로 끝내고 말 것인가? 싸 늘하게 식어 버린 이 가슴에 그 따뜻함을 다시 채울 수 있을까? 보고 싶다고, 만나자고 다시 한번 말해 볼까?"

곧이어 헤어졌던 아들이 닿았다. 아들은 자랑스러움으로 얼굴이 붉 어져 있었다. 주타로가 철부를 보며 엷은 웃음으로 사냥한 사슴을 가 리킨다. 그가 이 사슴을 잡았다는 뜻이었다.

옅은 물안개가 덮인 바다에 이윽고 어둠이 내려앉았다. 흰 거품을 잔뜩 물고 모래톱을 향하여 끊임없이 덤벼들던 사나운 물결도 어느덧 잠이 들었다. 철부는 쌍촛대의 불빛을 안고 마주 앉은 아들 녀석을 둘끄러미 바라보았다.

"아버지, 요즘은 우리 땅에 왜놈이 얼씬도 않네요. 저들이 두려워하고 있겠죠?"

"놈들이 아주 사라지면 내가 도기야都祈野에 머물 까닭이 있겠나? 모두 내려놓고 서라벌로 돌아가야겠지. 핫 핫."

"아버지는 어떻게 도기야를 다스리게 되었습니까?"

"지금 네 나이인 열다섯에 화살 한 대로 호랑이를 잡고 대왕의 호위 군사로 세상에 나섰다. 여러 차례 싸움터를 누비고 가는 곳마다 적을 무찔러 10년 만에 근기국勤耆國 토평의 장수가 되었어. 비연랑을 부장으로 삼아 군사 1천을 이끌고 오내벌 쪽으로 들어와 바람같이 내닫자 저들은 마른 잎처럼 흩어지고 나는 보란 듯이 도기야 언덕에 올라섰단다."

"아버지의 말씀이 참 멋지네요. 여러 부장들은 아버지가 유달리 도기야를 사랑한다고 말했어요. 정말 그렇습니까?"

"나는 처음부터 도기야가 마음에 들었지. 도기야란 큰 제사를 지내는 땅이라는 뜻이란다. 아주 옛날에 조선이 망하여 남으로 옮겨왔던 백성들이 도기야 언덕에서 해의 정기를 받은 삼족오三足烏를 받들고 제사 올렸다는 이야기가 내려온다. 왜 하필 그곳일까? 도기야는 거친 바깥바다로 이어지는 조용한 안바다를 끼고 앉아 있다. 삼족오가 처음에 소리 없이 머물다가 비바람 휘몰아치고 너울 높은 바깥바다 쪽으로 훨훨 날아가려 할 때 아늑한 둥지를 박차고 일어선다. 그 땅에서 제사를 올렸던 것은 삼족오가 태어나는 둥지를 갖춘 해의 땅이기 때문이다. 근기국과 싸움을 끝내던 날 밤에 어느 거룩한 분이 꿈에 나타나 내게 그렇게 말씀하셨다."

"도기야는 아버지의 꿈이었군요."

"그렇다. 1천 마리 말이 달리고 1만의 군사가 진을 칠 벌판에서 한 발짝만 내려서면 한없이 넓은 바다로 이어진다. 나는 그 언덕을 발판 삼아 할아버지가 못다 이룬 꿈을 이루고자 한다. 너는 우리의 조상이 누구신지 알고 있나?"

"모릅니다. 어떤 분이시죠?"

"백 년 전에 돌아가신 탈해 임금이 바로 우리의 옛 할아버지시다. 잊어버리지 마라."

"탈해 임금이라고요? 탈해이사금요?"

"그렇다. 탈해이사금은 갓난아기일 적에 궤짝에 실려 먼 바다를 떠내려왔다는 이야기가 내려오고 있다. 예사로 태어난 사람이 아니란 뜻이겠지. 그분은 나의 할아버지의 할아버지시다. 탈해 할아버지의 아들이나 손자는 여럿이 계셨지만 어느 누구도 임금 자리를 이어받지 못했다. 다른 임금은 거의가 아들에게 물려줬는데 그렇게 못하신 거야."

"왜 할아버지들은 이사금이 되지 못했죠?"

"탈해 임금은 예순둘에 이사금 자리에 올라 스물네 해째인 여든다섯에 돌아가셨다. 그때 아들들은 나이가 너무 많았다. 손자이신 나의 할아버지는 나이도 알맞고 이사금이 되고도 남을 훌륭한 분이라고 널리 입에 오르내렸으나 아주 유별난 일로 받아들여지지 않았다고 들었다."

할아버지가 젊은 나이에 병으로 돌아가시자 할머니는 하나뿐인 아들이 꿈을 잇도록 바라며 정성으로 길렀으나 가야伽倻가 쳐들어오자 길원 장군을 따라가 마두성 싸움터의 이슬이 되고 말았다. 남편이 이사금에 오르지 못한 데다 대를 이을 외아들마저 자식 없는 총각 몸으로 삶을 마쳐 모든 꿈을 한꺼번에 잃은 할머니는 뒷산에 올라 목을 매려 했다. 그때 얼굴 익은 이웃집 처녀가 달려와서 할머니를 붙들고 늘어졌다고 한다.

"어머님, 이러시면 안돼요. 내 뱃속에 아들의 씨가 들어 있다고요. 아기가 태어나면 혼자서 어떻게 키우라고요."

"뭐라고? 네 뱃속에 우리 아들의 씨가 들어 있다고? 왜 여태까지 아무 말도 않았니?"

"저도 방금 안걸요."

"할머니는 목매려 들고 갔던 밧줄을 획 던져 버리고 뒤도 돌아보지 않은 채 처녀의 손을 꼭 잡고 산을 내려오셨다는 거야. 그 뱃속에 들어 있던 아기가 바로 나다."

"그렇군요, 아버지!"

아버지의 지난날을 듣자 그의 눈에는 눈물이 글썽이었다. 잠깐 생각하다 다시 입을 열었다.

"아버지의 할아버지는 왜 이사금 자리를 잇지 못하셨나요? 유별난 사정이 무엇인지요?"

"할머니로부터 들은 이야기가 있다."

2

철부를 낳은 어머니는 아들이 싸움터에 나가기 전날 밤에 몰래 만나 사랑을 속삭였던 이웃 처녀였다. 그녀는 할머니와 함께 아들을 키우다 세 살 때 젖 떼고 다른 남자에게 시집갔다고 들었을 뿐 달리 내려오는 이야기나 기억은 없다.

할머니는 철부가 열두 살이던 예순일곱에 돌아가셨다. 활 솜씨가 놀랍고 말을 잘 타 손자에게 활쏘기와 말타기를 가르쳐 주었다.

할머니가 들려주신 이야기에 따르면 탈해이사금의 손자이던 할아버지 대덕랑은 열일곱 나이에 사로국을 떠나 장사꾼 행세를 하며 꼬박 한 해 동안 삼한 여러 곳을 둘러봤다. 앞으로 당신 할아버지의 뒤를 이어 이사금이 되려면 넓은 세상을 알아야겠다고 생각하고 처음에 변한으로 가서 바닷가를 따라 마한 남쪽을 살핀 뒤 백제를 거쳐 고구려로 갔다.

고구려의 어느 마을에 머물던 날 자고 일어나 보니 해가 분명히 동쪽 하늘에 높이 떠올랐는데도 햇볕이 희미하고 하늘이 어두컴컴했다. 구름이 끼지도 않았고 일식도 아니었다. 백성들은 흉한 조짐이라며 끼리끼리 쑥덕이고 걱정하더니 촌장이 집집마다 재물을 거둬 마을 한가운데 제단을 차리고 제사를 지낸다고 했다.

"서라벌의 하늘도 여기처럼 해가 희미해졌으면 큰일 아닌가?"

마을 사람들이 제사 지내려 하나둘 모여드는 걸 보자 문득 고향이 걱정되어 돌아가고 싶어졌다. 집 떠나온 지도 그럭저럭 한 해가 넘었고 삼한 사람들의 살아가는 모습도 볼 만큼 보았다.

그는 슬그머니 마을을 빠져나와 남쪽으로 발길을 돌렸다. 아리수(한강)를 넘어 산길로 들어서자 날이 어두워지며 날씨가 꽤 쌀쌀했다. 자고 갈 만한 집을 찾지 못하자 깊게 쌓인 낙엽 속에 들어가 밤을 보내려 골짜기를 살피다 가까운 산성의 고구려 군사들이 숨겨 놓은 그물에 걸려 붙잡히고 말았다.

군졸들은 대덕랑을 꽁꽁 묶어 날이 밝자 성주 앞에 끌고 갔다. 성주는 그를 수상히 여겨 문초했다.

"너는 어느 나라 염탐꾼이냐?"

"나는 장사꾼이오. 염탐꾼이 아니오."

"장사꾼이 빈 몸이라니?"

"허 허. 장사를 하면 할수록 자꾸만 밑져 마침내 빈털터리가 되고 말았소."

"그 말에 내가 속아 넘어갈 사람인가? 말씨를 들어 보니 사로국 놈이네. 염탐꾼이 아니라면 사로국 놈이 뭣 땜에 이 먼 곳까지 와서 기웃거리겠나? 잘 걸렸다. 한 칼에 목을 날려 내 전공戰功에 보태리라. 핫 핫 핫."

"성주여, 그대 웃음이 매우 우렁차고 사내답소."

"내 웃음이 우렁차고 사내답다고? 그렇고말고. 핫 핫 핫. 네놈 역시 내 웃음을 알아보니 제법이구나."

"그대는 그 멋진 웃음에 걸맞은 당당한 무장이라 믿소. 내 말이 틀리지 않는다면 억울한 나를 풀어 주고 싸움터에 나가서 떳떳하게 무공을 세우는 것이 어떻겠소?"

"풀어 주다니! 너를 잡아 죽이는 게 떳떳한 무공이 아니고 무엇이겠나?"

"당신이 보다시피 나는 빈손에 혼잣몸이오. 집 떠난 지 오랜 나그네라 몹시 지쳐 있소. 그대와 맞싸울 일이 없고 다만 길 가다 운수 사납게 그물에 걸렸을 뿐이오. 이런 나를 목 쳐서 공을 세웠노라 우길 거요? 여기 둘러선 그대의 부하들이 뒤로 돌아서서 웃겠지. 얕은 생각을 버리고 어서 풀어 주오."

성주는 그 말에 얼른 대꾸하지 못하여 얼굴이 붉어졌다. 옆에서 지켜보던 성주의 아내가 못마땅한 듯 고개 돌리며 가볍게 찡그리더니 앞으로 나섰다. 놀랄 만한 미인인 데다 마음씨가 넉넉해 보였다. 어쩐지 그를 측은히 여기는 눈치였다.

성주에게 다가서서 귀에다 대고 나지막이 말했다.

"낭군이여, 저놈이 염탐꾼이라면 오히려 알아볼 게 많은데 목부터 뗀다면 저놈 말처럼 군졸들이 흉보는지도 모릅니다. 급할 게 없으니 토굴에 가둬 놓고 때늦지 않게 사냥이나 나갑시다."

"당신 말이 이치에 맞네. 급할 건 없지."

아내의 말을 듣고 성주는 그를 토굴에 가둬 버렸다.

저들 둘이 말 주고받는 동안에 대덕랑은 성주의 아내를 뚫어지게 바라보다가 어느새 반해 버렸다. 잡혀 와서 곧 목이 날아갈 몸인데도 깜빡 자기 처지를 잊어버린 채 엉뚱한 생각에 빠져들었다. 보름달처럼 환하게 피어난 얼굴이 하늘에서 내려온 선녀를 보는 듯했다. 매끄럽고 볼그레한 두 뺨, 뚜렷하고 오똑한 콧날, 반짝이는 맑은 눈, 볼록하게 솟아오른 젖가슴, 한 손에 쥐어질 잘록한 허리와 아담한 엉덩이, 크지도 작지도 않은 키. 그 어디에도 나무랄 구석 하나 없었다. 나이

는 좀 들었는지 몰라도 볼수록 함부로 못할 드높은 아름다움이 느껴
졌다.

'참 잘난 여자네. 정말 시원하게 생겼다. 성주는 도대체 어떤 놈이
기에 저 예쁜 여자를 꿰차고 사는가? 내가 여기에서 벗어날 수 있다면
반드시 저 여자를 빼앗아 아내로 삼으리라.'

깊은 산중에 다시 밤이 찾아왔다. 달이 없어 사방이 깜깜하고 하늘
의 별만 곧 쏟아질 듯 총총하다. 풀벌레 소리가 끊어지지 않는 사이사
이로 어디선지 사나운 짐승의 소름끼치는 울음이 이다금 들려왔다.
좁은 토굴은 통나무를 촘촘히 엮어 앞을 꽉 막아 둔 탓에 도무지 벗어
날 틈이 보이지 않았다. 실낱 같은 희망도 없건만 마음은 살아 있어
낮에 본 성주의 마누라를 떠올렸다.

'어쩌면 그렇게 빛이 나고 예쁘게 보일까? 제 사내에게 말하는 것
이 어쩌면 그렇게 슬기롭고 멋스러울까? 꼭 한번만 다시 보았으면 좋
겠는데. 단 한번이라도 그 잘록한 허리를 꼭 껴안아 보았으면 죽어도
한이 없겠는데.'

오로지 한 마음으로 그녀를 그리워하고 있을 때 갑자기 토굴 안이
한결 어두워졌다. 밖에 누가 나타나 앞을 가로막고 섰기 때문이었다.

"그 누구요?"

"젊은이, 소리 낮춰요. 성주의 아내요."

대덕랑은 깜짝 놀라며 낮은 목소리로 부르짖었다.

"아! 성주 부인이라고요?"

"그렇소."

"잘 오시오. 그러잖아도 이제 막 당신을 그려 보고 있었소. 날 찾아

왔소? 혹시 그대도 나를 생각하고 있었나요? 정말이지 그대가 보고 싶어 숨이 막힐 참이었소."

"날 생각했다니 듣기 싫지는 않다만, 곧 죽을 목숨이 배짱 하나는 두둑하네."

"죽기 전에 그대 얼굴을 꼭 한 번만이라도 더 보고 싶었소."

"젊은이는 날 사랑하오?"

"내일 아침에 죽어도 좋소. 그만큼 당신을 사랑하오."

"그대는 정녕 미쳤소. 아주 돌아 버린 사내로군. 토굴에 갇혀 목이 잘릴지 붙을지 내일 아침을 알 수 없잖소?"

"잘리든 붙든 아무러면 어떻소? 성주의 칼날에 죽는다면 저세상에 가서라도 그 갚음으로 반드시 당신을 빼앗아 내 아내로 삼을 테요. 반드시 당신을…."

"참 이상한 사람이네. 젊은이가 너무 가여워서 왔소. 문을 열어 줄 테니 멀리 달아나소. 아주 멀리멀리요."

그녀는 잠금을 풀어 문을 열고 어둠 속을 더듬어 손을 잡아 밖으로 끌어내고는 속삭이듯 말했다.

"빨리 달아나요. 빨리요. 자, 이리 오세요. 저쪽으로 가서 성벽을 넘으세요. 별로 높지 않아요."

"뭣 땜에 이토록 나를 도와주오? 당신도 날 좋아하죠? 함께 갑시다."

"뭐라고요? 참 기가 막히네."

그렇게 말 주고받는 동안에도 그녀는 토굴 벗어날 때 잡은 손을 아직 놓지 않고 있었다. 마침 성안을 돌아보는 군졸이 가까이 다가오자

28

잡은 손을 당겨 자세를 낮춰 주었다. 둘은 어렵잖게 성벽을 넘어 조심조심 살피며 우거진 숲속을 걸었다. 그녀 손의 따뜻함에 잠깐 행복해졌을 뿐 다른 아무것도 느낄 수 없었다.

"이 아래 비탈로 내려가면 말이 있소. 개울가 큰 나무 아래 매어 두었어요. 그 말 타고 빨리 달아나요. 저 고개를 넘어서서 곧장 남쪽으로 가면 이 나라를 벗어날 스 있소."

"왜 날 풀어 주오?"

"그대가 불쌍해서요. 아침에 그대를 보다 갑자기 옛날에 좋아하던 젊은이가 떠올랐지요."

"둘러대지 마오. 옛날의 누구를 그리워한 게 아니라 여기 있는 나를 좋아한다고 잘 알고 있소."

"좋을 대로 생각하오."

"말씀하오. 날 좋아한다고. 불쌍해서 풀어 준다면 다시 토굴로 돌아가고 말 거요. 여자의 얄팍한 동정을 얻어 목숨 붙이는 못난 사내가 되고 싶지 않소. 당신이 나타나기 바로 전에 생각했다오. 토굴만 벗어날 수 있다면 반드시 당신을 품겠다고. 이제 그 꿈이 꿈 아니게 되었소. 함께 달아납시다."

"정말 어쩔 수 없는 사내군. 빨리 달아나라니까요."

그때 멀지 않은 곳에서 여러 사람이 이리저리 바쁘게 쫓아다니는 발자국 소리가 어지럽게 들리더니 횃불 여러 개가 나타났다. 함께 우거진 수풀 사이로 들어가 엎드려 몸을 숨기자 횃불 든 군졸의 두 다리가 바로 코앞으로 아슬아슬 스쳐 간다. 열 발자국도 떨어지지 않은 데서 성주의 떨리는 목소리가 크게 들려왔다.

“여보! 어디 있소? 공주, 어디 계시오?”

그는 깜짝 놀랐다.

“앗, 공주라고?”

그녀는 손을 꼭 쥔 채 입을 굳게 다물고 있었다. 둘을 찾지 못한 성주와 군사들이 다시 앞을 지나 반대쪽으로 몰려갔다. 여기 있다고 한 마디 외치거나 그냥 부스럭거리기만 해도 그녀를 찾고 자기는 잡힐 것이었다.

군사들이 멀리 가 버린 듯 잠깐 조용해지자 살그머니 수풀 속을 빠져나와 그녀가 이끄는 대로 백여 걸음 따라가니 소나무 아래 말 한 마리가 매어져 있었다. 날이 차츰 밝아 왔다. 고삐를 잡고 오솔길로 나서서 말 등에 훌쩍 올라가자 묵묵히 등 뒤에 따라 탔다. 말도 눈치챘는지 말굽 소리 죽여 가며 천천히 걸음을 옮기고 있었다. 그때 오른쪽 산기슭에서 성주의 고함 소리가 들려왔다. 저들의 눈에 띈 것이다.

“그 말 멈춰라. 공주는 말에서 뛰어내리시오. 어서 뛰어내려요.”

그녀가 맞받아 외쳤다.

“낭군님! 아니, 성주님! 그만 돌아가세요. 나는 이제 말을 바꿔 탔소. 날 따라오지 마세요.”

그녀가 손바닥으로 말 엉덩이를 때리자 ‘타닥타닥’ 걸음이 빨라졌다. 성주가 말을 향해 활을 겨누었다. 그녀는 얼른 알아차려 재빨리 안장에 매어 놓은 투구를 풀어 손에 쥐고 있다가 화살이 날아오자 몸을 숙여 비틀면서 막았다. 말 엉덩이를 향했던 화살이 투구에 꽂혀 부르르 떨었다.

그녀는 화살 꽂힌 투구를 땅바닥에 던져 버리고 익숙한 솜씨로 활을 꺼내 성주를 향하여 당겼다. 곧바로 시위를 떠난 화살은 힘차게 날아가 성주가 쓰고 있는 투구 정수리에 꽂혔다. 그가 깜짝 놀라며 한 손으로 투구를 잡는 것이 보였다.

"나는 이 사내를 따라가요. 말을 바꿔 탄다는 말을 듣지 못했소? 이 사내를 따라가 내 아들을 얻을 것이오. 날 놓아주고 제발 따라오지 가세요. 한 걸음이라도 더 따라오면 내 화살이 투구가 아니라 당신 이마를 뚫을 것이오."

그녀가 날카롭게 외치자 성주는 그 자리에 멈칫 섰고 산모퉁이를 돌아설 때까지 꼼짝 않고 있었다. 두 사람은 해가 하늘 가운데 이르도록 말을 달렸다.

그녀가 등 뒤에서 말했다.

"이제는 고구려 땅을 아주 벗어났소. 당신은 풀려난 거요."

그 말소리에 울음이 묻어났다.

"부인! 울었소?

"제발 묻지 마오. 몹쓸 사내. 날 이렇게 훔쳐 달아나다니…."

그녀는 참지 못하겠다는 듯 두 주먹으로 번갈아 그의 등을 서너 차례 두드리더니 울음을 터뜨렸다.

"이 말이 어떻게 미리 성 밖에 매어져 있었소?"

"낮에 사냥 갔다 돌아오면서…."

"일부러 두고 왔나요?"

"무슨 이야기를 듣고 싶은가요?"

대덕랑은 더 캐묻지 않았다. 둘은 말에서 내려 나무 그늘 아래 풀밭에서 마주 보고 앉았다.

그녀가 퉁퉁 부은 눈으로 마주 보며 물었다.

"어디로 가시나요? 당신은 정말 사로국 사람이 맞나요?"

"그렇소. 지난해 이맘때쯤 서라벌 집을 떠나 남쪽으로 변한 마한 땅을 지나고 북으로 와서 백제와 고구려의 도읍을 찾아보고 집으로 돌아가려고 남으로 가는 길에 백성들 사이에서 며칠 머물렀다가 당신네 성 가까이 온 것이오. 그 산골에 고구려 성채가 있으리라고는 꿈에도 생각하지 않았다오."

"당신이 사로국의 장사꾼이나 예사 백성이라면 빈 몸으로 괜히 삼한 땅 이곳저곳을 헤매고 다닐 까닭이 있겠어요? 성주 말이 틀리지 않죠?"

"맞소. 난 사로국 탈해 임금의 손자요."

"탈해 임금? 뭔가 이상했지."

"그런데 저들은 당신을 공주라고 불렀소. 정말 임금의 딸이오?"

"나도 감추지 않겠어요. 돌아가신 주몽 대왕이 내 할아버지요."

"주몽 대왕의 손녀라고요? 주몽 대왕 돌아가신 지가 몇 핸데요?"

"아흔 해가 지났죠. 나는 대왕의 마지막 손녀요. 막내아들의 막내딸."

"당신의 활 솜씨를 보면 아니라고는 못하겠네. 달리는 말 위에서 투구 정수리를 맞히는 솜씨를 두 눈으로 똑똑히 보았소. 더 따라오면 투구 아닌 이마를 뚫을 것이라 외치니 두말없이 멈춰서고 말았잖소?"

"가슴 아픈 말을 다시 입에 올리지 마오."

"당신의 활 솜씨를 말하는 것이오."

"남들이 날 보고 활 솜씨 하나는 할아버지 핏줄 이어받았다고 한답니다."

"당신은 올해 몇 살이오? 아내 나이는 알아야겠지요."

"아내 나이를 알아야겠다고 하셨나요? 어느새 당신의 아내가 되어 버렸네. 맞죠? 날 아내로 받아 줘서 정말 고마워요. 죽을 때까지 한 몸 바쳐 낭군으로 섬기겠어요. 다만 내 나이 말하기 전에 낭군의 나이부터 알아야죠."

"열여덟이오."

"열여덟이라면 참 좋은 나이네. 정말 부럽네. 놀라지 마세요. 나는 당신보다 열일곱이나 많아요. 그러니까 서른다섯이오."

"앗!"

"왜요? 아내 삼기에는 너무 늙었소? 사랑하던 마음이 깜짝 놀라 허둥지둥 달아나고 말았나요?"

"아니요. 그 나이에도 당신이 기막히게 아름답다고 생각하여 놀랐을 따름이오."

"말 돌리네요. 사랑의 뒷길은 사랑하는 사람에겐 보이지 않는다는데 십 년만 지나도 내가 노파가 될 것을 생각해 보셨소?"

"그런 말로 허물어질 내 마음이 아니오."

"날 사랑하는 마음 변하지 않겠다는 말이네. 이제라도 늦지 않았으니 마음대로 하세요. 돌아서고 싶으면 곧바로 돌아서세요."

"무슨 말이오. 한번 보는 것으로써 당신은 내 아내라고 생각해 버렸소. 나는 사내요. 목숨을 던질지언정 마음에 없는 말은 안해요. 곧 죽는 한이 있어도 사랑한다고 말하지 않던가요?"

"정말 어쩔 수 없는 분이네. 좋아요. 오래오래 사랑해 줄 생각이라면 날 안아 보세요. 아니라면 그만두고요."

"아직 날 믿지 못하나? 나는 오로지 그대만을 사랑할 거요. 하늘에 맹서하오."

"오로지 나만을? 당신은 하늘이 준 내 사내요. 나도 당신만을 사랑한다고 맹서하오."

그녀를 두 팔로 꽉 껴안자 얼굴이 화끈거리고 갑자기 숨이 가빠졌다. 남의 것 훔친 새내기 도둑처럼 몸이 부들부들 떨리고 있었다. 그녀가 두 눈을 살며시 감자 터질 듯 부푼 가슴을 안아 살그머니 풀밭에 눕혔다. 해가 높이 떠 있었지만 큰 나무의 풍성한 잎사귀가 짙은 그늘을 만들어 주었다. 어쩌면 그늘 같은 것은 아무래도 좋았다. 뜨거운 사랑의 거센 회오리바람이 두 사람을 휩쓸었다.

얼마나 지났을까? 몸과 마음이 넉넉해진 둘은 서로 손잡고 하늘을 쳐다보며 반듯이 누웠다. 새가 어지럽게 지저귀는 소리가 이제야 귓전을 두드렸다. 작은 새들은 나뭇가지를 이리저리 뻔질나게 옮겨 앉으며 하나가 된 둘을 내려다보고 있었다.

"아까 말이오, 도망칠 때 당신은 뭐라고 말했소?"

"낭군, 제가 뭐라고 하던가요?"

"이 사내를 따라가 내 아들을 얻겠다고요? 이제 몸을 겪고 나니 갑자기 그 말이 떠올랐소. 틀림없이 그랬지요?"

"맞아요. 난 성주에게 시집온 지 열여섯 해가 지났건만 아기를 얻지 못하고 있었어요. 어제 보니 당신은 정말 당당하고 세상을 모두 준다 해도 바꾸고 싶지 않을 만큼 사내였어요. 당신을 사랑하면 틀림없이 아기를 밸 것이라고 생각했어요. 당신처럼 온 삼한 땅을 이리저리 휘젓고 다닐 당당한 아들을요. 자식도 얻지 못한 채 성주의 아내로 한 해 두 해 늙어 버릴 수는 없잖아요? 여자에겐 뱃속에 아기를 심어 즐 남자가 있어야 해요. 그래서 토굴로 찾아갔던 것이오."

"나는 반드시 당당한 아들을 당신 뱃속에 심겠소. 아니, 벌써 심었을 거요. 당신이야말로 내가 만났던 많은 고구려 여자들 가운데서 내 씨를 받아낼 만한 멋진 여자요."

"고구려 땅을 돌아보니 어떠했소? 여자들이 예쁘게 보였나요?"

"북쪽은 여자들이 예쁜가 보오. 하지만 그 가운데서 당신보다 예쁜 여자는 없었어요. 참, 하나 물어보겠소. 내가 고구려 마을에 머물 때 구름도 없는 하늘이 갑자기 어두워졌소. 왜 그런가요?"

"마을 사람들이 제사를 지내던가요?"

"제사 지낸다고 집집이 거두어 갔소."

"서북풍이 오래 불면 그럴 때가 있지요. 멀리서 아주 보드라운 모래가 날아오기 때문이라고 짐작해요. 백성들이 큰일 났다고 법석 떨고 제사 지내는 것을 나라에서는 그냥 지켜보아요. 언젠가 하늘은 밝아지겠지만 제사를 지내면 백성들 마음이 편안해질 터니 애써 말리지 않는다오."

"고구려 조정에는 엉큼한 사람들만 모였네."

"마음대로 생각하세요."

고구려 성주의 아내를 뺏은 그는 곧바로 서라벌로 돌아와 가까운 산골 마을에 집을 마련해 세상에 드러나지 않게 감춰 두고 살았다. 이 집에서 공주는 이듬해에 대덕랑의 아들을 낳았다.

대덕랑이 서라벌로 나가고 집을 비운 어느 날 마을에 늑대 네 마리가 나타나 이웃집 염소를 두 마리나 물어 갔다. 염소 몇 마리에 삶을 걸고 있던 가난한 이웃이 슬피 울자 참을 수 없었다. 남 보는 데서 활을 만지지 말라는 남편의 당부도 깜빡 잊은 채 활을 들고 쫓아가 보니 건너편 산비탈에서 늑대들이 염소를 뜯어먹고 있었다. 가져갔던 활에 화살을 두 대씩 먹여 두 번 쏘아 네 마리를 모두 죽였다. 이 놀라운 일이 바깥에 알려지고 이상한 소문까지 나돌았지만 오히려 그들 내외는 모르고 있었다.

탈해이사금이 돌아가셨을 때 다음 임금을 정하는 화백에서 6부의 한 촌장이 말했다.

"왕손 대덕랑은 슬기롭고 용맹한 데다 삼한을 두루 살펴 참으로 마땅한 분이지만 고구려 여자를 아내로 맞아 산속 어느 마을에 감춰 뒀다고 하오. 그 여자는 염소를 물어 가는 늑대를 따라가 화살 네 대로 네 마리를 모두 맞혔다 하네요. 그것도 한 번에 두 대씩 꼭 두 번 쏘았을 뿐이라니, 백발백중을 뛰어넘는 솜씨요. 말 타는 솜씨도 남다르다 하니 고구려에서도 틀림없이 귀한 집 여자일진대, 그처럼 귀신같이 활을 쏜다면 누구의 후손이겠소? 서라벌 천지에 소문이 쫙 깔렸으니 이 자리에서 꼭 짚어 말할 까닭도 없겠군요. 내 말이 어긋난다는 분이 계시나요? 나는 대덕랑을 우리 사로국의 이사금으로 모시기 어렵다고 생각하오."

남편이 당신 때문에 실패하고 이사금 자리가 제3대 유리이사금의 아들 파사婆娑에게 돌아가자 산골 마을을 나와 떳떳하게 신분을 밝히고 서라벌에서 살았다. 십여 년이 지나 남편이 병으로 죽자 외아들에게 희망을 걸었지만 그마저 혼인도 하기 전에 길원 장군을 따라 싸우러 나갔다가 살아오지 못했다. 파사이사금 15년(AD 94)이었다.

"대덕랑을 따라와 자식을 얻으려 했는데 하나뿐인 아들이 손자도 남기지 않고 죽다니…. 내가 옛 남편을 버렸더니 하늘이 이제 나를 버리는구나."

모든 희망이 사라졌다며 스스로 목숨을 끊으려 했으나 이웃집 처녀의 뱃속에 아들의 아이가 자라고 있음을 알고는 곧 마음을 바꾸었다. 그 처녀가 철부를 낳았다. 철부의 어머니는 시어머니와 함께 아들을 세 살 먹을 때까지 기르다가 어느 남자를 따라가 버렸다.

"나는 열 살도 되기 전에 할머니로부터 가문의 내력을 듣고 반드시 임금이 되라는 애타는 소망을 받아들이면서 자랐다. 당신 때문에 남편이 실패하였기에 그 소망이 더 간절했을 것이다. 활쏘기를 가르쳐 주시고 내가 어쩌다 과녁을 맞히면 아주 기뻐하시며 당신의 할아버지 주몽 대왕의 피를 물려받았다고 칭찬해 주었다. 말타기도 가르쳐 줬다. 삼한은 근본이 하나이기 때문에 주몽 대왕의 피를 받았다고 해서 사로국 이사금이 되지 말라는 법이 없다고 하셨지."

이야기는 다시 자신이 호랑이를 잡고 호위 군사가 된 뒤로 이어졌다.

사로국은 시조 혁거세거서간赫居世居西干 이후 여러 이웃 세력과 끊임없이 싸워야 했다. 진한 · 변한 · 가야 · 마한 · 낙랑 · 말갈 · 백제 · 고구려와 바다 건너 왜 등 일일이 헤아릴 수 없는 상대와 부딪히며 땅을 넓히고 백성을 늘려 나갔다.

지마이사금祇摩尼師今 4년(AD 115) 2월에 가야가 남쪽 변두리를 침범해 왔으나 멀리까지 싸우러 갈 준비가 모자랐다. 더위가 한풀 꺾인

7월에 가서 왕이 몸소 군사 수천으로 토평에 나서자 철부는 호위 군사 스무 명을 데리고 따라갔다.

왕은 보군과 기마군을 이끌고 남으로 내려가 국경 가까이서 약간의 적을 쉽게 물리치고 황산하黃山河(낙동강 하류)가 내려다보이는 나지막한 화산(지금의 물금읍 증산리)에 진을 쳤다. 하류로 흘러온 강은 건너편이 아득할 만큼 폭이 넓은 대신 물살은 느렸다. 왕은 뗏목을 마련토록 명하여 사흘 만에 모두 만들어지자 차례로 강을 건넜다.

사로국 군사들은 이제 한나절이면 가야 연맹의 우두머리인 금관가야의 왕경에 닿을 것이었다. 오랫동안 사로국과 밀고 당기던 그들의 명줄이 이제는 막바지에 이른 것처럼 보였다. 그러나 원정군이 각성산과 신어산 사이의 나지막한 당고개를 넘어 감내 숲으로 들어서자마자 숨어 기다리던 가야 군사들에게 몇 겹으로 둘러싸이고 말았다. 사로국 군사를 그쪽으로 끌어들였던 것이다.

가야 군사들은 뒤쪽 좌우의 각성산, 신어산과 맞은편의 지라안산 자락에 진을 쳐서 세 쪽으로 둘러싸고 평지 숲속의 사로국 군사들을 조여들었다. 왕은 어쩔 줄 몰라 했고 여러 장군들은 저마다 부장과 군졸들을 지휘하여 적에 맞서느라 넋이 빠졌다.

왕이 말했다.

"철부, 이거 야단났네. 물러설 길이 안 보이네. 여기에서 내 명이 다하는가?"

"대왕이시여, 두려워하지 마소서. 다시 강을 건너면 벗어날 수 있습니다. 죽기를 마다 않는 1백 군사를 맡겨 주시면 살 길을 열어 보겠습니다."

왕은 가까이 있던 장군을 불러 1백 군사를 철부에게 넘기라고 명했다.

철부는 그들을 데리고 뒤돌아서며 방금 넘어온 당고개에서 가로막는 적을 단숨에 깨뜨리고 다시 강가로 나갔다. 스무 명 호위 군사와 새로 얻은 1백의 군사들을 여러 뗏목에 나눠 태운 뒤 대왕을 모시고 앞장에 섰다. 뗏목이 저쪽 강가에 가까워지자 적군의 화살이 비 오듯 쏟아졌으나 큰 방패로 막아 피해는 적었다.

이때 철부가 활을 들었다. 옆에 따르던 군졸이 한 아름 화살을 가져다놓았다. 한 대, 두 대, 세 대…, 쉴 틈 없이 쏘아대자 그때마다 강 저편 모래톱의 적군이 어김없이 맞고 쓰러졌다. 철부가 가르친 호위 군사의 활 솜씨도 거의 백발백중이었다. 그제야 따라온 1백 군사들도 모두 용기를 내어 가야군에게 화살을 날렸다. 가야군은 갈팡질팡하다 서라벌 군사가 뭍에 올라서기도 전에 모두 달아나 버렸다.

철부가 왕을 호위하여 적을 물리치고 무사히 강을 건너는 것을 보자 둘러싸였던 사로국 군사들은 힘을 얻었다. 적지 않은 희생이 따랐지만 강을 다시 건너올 수 있었다.

왕은 철부가 겁 없이 뛰어들어 귀신같은 활 솜씨로 자신을 살려 냈다며 칭찬을 아끼지 않았다.

"과연 장군감이구나."

뒤에 철부는 여러 싸움에서 부장으로 공을 세우다가 3년이 지난 지마이사금 8년(AD 119)에 근기토평장군勤耆討平將軍에 올라 도기야와 인연을 맺었다.

"애야, 내 말을 새겨들어라. 근기국 토평을 빨리 끝내고 돌아가면 빛나는 전공을 내세워 다음 이사금 자리를 넘볼 수 있으리라 믿었다. 탈해이사금의 후손인 데다 세 살짜리 아이도 철부라는 이름 한마디에 울음을 그친다고 할 만큼 떨쳤지. 하지만 싸움이 돌림병으로 멈춰 흐지부지되고 세월이 흐르는 동안 조정에서 세력을 얻지 못하자 서라벌을 향한 꿈은 차츰 멀어져 갔다. 한때 변한이나 옥저 땅으로 나아갈 틈을 노렸으나 그마저 사로국 못지않은 큰 세력들이 차지해 버렸다. 그렇다고 꿈을 아주 접은 것은 아니다. 내가 이루지 못한 것을 네가 이어 갈 수 있다고 믿는다."

철부는 아들의 얼굴을 찬찬히 뜯어보았다. 자기로부터 사로국의 탈해이사금과 고구려 주몽왕의 피를 물려받았고, 죽은 어미로써 근기국 왕실의 피도 섞였다. 어떻게 보면 자기를 닮아 모진 데가 있고, 어쩌면 제 엄마를 닮아 착해빠진 듯 보인다.

물끄러미 아들을 바라보고 있으려니 한 번도 만난 적 없는 탈해도 주몽도 아니고 할아버지 할머니나 아버지 어머니도 아닌 아내의 모습이 떠오른다. 열다섯 아들에게서 죽은 아내를 마음 아프게 느낀다.

조금이라도 힘을 가진 자는 많은 첩을 두거나 남의 아내 빼앗기로 즐거움을 누린다. 하지만 세상 어디에서도 그녀와 맞바꿔 가슴으로 안고 싶은 다른 여자를 만나지 못했다. 그녀가 죽은 뒤에도 어느 누구를 사랑하거나 품을 수 없었다. 오로지 한 사람, 오직 하룻밤을 처제이고 비연랑의 미망인인 무영 공주와 함께했다.

무영 공주를 사랑했던 걸 생각하면 죽은 아내에게 미안하기도 하고 아니기도 하다. 아내 살아 있을 때 그녀가 혼자되었다면 틀림없이 도기야로 데려오자고 졸랐을 것이다. 만난 지 다섯 해나 지난 그녀의 화사한 미소가 끊임없이 아내의 얼굴과 겹쳐진다. 지금은 비록 멀어졌지만 언젠가 자기 앞에 다시 나타날 것이라는 꿈도 아직은 살아 있다.

온갖 생각에 한동안 말을 끊었다가 입을 열었다.

"네 어미가 죽고 벌써 10년이구나. 너 다섯 살 때였으니까. 어미 얼굴 생각나나?"

"아니요. 모릅니다."

갑자기 철부의 목소리가 낮게 깔린다.

"그럴 테지. 그 아름다운 얼굴을 한 번만 다시 보고 싶구나. 한 번만 네게 보여 주고 싶구나. 살아 있었으면 좋은 어미가 되었을 터인데."

"아버지는 혼자 지내시기 외롭지 않으십니까? 어머니가 세상 떠난 지 10년이니 이제 그만 잊어버리세요. 오내벌 이모가 이모부 돌아가시고 여섯 해가 지났어요. 이모를 모셔왔으면 참 좋겠어요."

"그렇게 할 수 없어 아쉽구나. 이제 그 이야기는 그만하자."

3

근기국과 싸우다 돌림병으로 그만둔 이듬해인 지마이사금 10년 늦은 봄 어느 날씨 좋은 아침이었다. 이제 막 아침밥을 먹은 철부는 마루에 나와 꾸벅꾸벅 졸고 있었다. 따뜻한 햇살이 넓은 앞뜰에 흠뻑 내려와 눈이 부신 데다 간밤에 이것저것 생각하느라 잠을 설쳤다.

우대랑이 한 사내를 데리고 들어왔다.

"장군, 근기국 왕이 보냈습니다. 급한 일이랍니다."

가쁜 숨을 몰아쉬면서 나타난 그 사내는 겉옷까지 흠뻑 땀에 젖어 있었다. 말 타고 바쁘게 달려온 것이 틀림없었다. 털썩 주저앉듯 엎드리더니 이마가 바닥에 닿도록 절했다.

"무슨 일로 왔는가?"

"새벽에 왜구가…, 왜구가 들어왔습니다. 저희 대왕께서 …, 좀 도와달라고 …."

숨이 차 말이 토막토막 끊긴다.

철부가 깜짝 놀라며 물었다.

"그래? 몇 놈이나 어디로 왔나?"

"워낙 여러 곳입니다. 사라끝과 솔머리와 새바위와 한달비 쪽에…, 사라끝은 배가 열 척이 넘어 2백인지 3백인지 헤아릴 수 없고 다른 곳은 각각 백여 명 안팎이라 합니다."

"여러 군데로군. 사라끝이 어딘가?"

"용주성 바깥 바닷가입니다."

"대궐을 노린 거네."

"사라끝에 우리 군사가 모두 모여들어 맞붙었는데 만만찮은 놈들이라 아직 깨뜨리지 못하고 있습니다. 솔머리와 새바위 쪽은 군사를 보낼 수가 없어 대왕은 장군께서 이 두 곳의 적을 물리쳐 주시기를 바라고 계십니다."

"안바다 쪽 한달비는 어떻게 한다던?"

"비연 장군께로 사람이 갔습니다."

"알겠네. 곧 나가서 우선 당고개 너머 쪽 새바위 놈들부터 치고 솔머리를 거쳐 용주성으로 가겠다고 대왕께 말씀드리게."

지난해에 근기국과 맞싸웠다고 해서 그냥 두고 볼 수는 없다. 어느 곳에 들어왔든 왜구는 반드시 물리치라는 것이 조정의 명인 데다 근기국 약탈에서 맛을 들인다면 다른 곳도 노릴 것이 뻔해 함께 맞서야 한다.

사자를 돌려세운 철부는 마치 기다리고 있었다는 듯 잠깐 사이에 차비해서 부장 우대랑과 함께 기마 군사 60여 기를 거느리고 나섰다.

철부의 기마군은 화살처럼 내달아 장승백이와 한실을 거치고 당고개 아래 큰나루에 이르렀다. 당고개는 지난봄 근기국과 마지막으로 맞섰던 곳이라 그의 땅에서 근기국으로 넘어가는 고개다. 숨 돌릴 틈도 없이 고갯마루에 올라섰다. 한 무리의 왜구가 바쁘게 설치는 새바위 마을이 발 아래로 훤히 내려다보였다. 집에 불을 질러 연기가 피어오르고 모래톱에서는 열이 넘는 백성을 부려서 그새 노략질한 것을 네 척의 배에 나눠 싣고 있었다.

철부의 군사들은 모두 말을 내려 수풀에 몸을 숨기고 소리 없이 다가갔다. 저들이 알아차리기도 전에 연거푸 두세 차례 화살을 날렸다. 여러 놈이 쓰러지는 것을 보고는 창을 쥔 한 패가 말에 올라타 재빨리 뛰어들어 마구 찔러댔다.

저놈들도 서둘러 맞섰지만 이미 늦었다. 절반이 화살에 쓰러져 기가 꺾인 데다 땅 위에서 칼 하나로 쳐다보고 싸워서는 말에 높이 올라 길고 날카로운 창을 휘두르는 이쪽을 당할 수 없었다. 곧이어 두 번째 기마군이 달려들어 달아나는 놈들을 쫓아갔다. 눈에 띈 자들은 하나도 살아남지 못했다. 산으로 달아나다 화살 맞아 죽거나 마을에 숨었다가 들켜 목이 날아간 놈들도 있었다. 다만 멀리 떨어져 닻을 내렸던 배 한 척이 달아나 버렸다.

철부는 쉴 틈도 없이 군사를 이끌고 북으로 말머리를 돌렸다. 바닷가로 바짝 다가앉은 솔머리 마을에 가까워지자 또 한 패의 왜구가 보였다. 마을 사람들은 모두 달아났는지 하나도 보이지 않았고 왜구들이 집집의 양식을 털어 배로 나르고 있었다.

저들은 이쪽이 가까이 다가가기 전에 눈치채고 옮기던 곡식을 팽개친 채 타고 온 배 세 척이 닻을 내린 쪽으로 어지럽게 달아났다.

철부는 앞장서서 말을 달리며 얼마만큼 따라붙자 시위에 화살을 먹였다. 마침 자기 패를 일일이 챙기느라 훨씬 뒤처진 녀석이 있었다. 아직은 쉽게 맞힐 거리가 아니었지만 솜씨를 한번 자랑해 보고 싶었을까? 그놈을 향하여 힘껏 활을 당겼다. 화살이 시위를 떠날 즈음 모래톱에 앉았던 놀란 갈매기 떼가 갑자기 땅을 박차며 날아오르자 말이 멈칫하여 그의 윗몸이 왈칵 앞으로 쏠릴 때 화살이 시위를 떠났다. 녀석은 허벅지에 화살을 맞으며 땅바닥에 굴렀다.

나머지 놈들은 저만큼 달아나다 녀석이 쓰러진 것을 알자 곧 뒤돌아서 철부에게 덤벼들 듯하더니 이쪽에서 여럿이 몰려오자 슬금슬금 뒷걸음질쳤다. 놈들은 정강이까지 차오르는 물속으로 뛰어들어 배를 둘러싸고 이쪽을 노려보았다. 배는 모래 위에 얹힌 듯 움직이지 않았다.

말 탄 군사들이 따라가려 했으나 철부는 멈추게 하고 쓰러진 놈에게 다가갔다. 그놈은 한쪽 팔꿈치로 윗몸을 반쯤 세운 채 화살 맞은 곳을 손으로 감싸고는 몹시 아픈 듯 얼굴을 찡그리며 쳐다보았다. 뜻밖에도 스무 살 안팎의 새파란 젊은이였다. 철부는 말을 내려 칼을 빼들고 길게 한번 휘둘러 브겠다고 번쩍 쳐들었다. 그러자 놈이 두 손을 모으더니 싹싹 비볐다.

"어라, 이놈 봐라. 이런 놈은 처음 보네."

그는 쳐들었던 칼을 천천히 내려 이마를 겨누었다. 칼끝과 그놈의 이마는 겨우 한 뼘이나 떨어졌을까? 눈물을 철철 흘리며 두 손으로 싹싹 빌고 알아들을 수 없는 말로 뭐라고 지껄였다. 배를 둘러싼 놈들은 무기를 손에 그냥 쥔 채 언제라도 다시 뛰어나올 듯 이쪽을 노려보고 있었다.

철부는 화살 맞은 녀석이 우두머리라고 금방 알아챘다. 녀석의 목이 날아가면 배 쪽에 있는 놈들이 죽기를 무릅쓰고 떼 지어 덤빌 것이다. 두려울 건 없지만 이날따라 어쩐지 녀석을 죽이고 싶지 않았다. 애같이 새파란 데다 허벅지에 화살촉이 박혀 대들 수 없는 놈에게 칼을 휘두르기 싫었다.

왜놈들은 쇠로 만든 칼을 갖게 되면서부터 크고 작은 무리를 지어 이 땅을 침범하기 시작했다.

시조 혁거세거서간 8년(BC 50)에 사로국 변두리에 들어왔던 왜놈들은 혁거세가 귀신의 덕을 갖춘 예사롭지 않은 왕이라고 알자 겁을 먹고 슬그머니 꽁무니 빼고 말았다고 했다. 말은 그렇지만 6촌이 하나로 합쳐졌다고 듣고 만만찮게 보아 돌아섰을 것이다.

그들은 이쪽의 방비를 살펴 가며 고개 숙이고 들어와 강화를 맺자고 한 적도 가끔 있었지만 거의가 보는 대로 사람을 죽이고 집을 불태우며 양식과 재물을 털어갔다. 제때에 물리치지 못하면 이리저리 휘젓고 다니는 분탕질이 여러 날 이어졌고 이쪽 군사에게 쫓기면 재빨리 달아나거나 죽음으로 끝났다.

철부는 저들이 바다 건너 어디에서 왔으며 무엇 때문에 노략질을 일삼는지 들어 보고 싶었다. 마침 군졸 중에는 왜말을 아는 녀석이 있었다.

"말부를 불러오라. 내 오늘 이놈의 말을 한번 들어 보겠다."

옆에 있던 우대랑이 칼을 손에 쥔 채 말했다.

"빨리 목 베고 배 쪽에 몰려 있는 놈들이 달아나기 전에 요절냅시다."

"아니야. 저놈들이 아직 달아나지 못하고 있네. 한번 들어 보자. 바쁠 건 없잖은가?"

말부가 통역에 나섰다.

"살려 주십시오. 한 번만 살려 주십시오."

"이 땅에 들어온 쥐새끼 같은 도적을 살려 준다? 우리 백성을 죽여 놓고 너는 살겠다고?"

"저희는 맹세코 이곳 백성을 한 사람도 죽이지 않았습니다."

"죽이지 않았다고? 정말인가?"

"정말입니다. 마을 사람들에게 물어보십시오."

"저 배를 둘러싼 놈들은 왜 저렇게 지켜보고 있나? 빨리 덤비든지 아니면 내뺄 일이지."

"제가 우두머리입니다. 버려두고 달아날 수 없는 데다 저를 죽일까 봐 덤비지도 못합니다. 제발 살려 주십시오."

"너를 살려 주면 저놈들은 어떻게 하나?"

"모두 항복하도록 타일러 보겠습니다. 절반만 집으로 돌아가게 해 주시면 나머지는 목을 바치거나 장군의 노비가 되겠습니다."

"널 살려 주면 모두 항복한다? 절반만 놓아주면 나머지는 모두 목을 바치거나 노비가 되겠다고? 그 참 재미있는 흥정이구나. 여태까지 왜놈들은 하나같이 죽기로 작정한 것 같았는데 너는 다르구나. 겁이 많아 보이기도 하고. 어째서 그런가?"

"아이 밴 아내가 말려서 오고 싶지 않았지만 힘센 부족이 몰아세워 어쩔 수 없이 따라왔습니다. 몇 달 뒤에 아기가 태어날 텐데 얼굴이라도 한번 보고 죽었으면 한이 없겠습니다."

한참이나 묵묵히 뭔가 생각하던 철부가 결심한 듯 말했다.

"좋다. 너의 항복을 받아들이겠다. 너를 살려 주겠다."

"고맙습니다. 고맙습니다."

눈물을 줄줄 흘리면서 두 팔을 땅에 짚고 몇 차례나 머리를 땅에 박으며 고맙다는 인사를 되풀이하더니 배 쪽에 몰려 있는 부하들을 향하여 손짓하며 뭐라고 연거푸 외쳤다. 저들은 곧 목 베일 줄 알았던 우두머리가 손짓하자 의아한 눈초리로 지켜보더니 하나둘 슬금슬금 저만치 다가와 무기를 내려놓고 모래땅에 꿇어앉는다. 놈이 말한 대로 모두가 항복했다. 일찍이 없던 일이었다.

철부는 어떻게 해야 할지 잠깐 헷갈렸다. 칼 한번 휘두르지 않았는데도 제 발로 무릎 꿇었으니 그 절반을 노비로 삼으면 너무 불쌍하다는 생각이 들었다.

두 오장伍長을 건너다보며 물었다.

"이놈들을 어떻게 하지?"

"약속한 대로 절반을 보내 주고 나머지는 모두 서라벌로 끌고 가서 팔아 버리지요."

"이놈들 말은 이웃 부족에게 등 떠밀려 어쩔 수 없이 따라왔다 하잖아? 억울하다는 거야. 끌고 가서 팔면 많이 받겠지만 마치 호랑이 잡았을 때처럼 나를 두고 서라벌 천지가 와글와글할 텐데 그도 달갑지 않고."

우대랑이 말했다.

"오늘 장군께서는 저놈이 마누라가 애 뱄다고 하자 갑자기 마음이 약해졌네요. 게다가 모두 항복하는 바람에 불쌍해서 놓아줄 생각이죠?"

"틀린 말도 아닐세."

"장군께서 정하십시오."

철부는 두 눈을 지그시 감았다. 피가 튀는 싸움터를 돌며 거칠 대로 거칠어진 철부의 두 눈에서 갑자기 눈물이 핑 돌았다.

"졸개 놈들도 집에 가면 모두 마누라와 자식새끼가 있을 테지."

자신의 지난날을 돌아보며 감았던 눈을 번쩍 뜨더니 힘줘 말했다.

"저들을 모두 돌려보내겠다."

부장 우대랑을 비롯한 모두가 깜짝 놀랐다. 설마 다 놓아주리라고 생각지 못했지만 아무도 다른 말은 하지 않았다.

"잘하셨습니다."

말부가 그 말을 통역하자 우두머리는 어안이 벙벙해진 듯 입을 딱 벌리더니 다시 엎드려 울면서 머리를 수없이 조아렸다. 몇 놈이 녀석에게 달려들어 허벅지의 화살촉을 뽑아내고 이쪽에서 건네 준 고약으로 치료했다.

막대기를 잡고 억지로 일어선 그는 자기네들끼리 할 이야기가 있다기에 허락해 주었다. 한참 만에 다섯 놈이 다가왔다.

"목숨을 살려 주신 이 은혜를 돌아가 처자식들에게도 전해서 오래오래 잊어버리지 않겠습니다. 어차피 죽었던 목숨인데 그냥 모두 돌아가는 것은 마땅하지 않으니 저와 부하 네 사람이 이곳에 남아 장군의 노비가 되겠습니다. 다른 청이 하나 있습니다. 저의 목숨을 맡고 칼과 창을 열 자루씩 빌려주십시오. 지금은 살아서 돌아가지만 언제 다시 여기로 끌려와야 할는지 우리도 모릅니다. 날카로운 칼과 창을 빌려주신다면 다시는 힘센 부족을 따라다니지 않겠습니다. 우리 모두가 목숨을 버릴지언정 두 번 다시 노략질 오지 않겠습니다."

저들은 다섯 사람 목숨을 맡겨 놓고 창과 칼을 빌리겠다고 한다. 살려 줄 때 빨리 달아나야 할 텐데 자기 부족을 위해서는 날카로운 창과 칼이 그만큼 필요한 것일까? 등 떠밀려서 왔다는 말이 거짓이 아니던가? 대충 살펴보니 그들의 무기는 다른 왜구에 비해서도 보잘것 없었다.

"빌려 가는 창과 칼로 다른 부족에게 끌려다니지 않고 자기를 지키겠다는 말이지? 그렇게 하마."

철부는 그들의 청을 시원하게 받아들였다. 일찍이 없었던 일이고 값으로 쳐도 대단한 선심이었다.

이 젊은 부족장의 이름은 주타로였다. 저들 무리는 주타로의 아우를 우두머리로 삼아 스스로 노비가 되겠다던 넷과 함께 곧바로 돌아갔고 그는 혼자 도기야에 남았다. 죽기보다는 노비가 되기로 했지만 뜻밖에도 모두 풀려난 데다 목숨을 맡겨 놓고 창과 칼을 빌리려던 것이 맡기지 않고도 더 많이 얻어 갔다.

주타로는 철부를 따라가 하루하루 지내면서 슬기롭고 성실하여 쓸모 있는 부하가 되었다. 철부의 신임이 두터워지자 영영 돌아가는 대신 몇 해에 한 번씩 고향에 다녀오면서 그냥 머물렀다. 애 배었다던 마누라는 아들을 낳았다.

한달비에서 싸웠던 비연랑은 왜구의 모가지 60여 개를 얻고 배 두 척을 빼앗았다. 사라끝에 왔던 왜구는 우격다짐으로 여러 작은 부족을 끌고 온 가장 크고 힘센 부족으로 다른 패 모두가 크게 당한 것을 알자 1백여 주검을 버려두고 달아났다고 했다. 용주성으로 도우러 갈 일이 없어져 발길을 돌렸다.

왜구를 재빨리 물리친 데다 비바람이 알맞아 풍년이 들고 보니 동쪽 바닷가 백성들에게는 다행스러운 한 해였다. 8월이 지나자 도기야 언덕으로 불어오는 바람도 한결 시원해졌다.

가을걷이를 앞두고 근기국 임금이 사자를 보냈다.

"저희 대왕께서는 오는 9월 보름날 두 분 장군을 모시고 잔치를 베풀겠다고 하십니다. 지난번에 은혜 입은 것을 조금이라도 갚고자 하는 뜻이니 부디 다녀가십시오."

9월의 아침은 하늘이 활짝 개고 바람도 한결 시원했다. 철부는 어쩐지 좋은 일이 있을 듯해서 기마 군사 아홉을 데리고 화전놀이 가는 마음으로 떠났다. 언덕에서 막 바닷가로 내려섰을 때 저 멀리 안바다 가운데를 배 한 척이 지나가고 있었다. 비연랑이 근기국으로 가는 배였다. 그들은 희날재와 고리골을 지나 근기국 용주성에 닿았다.

철부는 용주성 망루에 서서 짙고 푸른 수평선을 바라보았다. 짠 냄새 듬뿍 담은 시원한 바닷바람을 얼굴에 마주 받자 날아갈 듯 가뿐하다. 뭍으로 깊숙이 들어온 잔잔한 안바다(영일만)와 거친 바람에 높은 물결이 막힌 데 없이 엮이는 바깥바다(영일만 바깥쪽의 동해)는 아주 다르게 보였다.

근기국 중신들은 지난날을 잊은 듯 모두가 반갑게 맞아 주었으나 한 사람이 날카로운 눈길을 보냈다. 싸움터에서 화살 닷을 톡톡히 보여 준 녀석을 곧 떠올리자 가벼운 웃음이 나왔다. 한 중신에게 물어보니 이름이 부조기라 했다.

지난해 봄의 싸움터에서였다. 근기국은 철부에게 밀려 대부분의 땅을 잃었다. 당고개에서 장군 철부, 희날재에서 그의 부장 비연랑과 맞서 있어 땅 끝까지 50리를 넘지 못하는 좁은 반도 안에 갇혀 버렸다. 넉넉잡아 열흘 안에 끝날 것이라고 모두가 입을 모았다.

이때 부조기는 근기국 4,5백의 군사 중에서 1백여를 거느린 부장이었다. 그는 아무래도 철부의 군사를 이길 수 없었다. 그 활잡이들이 쏘는 화살은 촉이 워낙 날카로워 두터운 갑주도 쉽게 뚫어 버렸다. 싸움이 붙으면 먼저 화살을 어지럽게 날려 이쪽의 기세를 절반쯤 꺾어 놓고는 말 탄 사나운 창잡이들이 폭풍같이 달려들었다. 번번이 뒤로 물러설 수밖에 없었다.

이 막다른 골목에서 근기국에 더없이 반가운 소식이 날아들었다. 사로국은 4월 그믐날 해가 하늘 가운데 오면 싸우기를 멈추겠다며 근기국도 때맞춰 군사를 거두라는 기별을 보내온 것이다.

그에 앞선 *2월에 서라벌에서는 월성 서쪽에 천둥치는 소리를 내며 큰 별이 떨어지더니 3월에는 돌림병이 크게 번져 많은 백성들이 죽어

---

*春二月大星墜月城西 聲如雷三月京都大疫(삼국사기)

나갔다. 6부 귀족과 백성들은 하늘이 노하여 별이 떨어지는 불길한 조짐을 보여 주다 이제는 돌림병으로써 벌을 내리고 있다고 입을 모았다. 조정은 마침내 싸움을 그만두기로 했다.

사로국의 전갈을 받은 근기국 왕도 군사들에게 싸움을 그치라고 명했다. 당고개에서 철부 장군과 맞붙어 있던 부조기도 같은 명을 받고 있었다. 하지만 그 고집쟁이는 명에 따르기 싫었다. 전쟁이 끝난다며 마음놓고 있을 때를 틈타 철부에게 죽기 살기로 덤벼들어 큰 공을 세울 생각이었다. 왕의 큰딸 무설 공주를 연모하고 있던 그는 적의 우두머리 철부를 목 베면 왕이 공주를 자기 아내로 내줄 것이라는 터무니없는 믿음을 갖고 있었다.

옆에 따르던 오장이 말했다.

"장군, 저 해 좀 보소. 하늘 한가운데 왔습니다. 싸움을 그칠 때가 되었네요."

"이놈아, 쓸데없이 시부렁거리지 마라. 철부란 놈이 맨 앞에 나와 서성거리고 있잖아? 싸움 끝나기를 눈 빠지게 기다릴 거다. 저놈이 싸움 끝나는 데 마음 팔려 있을 때가 바로 하늘이 주시는 기회다. 내가 큰 소리로 고함치면 모두 일어나 적진으로 몰려가야 한다."

철부도 아침 일찍 조정으로부터 한낮이 되면 싸움을 그만두라는 명을 받고 땅바닥에 막대기를 꽂아 지켜보고 있었다. 막대의 그림자가 이미 한낮을 넘어섰다. 맞선 부조기의 군사들도 거의가 나무 그늘 밑으로 들어가 늦봄의 따가운 햇볕을 피하는 걸 봐서 곧 돌아설 듯했다. 하지만 웬일인지 물러가지는 않았다.

그때 부조기가 후닥닥 말에 올라 크게 고함지르자 앉아 놀던 군졸들이 한꺼번에 와락 일어서더니 이쪽을 향하여 벌 떼처럼 달려들었다. 눈 깜짝할 사이였다.

마음놓고 있었으면 크게 당할 뻔했으나 철부는 역시 빈틈없는 사람이라 마지막을 잘 대비하도록 명을 내려놓고 있었다. 수풀에 숨어 있던 활잡이들이 기다렸다는 듯이 모두 한꺼번에 일어나서 화살을 날리자 무턱대고 다가왔던 부조기의 군사들이 여기저기에서 쓰러졌고 겁먹은 나머지는 등을 보이며 뿔뿔이 흩어져 달아났다. 이 순간만 살아남으면 전쟁이 끝난다는 것도 모두 알고 있었다. 목이 터지도록 외치고 군졸들을 몰아세웠으나 하나같이 돌아서 버리자 부조기는 가슴이 콱 막히는 듯 한동안 그냥 버티고 서 있다가 크게 한숨을 내쉬고는 어쩔 수 없다는 듯 천천히 말머리를 돌렸다.

철부는 적장의 속임수에 몹시 기분이 언짢았다. 훌쩍 뛰어 말에 올라 혼자서 달려 나가자 말발굽 소리를 들은 부조기는 깜짝 놀라 뒤돌아보고 그제야 말을 채찍질했지만 철부의 말이 더 빨랐다. 부조기의 군졸들은 자기네 진지를 뚫고 바람처럼 스쳐 가는 그를 멍청하게 지켜볼 수밖에 없었다. 부조기와 쉰 걸음 안팎으로 사이가 좁혀지자 활을 들었다. 이제는 얼마든지 쏘아 맞힐 수 있었다. 그때 등에 와 닿는 햇볕을 느꼈다.

'봄볕이 왜 이리 따가울까?'

시위에 화살을 먹인 채 달리는 말 등에서 고개를 돌려 힐끗 하늘을 쳐다보니 해가 맑은 하늘 한가운데서 서쪽으로 기울며 쨍쨍 내리쬐고 있었다. 해가 하늘 가운데 오면 싸움을 끝내라는 명이 문득 떠올랐다.

'왕의 항복을 받아낼 수 없다면, 저 한 놈을 더 죽여 본들 무슨 이

득이 있겠는가? 괘씸하지만 마지막으로 만난 녀석이 이 순간을 넘기지 못하고 목숨을 잃는다면 너무 억울하지 않겠나?'

어차피 살려 줄 바에는 쩔쩔매는 우스꽝스러운 꼴이나 보겠다는 장난기가 일어났다. 시위를 당기고 오른쪽 발뒤꿈치를 향해 화살을 날리자 제대로 맞았다. 하지만 녀석에게 가장 아까운 것은 발이 아니라 목이다. 발뒤꿈치에 화살을 길게 매단 채 정신없이 달아났다.

철부가 중얼거렸다.

"네놈은 돌림병 덕분에 살았어."

부조기는 오른발이 떨어져 나가는 아픔을 느끼며 이젠 상대가 바짝 따라붙었을 거라 지레짐작하고 있었다. 아마 싸늘한 칼날이 목에 닿는 순간이 왔다고 생각했을는지도 모른다. 칼을 들고 목을 따러 다가오는 적의 일그러진 얼굴이 궁금했을 수도 있다. 하지만 이번에는 말발굽 소리가 들리지 않자 다시 뒤돌아보았다.

철부는 더 따라오지 않고 그 자리에 서서 흔들리는 화살을 발꿈치에 매단 채 달아나는 부조기를 지켜보며 재미있다는 듯 껄껄 웃고 있었다. 살았다는 안도의 한숨을 내쉬면서도 죽음보다 싫게 웃음거리가 된 부끄러움으로 괴로워 말을 세우고 한동안 노려보다 넋이 날아가 버린 것처럼 말 등에서 미끄러지며 땅바닥에 풀썩 떨어졌다. 부하들이 달려와 업고 갔다.

철부는 녀석을 보자 활 쏘던 때를 생각하며 가벼운 웃음을 흘리고는 돌아섰다. 비연랑이 이제 막 닿았다고 한다.

4

해가 넘어가자 대궐 큰 마루에 수십 개 등불을 밝히고 잔치가 베풀어졌다. 인사말이 끝나 온갖 음식이 차려진 상에 술잔이 몇 차례 돌면서 주고받는 이야기로 왁자지껄했다. 옆문이 가만히 열리며 곱게 꾸민 두 처녀가 고개를 숙이고 나타나 사뿐사뿐 걸어왔다. 뒤엉킨 말소리가 뚝 끊기고 모두의 눈길이 그쪽에서 멈췄다.

왕이 말했다.

"내 딸 무설과 무영이오. 무설과 무영은 두 분 장군께 술잔을 올리도록 하라."

두 공주는 다소곳이 다가오더니 가볍게 고개 숙여 절하고 하나는 그에게, 다른 하나는 비연랑에게 술 한 잔씩을 올렸다. 다시 서로 바꿔서 두 번째 술잔을 올리고 조용히 물러갔다. 앳되고 아름다운 둘의 얼굴이 꼭 빼닮았다.

'쌍둥이일까? 쌍둥이 선녀가 이 땅에 내려왔을까?'

철부는 얼빠진 사람처럼 뚫어지게 바라보기만 했다. 여태까지 피비린내 풍기는 싸움터를 활개 치며 칼과 활밖에 몰랐던 거칠어빠진 사내다. 할머니가 귀에 못이 박이도록 들려준 가문의 오랜 소망만이 머릿속에 살아 있어 자나깨나 오로지 말 타고 창과 칼 휘두르며 센 군사 기르기에 매달려 왔다. 오죽하면 이름을 철부鐵夫라고 지었을까? 갑자기 나타난 그녀들의 아름다운 모습과 코끝에 와 닿는 향내가 쇠처럼 굳고 얼음처럼 차가운 가슴을 마구 흔들었다. 얼굴이 화끈화끈 달아오른다.

두 공주가 물러가자 다른 여자들이 나와서 노래 부르고 춤을 췄지만 나무껍질 씹듯 하고 공주들의 그림자만 눈에 아롱졌다. 살짝 웃음 짓던 두 번째 공주의 얼굴이 아련히 떠올라 사뭇 지워지지 않았다.

모두 거나하게 취할 무렵 술자리를 끝내면서 중신 하나가 다가오더니 둘에게 넌지시 말했다.

"대왕께서 두 분을 따로 잠깐 만나시겠답니다."

왕과 비연랑과 철부, 세 사람이 자리를 옮겨 둥근 탁자에 둘러앉자 왕이 무겁게 입을 열었다.

"두 분 장군이 아직도 홀몸이라 들었소."

"예, 그렇습니다."

비연이 답하는 동안 철부는 이미 다음 일을 생각하고 있었다.

'아! 그 말이구나.'

가슴이 방망이질한다. 홀몸인지를 물었으니 틀림없이 혼인 말이 나올 것이다. 지금 이 자리의 젊은 사내는 둘이고 술 따르던 공주도 둘이다. 그의 머릿속에는 어느새 어려운 셈이 시작되었다. 딸의 짝짓기로써 두 젊은 장수의 날카로운 칼끝을 비켜 가려 하고 있는가?

왕이 억지웃음을 곁들이며 입을 열었다.

"내 딸을 두 분께 드리고 싶습니다. 지금 이 하늘과 땅 사이에 두 분 장군을 따라갈 영웅호걸이 달리 있겠습니까? 핫 핫. 두 분과 내 쌍둥이 딸년들을 짝지어 줄 수 있다면 지금 눈을 감아도 걱정할 일이 없습니다."

철부는 묻기도 전에 이미 대꾸할 말을 마련해 두고 있었다. 그러나 먼저 대답한 것은 비연랑이었다. 은근히 북받쳐 떠듬거리며 곧바로 왕에게 말했다.

"대왕께서 그렇게… 해 주신다면야…."

왕은 아무 말 않은 채 입 다물고 있는 철부를 쳐다보았다. 당신도 말해 보라고 다그치는 눈치였다.

"저 역시 마찬가지입니다."

"그러면 받아들이는 것입니까?"

왕은 뚜렷하게 매듭짓고 싶어 뒷말을 이어 가지 않고 있는 철부를 다시 건너다보았고 비연랑도 그에게 눈길을 던졌다.

철부는 숨을 고른 뒤에 한결 낮은 목소리로 말했다.

"변변찮은 저희들에게 귀한 딸을 주신다니 반갑고 고마울 따름입니다. 하지만 받아들이기 어려운 데가 있어서…."

"어려운 데가 있다니요?"

"어렵다니?"

왕과 비연랑이 함께 뜻밖이라는 얼굴로 철부를 쳐다보며 외치듯 말했다. 철부는 잠깐 생각하다 말을 이어 갔다.

"정말 고마운 말씀입니다. 금쪽같은 공주를 아내로 삼는다면 더 바랄 것이 무엇이겠습니까? 하지만 우리 두 사람이 두 공주와 혼인하게 되면 혼수도 주고받기 전에 서라벌에 온갖 말이 퍼져 세상 모두가 지켜볼 것입니다. 대왕께서 만일 사로국의 임금이라면 어떻겠습니까? 목숨 걸고 싸우라고 보냈는데 갑자기 서로 사이좋게 장인 사위가 된다면 기가 막히지 않겠습니까? 조정에서는 보나마나 의심의 눈초리를 거두지 않을 것입니다."

"듣고 보니 이치에 닿는 말씀입니다."

말은 그러했지만 일이 헛돌아 크게 실망한 왕은 등을 의자에 기대어 깊숙이 앉고는 눈을 지그시 감아 버린다. 어차피 안되는 일을 말꺼내지 말았으면 좋았으리라 뉘우치는 듯했다.

밤이 깊어지면서 바다에서 불어오는 바람이 두세 차례 창문을 흔들고 지나가자 짝 맞춘 촛대의 촛불이 따라 흔들렸다. 혼담도 촛불처럼 흔들리고 있다.

비연랑은 오른팔을 탁자 위에 세워 손으로 이마를 짚고 눈길을 아래로 깔아 내린다. 철부 말이 틀리지는 않지만 예쁜 공주를 놓친다면 몹시 아쉽다는 눈치다. 왕은 이제 자리에서 털고 일어날까 말까 눈망울을 굴리며 알맞은 인사말을 고르고 있었다. 웃으면서 헤어져야 한다.

이젠 이야기가 끝났다고 여길 무렵에 한참이나 입 다물고 있던 철부가 억지로 짜내듯 말했다.

"딱히 길이 없는 것은 아닌데, 대왕께서 받아들이기 어려운지라 함부로 말씀 올리기가….."

"받아들이기 어렵다니요?"

의자에 기댔던 등을 벌떡 일으켜 세우며 고개를 쳐든다. 비연랑도 바짝 긴장하여 뚫어지게 바라본다.

"선녀처럼 아름다운 공주를 주시겠다는데 왜 싫겠습니까? 다만 세상의 눈이 두렵다는 것입니다. 해서 드리는 말씀인데….."

그러고는 다시 뜸을 들이자 왕이 다그쳤다.

"말씀하시지요, 장군."

"해서 드리는 말씀인데, 저희 둘이 공주를 한 분씩 빼앗아 달아나기로 하자는 것입니다."

왕은 민망스럽다는 듯 말했다.

"빼앗다니요? 아무래도 그렇지, 두 딸을 나라 안에서 빼앗긴다면 내 체면은 어떻게 됩니까?"

"그래서 받아들이기 어렵다고 미리 말씀드렸습니다. 하지만 대왕께서 저희들을 불러 여기 머물게 된 참에 공주를 후닥닥 낚아채어 달아나 버린다면 서라벌이 우리를 의심하지 않을 것입니다. 대왕께서는 작은 명분에 매달려 본래의 좋은 뜻을 거두지 마소서."

철부의 기막힌 제안이었다. 당신이 바라는 대로 데려가겠으니 방법이 나빠도 참아 달라는 뜻이다. 왕은 이러지도 저러지도 못하고 눈만 껌벅였다. 한동안 아무도 나서지 않았다. 세 사람이 그림처럼 앉아 온갖 것을 저울질하는 동안 서로가 입을 무겁게 다물고 있었다.

왕은 나라의 명운과 자신의 허울뿐인 권위와 두 딸의 행복을 생각하는 깊은 슬픔 속에 무겁게 갇혀 버렸다. 그러다 마음을 차갑게 식히며 저울질해 보았다.

중신들 말로는 서로가 싸울 때나 지난봄 왜구가 나타났을 때 두 사람이 거느린 군사는 함부로 맞서기 어려울 만큼 셌다는 것이다. 만일 내일이라도 서라벌의 명이 떨어져 다시 창끝을 들이댄다면 군사 몇백을 넘어서지 않은 근기국의 운명은 하루아침에 끝난다. 진한 열두 나라는 사로국이 나타나면서 이리저리 흩어지고 속절없이 망해 갔다. 이제 근기국을 도와줄 쪽은 삼한 땅 그 어디에도 없다. 자식 팔기는 안쓰럽지만 어차피 두 딸로 나라를 지키려고 벌인 일이 아닌가?

아니라도 그렇지. 명색이 공주인데 지금 나라가 좁은 반도 안에 갇혀 힘이 빠졌으니 두 장군만 한 사윗감을 어디에서 찾아 오는가? 부조기 녀석이 절름발이 주제에 무설을 탐내는 눈치지만 어떻게 견줄 수 있나? 무영의 짝은 또 어디에서 찾아 오는가?

마침내 왕이 먼저 말했다.

"서라벌이 두 분에게 의심의 눈초리를 보낸다면 바른대로 말해서 내게도 이로울 것이 없소. 두 장군을 믿고 그 말에 따르겠소. 비연 장군의 뜻은 어떻소?"

비연랑은 여태까지 큰 고비에서 철부와 맞선 적이 한 번도 없었다. 화살 한 대로 호랑이를 잡으러 가자고 했을 때부터 오늘날까지 변치 않고 그를 따랐다. 어떻든 공주를 데려가고 싶은 마음이었다.

"저도 뜻을 같이합니다."

"그러면 철부 장군, 어떻게 하시겠다고 자세하게 말씀해 주십시오."

왕이 길게 한숨을 내뿜고 묻자 팽팽하던 긴장이 풀리면서 철부가 부드럽고 천연덕스럽게 말했다.

"우리 두 사람이 오랜만에 만났으니 내일 아침나절 헤어질 때 비연 장군 배 위에서 차 한 잔씩 나누겠습니다. 대왕께서 내일 저희들에게 선물을 전하겠다며 두 공주를 배로 보내 주십시오. 그때 봐서 우리가 눈치껏 한 분씩을 데리고 달아나 버리겠습니다. 두 분 공주는 미리 알고 기꺼이 따라야 하겠지만, 다른 사람은 누구도 눈치채지 못하도록 해 주십시오."

"알겠습니다. 공주들이 나루에 나타나거든 저들이 스스로 따르는 것이라 믿어 주십시오."

60

그렇게 말을 맞추고 헤어졌다.

철부는 숙소로 돌아가려고 대궐 뒤뜰을 천천히 가로질렀다. 서라벌의 의심을 사지 않고 공주를 얻게 되어 기분이 썩 좋았다. 문득 할아버지가 고구려의 공주인 당신을 데리고 달아났다던 할머니의 이야기가 떠올랐다. 어쩐지 재미가 있어 할머니를 졸라 두 번인가 세 번을 더 들었다. 손자인 나 또한 그렇게 아내를 맞는가?

뒤뜰 가운데쯤 왔을 대 가냘프고 매끄러운 여자의 노래가 가깝게 들려왔다. 자기도 모르게 소리 나는 데로 다가가자 저쪽에서 발자국 소리를 들은 듯 노랫소리가 갑자기 뚝 끊어졌다. 둥근 코름달이 하늘 가운데로 솟아나 뒤뜰이 한낮같이 밝았다. 더 가까이 가 보니 작은 연못이 나왔고 연못가의 나무 아래 세 여인이 서 있었다. 잔치에서 본 공주 중의 하나와 두 시녀였다.

“아! 공주세요?”

“장군! 철부 장군이시죠?”

“지나다 보니 바람에 실려 오는 노래가 옥돌이 굴러가듯 맑고 아름답게 들렸습니다. 달빛 어린 연못에 비친 모습이 참 멋지네요. 하늘에서 선녀가 내려오신 듯해요. 차마 말로써 다할 수 없군요.”

“장군께서는 저를 지나치게 치켜세우네요. 옥돌에다 달빛까지 들먹이며 좋은 말을 한꺼번에 모두 써 버리다니요. 선녀를 보신 적이 있나요?”

“하고 싶은 말을 마음에 감아 두지 못했을 뿐이오. 공주를 언짢게 해 드렸나요?”

“아뇨. 기분 나쁘지는 않아요. 장군 말씀을 많이 듣고 마음으로 그

리워해 왔었죠. 대왕께서 저희들을 두 분 장군께 시집보내려 하시는
가 봐요. 어떻게 될는지….”

“어떻게 되다니요? 이미 정해졌습니다. 이제 막 대왕과 말씀 나누
고 오는 길입니다.”

“그렇게 빨리요? 날은 언제로 잡혔나요?”

“바로 내일로 잡았습니다.”

“아하, 정말 번개 같네요. 그 내일을 반겨 주려 오늘 밤은 달이 저
렇게 둥글고 밝은가 봐요. 저-기 바다가 보이죠? 저는 바다에 비치는
달이랍니다. 하늘에서 빛나는 장군의 달을 꼭 닮았어요.”

“오늘따라 멋진 달입니다. 달이 밝게 빛나지 않았다면 이 밤에 공주
를 뵙지 못했겠지요. 못난 사내를 함부로 아름다운 달에 견주시니 좀
어색하오.”

“그래요? 천하의 영웅인 장군을 눈부신 해가 아니라 해맑은 달에
견주면 맞지 않겠죠? 어떻든 저 달은 더욱 밝게 비추며 웃음 짓고 있
어요. 거칠고 싸늘하던 바람조차 어느새 부드럽고 훈훈하게 바뀌었네
요. 장군의 아내가 되어서 늘 함께 지낼 때가 와도 이 밤의 만남은 잊
지 못하겠죠?”

철부가 다가가 오른손을 펴서 손바닥을 내밀자 공주는 그 위에 살
그머니 손을 얹었다. 환한 달빛이 공주의 희고 매끄러운 손등에 머물
렀다. 살그머니 쥐어 보니 보드랍고 따뜻하다. 짜릿함이 온몸에 퍼진
다. 당장 내일부터 함께 지내면서 그 비단 같은 손길로 거칠고 사나운
자기 마음을 어루만져 줄 것 아닌가? 가슴이 뛰고 얼굴이 화끈거렸다.

그때 멀지 않은 곳에서 부르는 또 다른 여자 목소리가 들렸다.

62

"아우는 어디 있나? 그만 들어와요."

그녀는 깜짝 놀라며 잡힌 손을 살그머니 빼내고는 말했다.

"언니가 날 찾나 봐요. 그런데…."

철부는 더 이어 가려는 말을 채 듣지 못하고 헤어지는 인사를 차렸다.

"밤이 깊었으니 어서 들어가십시오."

"그러세요. 좋은 꿈 꾸세요. 아름다운 꿈을요."

철부는 돌아서면서 스스로 쇳덩이 같고 돌덩이 같다고 여겨 왔던 자기가 공주와 재미있게 이야기를 나눈 것에 놀랐다. 아내를 맞아들일 기쁨으로 부풀어 올랐고, 어쩌면 그녀가 이미 자기 속에 들어와 앉았다고 생각했다.

이튿날이 밝았다. 하늘은 더없이 맑고 물결도 잔잔한 데다 물안개가 걷혀 수평선이 또렷하다. 나루에 매어 놓은 비연랑의 배로 가서 반갑게 만났다.

"잘 오게나. 어젯밤에 보니 자네는 역시 철부였어. 예나 지금이나 그 배짱과 솜씨가 달라진 게 없네."

"자네에 대한 마음도 전혀 달라지지 않았네."

"고맙네. 우리 함께 쌍둥이 공주를 아내로 맞게 되었구나. 핫 핫. 뺏어먹는 떡 맛이 더 좋다는 말이 있잖아? 뺏어 가는 여자라도 구박 말고 사랑해 주게나."

"핫 핫, 내가 자네에게 하고 싶었던 말일세."

"두 공주가 나타나면 어떻게 하지?"

철부는 어젯밤의 만남에서 속삭인 달콤한 사랑을 잊을 수 없어 둘째 공주를 고르고 싶었다. 왕이 약속한 대로 두 공주를 이리로 보낸다면 아무래도 언니가 앞서고 배에도 먼저 오를 것이므로 뒤따르는 공주를 낚아채야 된다고 생각했다. 비연랑은 첫째냐 둘째냐에 마음 두지 않는 듯했다.

"사다리가 좁아 두 사람이 한꺼번에 배로 올라올 수는 없겠지. 앞서 오는 공주 하나만 태우고 재빨리 걷어치우게. 뒤처진 공주는 내가 맡겠네."

차 한 잔을 비웠을 때 공주들이 떠났다는 기별이 왔다.

철부는 서둘러 배에서 내려 나루를 살짝 벗어난 저편 나무 그늘에서 말에 올라탄 채 지켜보고 있었다. 두 공주가 넓은 마당을 가로질러 나란히 걸어왔고 그 뒤에는 선물 상자를 든 시녀 둘이 따랐다.

그녀들이 배까지 몇 걸음 남지 않았을 때였다. 한 공주가 갑자기 돌아서더니 시녀로부터 손거울을 건네받아 매무새를 고쳤다. 잠깐 멈추는 사이에 다른 공주가 저절로 앞서지며 뒤처진 공주를 힐끔 돌아보고 멈칫하더니 배에 걸쳐 놓은 긴 널빤지 사다리로 조심조심 올라가 곧장 배 안으로 들어갔다.

그때였다. 배 안에서 군졸들이 나오더니 한 녀석이 재빨리 널빤지를 걷어치우고 다른 녀석은 말뚝에 묶인 밧줄을 풀었다. 또 다른 녀석 둘이 삿대로 나루 쪽을 힘껏 밀자 배가 떨어져 나간다. 곧 노가 저어지며 나루가 차차 멀어지고 있었다. 매무새를 고친 공주가 배로 다가왔으나 바로 눈앞에서 사다리가 치워져 버렸다. 그녀와 두 시녀는 나루에서 떨어져 나가는 배를 바라보고 영문을 몰라 그 자리에 우두커니 섰다.

배 안의 공주도 놀라면서 나지막이 부르짖었다.

"앗, 배가 왜 이러지?"

그녀는 아우 무영이었다. 무영 공주는 어리둥절해 하면서 뭔가 잘못되었으니 배가 다시 돌아갈 것으로 믿고 나루 쪽을 지켜보고 있었다. 그때 어디선가 한 무리 기마 군사가 나타났다. 앞장선 하나가 재빠르게 다가와 우두커니 서 있는 공주의 뒤로 바짝 붙고 허리를 한껏 굽혀 두 겨드랑이 사이르 손을 끼우더니 말 위로 후딱 끌어올려 자기 앞에 태우고는 그냥 달려가 버렸다. 눈 깜짝할 순간이었다.

"앗! 저건⋯."

얼핏 보니 어젯밤의 잔치에서 보았고 다시 후원에서 이야기를 나눴던 철부 장군이다. 그가 언니를 데려가 버렸다.

"이를 어쩌나?"

두 손으로 얼굴을 감싸고 있을 때 뒤에서 굵직한 사너 목소리가 들렸다. 돌아보니 비연 장군이다.

"안녕하시오?"

공주가 그 말을 귓가르 흘리고 다시 앞을 바라보자 떠나온 나루는 벌써 열 발 가까이 멀어져 버렸다.

"철부와 비연랑 두 장군은 사내 중의 사내다. 번개처럼 데려가서 아끼고 사랑해 줄 것이다. 어미 없이 키운 내 딸들, 행복하게 살아라."

아침에 아버지 대왕이 두 딸에게 하신 말씀이었다.

돌이켜보니 번개처럼 데려간다던 말이 좀 생뚱했었다. 누가 누구와 짝이 된다는 말씀은 왜 없었을까? 지금에 와서 철부 장군과 어젯밤 뒤뜰에서 사랑을 말했다며 짝이 바뀌었으니 바로잡아 달라고 할 수 있을까? 아니, 어젯밤에 철부 장군이 했던 말이 서로가 지켜야 할 약속이었던가? 나루에서 보니 그는 거침없이 언니를 데려가 버렸다. 둘 중에서 자기를 가려내도록 알려 줄 말을 꺼내려 했을 때도 말꼬리를 잘라 버리고 헤어지는 인사를 건네지 않았던가?

무영 공주는 비로소 배가 다시 나루로 돌아가지 않을 것이라고 깨달았다. 뒤뜰에서 마음이 끌려 사랑을 주고받았던 그와 갈라서서 마침내 다시 맺을 수 없게 된 것이 못내 아쉬웠다. 철부 장군 모습을 떠올리고 몸을 흔들며 중얼거렸다.

"아이, 어쩌지?"

등 뒤에 비연 장군이 와 있다는 것도 잊어버리고 있었다.

또다시 그가 말을 걸어왔다.

"뭘 어쩌시나요? 그만 돌아서서 날 보시오. 이제 우리는 부부요. 어젯밤 대왕께서 공주를 내게 주셨소. 공주는 나, 비연랑의 아내가 된 것이오."

뒷날 이야기이지만, 근기국 신하들이 뒤쫓는 군사를 보내자고 법석을 떨고 너무 늦었다거나 사람을 보내 데려오자는 말도 나오다 곧 흐지부지되었다고 한다. 눈치 빠른 신하들은 보나마나 몇 마디 말잔치로 얼버무렸을 것이다. 그나마 끝까지 철부를 뒤쫓은 자는 오로지 부조기 하나였다. 그는 무설 공주에게 장가들어 왕의 맏사위가 되려는 꿈을 버리지 않고 있었다.

철부는 공주를 앞에 앉혀 왼팔로 안은 채 단숨에 당고개에 올라서서는 잠깐 멈춰 섰다. 뒤쫓아 올 사람이 있든 없든 황급히 달아나는 모양새를 보여 줘야 했다. 그런데 뒤쪽에 누가 따라오는 말발굽 소리가 희미하게 들려와 귀를 기울였다.

'날 따라오는 놈이 누굴까? 절름발이 그놈이 설마 간 크게….'

어제 보았던 그자의 눈길을 떠올렸지만 아무도 자기를 막지 못한다는 자신감에 차 있었다. 고개를 내려서자 왼쪽으로 큰나루에 매어진 고기잡이배들이 하릴없이 졸고 있고 오른쪽으로 가파르게 솟아난 산이 쳐다보였다. 칡밭을 지나 산자락을 끼고 돌자 당고개마저 눈에서 사라졌다.

부조기는 혼자서 말을 몰아 뒤따랐지만 그저 안타까운 마음의 나머지였다. 고갯마루에 올라서니 한 무리의 부하를 거느린 철부가 이미 비탈을 다 내려가서 키 작은 나무들이 듬성듬성 자라난 오솔길에 들어서고 있었다. 곧이어 뽀얀 흙먼지를 일으키며 오른편으로 말머리를 돌리는 모습이 눈에 들어왔다. 더 따라가지 못했다. 경계를 넘어서기 어려웠고 철부의 화살을 두려워하는 마음도 아직은 남아 있었다.

공주는 말에 얹혀 오는 동안에 마음이 가라앉았는지 별말이 없었다. 철부가 멈춰서며 다른 말 한 필을 가져오게 했다.

"공주, 함께 타서 불편하시죠? 이 말에 옮겨 타십시오.'

무설 공주가 다른 말로 갈아타고 천천히 따라오자 철부가 건너다보며 말했다.

"갑자기 모시게 되었소. 많이 놀랐죠?"

"아버지가 아침에 우리보고 번개처럼 시집간다고 말씀하셨어요. 뭔가 놀라운 일이 일어날 것이라고 짐작했어요."

"당고개를 넘을 때 뒤따라오는 말발굽 소리를 들었소?"

"저도 들었어요. 부조기, 그 절름발이겠죠."

"근기국과 싸울 때 내게 화살 맞은 놈이 아닌지? 그놈을 대궐에서
보았는데 다리를 절고 있었소."

"어떻게 알아보셨나요?"

"목숨 건 싸움터에서 내 화살 맞고 죽을맛으로 돌아보던 찡그린 얼
굴이 지금도 눈에 선합니다. 차마 그 얼굴을 잊다니요. 그자가 어느새
대왕의 곁에 서는 중신의 한 사람으로 올랐습니까?"

"부조기는 대왕의 마복자摩腹子랍니다. 대왕께서 젊었을 때 어쩌다
한 오장의 아내를 보고 홀딱 빠졌답니다. 그 오장이 곧 눈치채고 아내
를 바쳤는데 여자는 이미 뱃속에 남편의 아기를 배고 있었어요. 대궐
에 데려와 사랑하다 두세 달 지나 배가 불러 오자 남편에게 돌려보냈
대요. 그래서 부조기가 태어났답니다. 아버지는 아무래도 그를 잘 돌
봐 줄 수밖에요. 하지만 우리 형제는 그를 싫어해요. 그자는…."

"그렇군요. 더 하실 말씀이?"

"그자는 날 좋아했어요. 하지만 짝사랑이었을 뿐이죠. 하늘에 맹세
코 나는 그를 마음에 두지 않았고 따로 만난 적도 없어요. 그의 느끼
함이 징그러워요. 저는 아버지의 뜻에 따라 장군의 아내가 되었으니
장군이 저의 주인이죠. 장군의 뜻에 따라 살아가렵니다."

"공주의 마음 씀씀이가 고맙습니다. 어젯밤에도 우리 혼인을 반겨
주려 달이 저렇게 둥글고 밝은가 보다고 하셨죠?"

"아니, 어떻게요? 달이 둥글고? 그런 일은 없었는데…."

"없다니요. 생각나지 않으시오? 어젯밤 뒤뜰에서 뵐 때 말이오. 그
때 말씀하지 않았소?"

"뒤뜰에서요? 아! 뒤뜰에서라면…. 뒤뜰에서라면 내 아우를 만났네

요. 아우가 뒤뜰에 나가 너무 오래 머물기에 제가 불러들였죠."

"그 얼굴인데요?"

"장군, 아시잖아요? 우리 형제가 쌍둥이란 것을…."

"아, 그렇네."

철부는 몹시 쑥스러워 아무 말도 꺼낼 수 없었다.

그녀는 한동안 묵묵히 따라오다 말을 멈추며 말했다.

"장군, 곰곰이 생각해 보니 사람이 바뀌었네요. 저는 두 분 중의 어느 분과도 미리 만나지 않았습니다. 장군은 뒤뜰에서 저 아우를 만나 서로 마음을 주고받았을 것이니 그대로 짝이 되어야 마땅한데 바뀌고 말았네요. 이 길로 돌아가겠습니다. 돌아가서 장군과 아우가 맺어지도록 아버지께 말씀드리겠어요."

그녀가 말머리를 돌리자 철부가 다가가 고삐 잡고 말했다.

"아, 아닙니다. 둘이 만난 건 맞지만 약속 같은 걸 한 적은 없습니다. 두 분 중에 대왕께서 맺어 주시는 분과 혼인할 생각이었습니다. 저는 언니인 공주가 좋습니다."

"돌아가서 바로잡겠어요. 괜히 마음에 없는 말씀 하지 마세요."

"공주는 내 말을 믿지 못하시나요? 공주의 남편이 된 것을 기쁘게 받아들입니다. 저를 믿으십시오."

"정말입니까? 다음에 후회하지 않으시겠죠?"

"후회라니요? 내 마음 바꾸지 않겠다고 하늘에 맹세합니다. 좋은 부부가 됩시다."

"하늘에 맹세하신다니 믿겠습니다. 저 또한 좋은 아내가 되도록 힘쓰겠습니다."

그제야 무설 공주는 얼굴을 펴고 철부를 따라왔다. 어차피 되돌릴 수 없다는 것을 모를 까닭이 없고, 철부가 대단한 사내라는 소문도 듣고 있어서 그와 맺어진 것이 속으로는 반가웠다. 골짜기를 한참이나 달려 장승백이 재를 넘어서니 도기야 언덕이 한눈에 들어온다. 철부와 공주에게 그곳 당평에서의 새로운 삶이 기다리고 있었다.

5

철부가 무설 공주를 데려왔을 때는 그가 도기야를 다스리고 겨우 한 해 반이 지나서였다. 아내를 맞자 마음이 활짝 열리고 자신감이 더해졌다. 모든 일을 이미 머릿속에 짜놓은 듯 하나하나 망설임이 없이 이뤄 나갔다.

그는 3백 안팎의 군사를 거느리고 더 늘리지 않았다. 1백 명이 넘는 기마 군사는 상비군에 가까워 씀씀이가 많았다.

철부는 쇠가 힘의 바탕이라 믿고 쇠로써 힘을 키우려 했다. 도기야에 자리 잡자마자 어릴 적의 친구로 호랑이 잡으러 갈 때 날카로운 화살촉을 주었던 쇠꺽지를 데려와 치소 안에 대장간을 두고 편수로 삼았다. 쇠꺽지는 덩이쇠[鐵鋌]만 가져다 주면 쟁기 따위는 말할 것도 없고 아주 단단하고 날카로운 칼을 만드는 솜씨를 갖고 있었다.

그는 어릴 적에 쇠 다루는 솜씨를 배우려고 이곳저곳 떠돌다 변한까지 흘러들어가 임금의 대장간에서 일했다. 대장간의 편수는 자기 솜씨를 어느 누구에게도 가르쳐 주지 않았다. 그는 밤중에 몰래 일어나 편수가 혼자 일하는 모습을 훔쳐보고 솜씨를 익혔으나 마침내 들켜 목숨이 위태로워지자 달아나 서라벌로 돌아왔다고 했다.

철부가 덩이쇠를 모으는 데 힘을 쏟고 쇠꺽지가 열심히 일한 덕튼에 군사들은 좋은 칼과 창을 지닐 수 있게 되었다. 또한 쇠꺽지의 대장간에서 만든 쇠붙이 쟁기나 연장을 백성들에게 나눠주며 버려진 땅을 개간하고 농사짓게 하였다. 소문이 퍼지면서 떠돌던 백성들이 므여들어 골짜기마다 새로운 마을과 논밭이 생겨났다.

도기야가 철부의 마음에 들었던 것은 바로 옆에 고요한 바다를 끼고 있기 때문이었다. 오내벌에 비하면 땅이 기름지지 못했지만 그의 바다에서는 고기가 잘 잡히고 맛 좋은 미역이나 김 따위의 바닷말[海藻] 소출도 많았다. 소금밭이 있어 소금도 구웠다. 그는 이 고기나 미역을 잘 말려서 숲실나루의 곳간에 모아 두었다가 배에 싣고 맏내를 거슬러 서라벌로 실어 가서 조정에 바치거나 덩이쇠 다위의 다른 믈자와 바꿔 왔다. 그 일은 소돌부가 맡고 있었다.

무영이 시집오던 다음 해 소돌부가 작은 배 다섯 척에 소금과 미역 따위를 싣고 서라벌에 갔다가 돌아오는 길에 사내아이 하나를 데리그 왔다.

서라벌에서 가벼워진 배로 내의 흐름을 타고 한참이나 내려왔을 때한 아이가 허둥지둥 냇가로 나오더니 옷 입은 채로 물에 덤벙 뛰어들고 헤엄쳐 소돌부가 탄 배로 올라왔다. 차림으로 보아 열두어 살의 거지였다.

"넌 웬 놈이냐?"

"도기야 가는 배 맞습니까? 도기야가 살기 좋다 해서 가요."

"살기 좋아도 멀쩡한 거지 밥 먹여 줄 사람 없다."

“내 먹을 건 내가 벌어야죠.”

“무슨 재주로?”

“내 이름이 물귀신이거든요. 물에 들어가면 마음대로 해요. 자맥질 해서 조개 잡고 전복 따고 20리든 30리든 헤엄칠 수 있죠. 금방 보았지요?”

“고약한 이름 가진 놈이 제 자랑 하나는 이골이 났군. 그 이름 누가 지어 줬니?”

“누가 짓다니요. 아버지 어머니도 없는데 누가 이름 지어 주나요? 마을에서 모두가 그렇게 불렀죠.”

“알 만하네. 그래. 이 배 도기야 간다. 너 자맥질 잘한다니 날 따라 가자.”

철부는 그의 이름을 수달로 바꿔 주고 자기 집에서 잔심부름을 하며 지내게 했다. 차츰 자라나자 그를 시켜 도기야가 끼고 있는 바다로 손을 뻗쳤다. 돛이 두세 개 달린 큰 배를 만들어 변한으로 가서 덩이쇠를 들여오고 동예와 옥저로 가서 단궁이나 털가죽 등을 구해 와 서라벌로 실어냈다.

공주는 남편이 곁에 둔 여자가 없는 것에 놀랐다. 칼이 날카로워지면서 부족과 나라의 덩치가 커져 큰 권력이 생겼고, 가진 권력이 커질수록 우두머리가 거느리는 첩의 숫자도 차츰 늘어났다. 철부쯤이라면 적어도 서넛인데 전혀 그렇지 않았다.

“당신은 왜 옆에 둔 여자가 없나요?”

“내가 사랑하는 여자는 하나면 돼요. 그 하나가 바로 당신이오.”

“내 오기 전에도 없었나요?”

"그럼요. 옛날에 할머니도 시앗이 없었다고 하셨소."

"나도 당신만을 바라볼 거예요. 다른 남자에게 곁눈질 않겠어요."

공주는 남편의 사랑을 독차지하며 하루하루를 살았다. 시앗이 없다 보니 삼백예순 날 몸과 마음이 자기를 떠나지 않았다. 왜 다른 여자를 두지 않는지는 풀 수 없는 수수께끼였다.

새벽 일찍 일어나 문을 열면 언덕을 뒤덮은 이름도 모르는 풀과 꽃의 짙은 향내가 방 안에 스며들었다. 둘은 말 타고 넓은 도기야 언덕을 나란히 달리며 깨끗한 바람으로 가슴을 가득 채웠다. 밤이 되면 함께 정원으로 나가 산 위로 솟아오른 달을 바라보고 별을 헤아렸다.

"이 도기야 언덕이 참 좋은 곳인데, 해와 달이 떠오르는 수평선을 앞산이 가로막고 있어서 아쉬워요. 용주성에 가서 탁 트인 바다를 보셨죠?"

"친정이 그리운가요? 앞산이 저래 봬도 바다에서 불어오는 축축한 바람을 막아 준다오. 몸이 튼튼하지 못한 당신을 위해서는 그 산이 꼭 있어야 해요."

"당신은 입만 열면 날 걱정하시네요. 바다에서 해가 뜨고 달이 뜨면 정말 멋진 그림일 텐데."

"바다에서 뜨는 해나 달보다 더 좋은 것이 있소. 해 같은 아들을 낳아 달 같은 며느리를 맞는다면 어떨까요?"

"좋고말고요. 하지만 아직 아기를 배지도 못했잖아요? 언제 아들 낳아 언제 며느리 보죠? 아기를 낳지 못하면 여자란 무엇인가요?"

비연랑에게 간 무영 공주에게서도 소식이 없기는 마찬가지였다.

"형제가 모두 아기를 낳지 못하는 팔잔가 봐요. 하늘도 야속하지.

내가 시집와서 제사도 지냈건만….”

 철부는 공주를 데려온 이듬해 봄부터 그녀가 하자는 대로 도기야
언덕의 못 둑에서 하늘에 빌던 옛날의 제사를 되살렸다. 도기야란 바
로 큰 제사를 지내는 곳, 크게 비는 곳이라는 말이다. 그 제사에는 해
와 삼족오三足烏의 그림이 모셔졌다.

 근기국도 사로국처럼 조선의 유민들이 세운 나라였다. 토착민보다
한층 개명된 그들은 사로국보다 훨씬 먼저 맏내 동쪽 여러 곳에 자리
잡아 살면서 고향에서처럼 왕을 세워 나라를 이룩하고 도기야 언덕
못가에서 이 제사를 지내 왔을 것이다.

 언덕 위에는 못이 셋 있었다. 제사는 그들이 떠나온 곳과 가장 가까
운 맨 북쪽 못둑 위에서 지냈다. 그 둑 위에 서면 안바다 푸른 물이 발
치에 바짝 다가와 내려다보였다. 사람들은 이 못을 해와 달의 못이라
불렀다. 그 고요한 물에 비치는 해와 달을 보며 두고 온 고향을 떠올
렸을 것이다.

 이 제사를 여러 해 묵혀 놓자 마을 노인들이 불안해하고 불평도 적
지 않았다. 마을에 병이 돌거나 가뭄과 황해蝗害(병충해)로 흉년이 들거
나 마을 사람 여럿이 잇달아 죽어 나가면 삼족오가 단단히 화가 나 있
다고 쑥덕거렸다. 제사가 되살려지자 사람들은 철부를 더욱 우러러보
고 어떤 이는 무설 공주가 시집오자마자 남편을 졸라 지내게 되었다
며 공주에게 고마워했다.

 시집온 지 여덟 해가 지났을 때 비로소 태기가 있었다. 그러자 무영
공주도 아기를 배었다고 알려 왔다. 형제가 한꺼번에 이런 좋은 일을
맞다니….

둘은 때때로 사람을 보내서 잘 지내는지를 서로 물었다. 여태까지보다 갑자기 더 친해졌다. 무설 공주는 언니답게 먼저 아기를 낳았고 무영 공주는 보름 지나서 낳았다. 둘 다 튼튼한 사내아이였다. 철부의 아들은 연오랑延烏郎, 비연랑의 아들은 세월랑細月郎으로 이름이 지어졌다.

다시 3년이 지나서 겨울에 접어들며 무설 공주는 가벼운 고뿔로 자리에 누웠다. 날이 갈수록 병이 더욱 깊어져 다시는 일어나지 못했다. 공주가 느끼는 인간의 행복은 찬바람 불면 낱낱이 흩어져 빈 하늘로 자취 없이 날아가 버리는 마른 억새꽃이었다. 생명의 불씨가 꺼져 간다고 스스로 느낀 공주가 남편에게 말했다.

"당신은 처음에 아우를 사랑했는데 나와 뒤바뀌어 마침내 슬프게 헤어지게 되었네요."

"아니요. 그날 밤에 뒤뜰에서 처제를 만났던 것이 무슨 사랑이겠소? 이제까지 살아오면서 처제에게 마음 끌려 당신을 서운하게 한 적이 있었소?"

"내가 괜한 말을 했네. 첩을 몇 들이라 해도 끝내 듣지 않더니 내가 죽으면 잠자리가 텅 비어 버릴 텐데 그 외로움을 어쩌죠? 훌륭한 새 지어미를 들여 반드시 꿈을 이루고 연오랑에게 물려주세요."

"당신은 내게 둘도 없는 훌륭한 아내요. 백성들도 모두 당신을 좋아하고 빨리 낫기를 빌고 있어요. 곧 일어날 테니 힘내시오."

"아우 무영이가 딸 하나만 낳아 주면 좋을 텐데. 무영이가 딸을 낳아 우리 연오랑 아내로 삼았으면 좋을 텐데요."

"그래요. 처제가 딸 낳도록 빌어 봅시다."

"당신을 만나 하늘을 날듯 즐거웠기에 헤어지며 이렇게 가슴이 무너지나 봐."

"왜 헤어져요? 빨리 털고 일어나면 다시 하늘을 날듯 즐거워질 거요."

말은 그랬지만 아내가 일어나지 못할 것이 뻔히 내다보였다. 해가 바뀌고 며칠 뒤 무설 공주는 숨을 거두었다. 공주는 서른세 살, 홀로 된 철부는 마흔이었고 연오랑은 겨우 다섯 살이었다.

"왜 여자들은 모두 나를 두고 가 버리나? 어머니가 떠나고 할머니가 돌아가시더니 이젠 아내마저…."

철부의 슬픔과 외로움은 오랫동안 가시지 않았다.

무설이 죽고 2년이 지나서 처제 무영 공주가 서른다섯 나이에 늦둥이 딸을 낳았다. 이름이 세오녀細烏女라고 했다. 죽은 아내의 말이 생각났다.

"처제 무영이 딸 낳으면 며느리 삼겠다고 하더니…. 혹시 알아? 세오녀가 내 며느리 될는지."

아내가 눈 감은 지 4년이 지난 가을에 철부는 무영 공주로부터 비연랑이 앓아 누웠다는 전갈을 받았다. 병세가 가볍지 않다고 전했으니 죽기 전에 만나보라는 뜻이 담긴 듯했다.

철부는 곧바로 달려가 병상에 누운 비연랑을 만났다.

"형! 아버지께서 일찍이 우리를 의형제로 맺어 주셔서 활에 걸고 맹세했는데, 내가 한 번도 형이라 부르지 않았지?"

"우리는 의형제 맺기 전에 친구였잖아? 친구 사이가 더 편했던 게지. 난 어렵게 살 때 너의 도움을 참 많이 받았어. 고마운 친구였다고.”

“고맙긴. 이제야 형이라 불러 보고 싶네. 호랑이 잡았을 때가 생각나지? 난 그때 꼭 잡아먹히는 줄 알았다니까. 친구를 지켜야 한다는 그 한마디에 아버지가 형의 참모습을 알아보셨던 게야.’

“그랬구나.”

“조금 전에 꿈을 꾸었는데 그 호랑이가 또 나타났잖아. 이번에는 철부도 없으니 잘됐다며 날 꼭 잡아먹겠다고 덤비는 거야. 두려워 벌벌 떨었지. 막 잡아먹히려는 참에 형이 나타나더니 호랑이를 쫓아냈어. 깨어 보니 머리맡에 와 있네. 내가 죽더라도 형은 날 버리지 않겠지? 나 대신에 아내와 아들딸을 지켜 주소.”

“쓸데없는 말을 왜 하나? 곧 나을 테니 마음 편히 먹어라.”

“아내는 틀림없이 형을 사랑하게 될 것이야. 형이 다른 여자를 두지 않아 서로가 혼자인 데다 눈 높은 아내 마음에 들 남자가 이 세상에 형 말고 또 누가 있겠어? 형은 날 생각해서 더 힘차게 아내를 안아 줘. 정말이다. 거짓 없는 내 마음이야.”

“별말씀 다 하시네. 자네는 곧 털고 일어날 걸세.”

힘차게 아내를 안아 달라는 남편의 말을 들으며 두영 공주는 고개 숙인 채 눈물을 뚝뚝 떨어뜨렸다. 오내벌에서 돌아오며 철부는 마음이 편하지 않았다. 비연랑이 여느 때와 다르게 앞뒤 없이 함부로 말하는 것이 정신이 흐리기 때문이라면 살아 있을 날이 얼마 남지 않았다는 생각이 들었다.

짐작한 대로였다. 겨우 이틀이 지나서 비연랑이 죽었다는 전갈을 받았다. 비연랑은 마흔셋, 미망인 무영 공주는 서른일곱, 세월랑은 아홉 살이었다. 철부는 깊은 시름에 잠겼다.

'무영 공주와 세월랑이 다스리는 오내벌의 운명은 어디로 갈 것인가? 사로국은 근기국으로부터 빼앗은 땅을 그 나라 공주가 낳은 아홉 살짜리 세월랑이 다스리도록 두고 볼까?'

비연랑이 죽고 몇 달이 지나자 성미가 차분하고 끈기 있게 참을 줄 아는 철부였지만 오내벌로 건너가 무영을 만나보고 싶은 마음으로 안달이 났다. 조정에서 무슨 말이 없는지도 궁금했다. 철부의 마음이 오내벌의 앞날에서 혼자가 된 무영에게로 옮겨 가고 있는지도 몰랐다.

'무영은 아직도 근기국 대궐 뒤뜰에서 사랑을 속삭이던 그때를 아쉬워하고 있을까?'

혼자서 마음속으로 그려 보다 여러 차례 고개를 절레절레 흔들었다.

긴 겨울이 지나고 이듬해 진달래 필 무렵에 오내벌에 사람을 보내 찾아가도 좋은지를 묻자 오라는 답이 왔다. 이튿날 바로 무영에게 달려갔다.

"어서 오세요, 형부."

"공주, 그동안 많이 힘들었지요?"

그녀가 술상을 내와서 마주 앉았다. 철부가 첫잔을 들며 입을 열었다.

"서라벌 조정에서는 아무 말도 없었소?"

"형부께서 궁금했죠? 말이 아주 없진 않았답니다. 아홉 살짜리 세월랑이 어떻게 오내벌을 다스리고 왜놈들을 막아내느냐고 했대요."

"그래서요?"

철부는 갑자기 정신이 번쩍 들어 공주를 바라본다.

"애 큰아버지가 그냥 있겠어요? 그게 무슨 말이냐? 혁거세도 열 살 남짓 해서 거서간居西干으로 세워져 오늘의 사로국에 이르지 않았나? 나이를 핑계로 세월랑의 자리를 이러쿵저러쿵 말해서 괜히 도기야와 근기국을 건드릴 셈인가? 우리 사량부가 뒤를 받칠 테니 세월랑이 자랄 동안 지켜보라고요."

"역시 사량부요. 정말 다행이오. 늘 조마조마하고 걱정되었소."

해가 들 저쪽의 서산으로 넘어가자 마주 앉은 방 안에 황혼이 찾아 들고 있었다. 두 사람은 조금씩 술기운이 오르며 엷은 어둠을 뚫고 진한 마음으로 서로를 바라보았다.

"형부는 옛날에 우리가 뒤뜰에서 만났던 일이 생각나세요?"

"생각나고말고요. 그 밤은 참 아름다웠소. 다시 돌아올 수 없는 옛날은 모두 아름다울까? 이튿날 두 형제가 나루로 나올 때 나는 돌아서서 옷맵시를 고치는 분이 그대라고 생각했소. 나를 만나기 위해서 일부러 늦춘다고 멋대로 짚었거든요. 아내 말 들어 보니 장인께서 뒤로 처지도록 시켰대요. 큰딸을 내게 보내려 했던 거요."

"그랬군요. 그날 밤 헤어질 때 언니와 나를 가려내도록 가르쳐 드릴 참이었는데 장군이 그만 내 말을 잘라 버리고 헤어지는 인사를 하시더라고요. 나는 더 말할 수가 없었답니다. 왜 그랬죠?"

"저런, 저런. 어떻게 그럴 수가…. 전혀 눈치채지 못했소."

"이제 와서 새삼스럽게 아쉬워하지 마세요. 언니도 우리가 미리 약속했던 사연을 알았던가요?"

"처음에는 몰랐지요. 공주를 모셔가면서 내가 어젯밤 뒤뜰에서 오늘 밤에는 달이 저렇게 둥글고 밝다고 말씀하지 않았느냐고 물은 그 말 한마디에 눈치채고 말았소. 나는 곧장 둘러대서 훗날에 그것으로 우리 사이에 서먹해졌던 일은 한 번도 없었소.”

“당장에 알았군요. 그러고도 서먹한 일이 없었다면 언니는 역시 너그럽고 마음이 넓었네요. 언니가 새삼 그리워요.”

“비연랑에게 뒤뜰 이야기는 들려주셨소?”

“아니요. 아무 말도 않았어요. 그이는 속이 넓고 마음이 부드러워 무엇이든 이야기할 수 있었는데도 난 끝내 말하지 못한 채 떠나보냈어요.”

“꼭꼭 숨겼네.”

“그만큼 우리의 만남을 혼자서만 깊이깊이 간직하고 싶었죠.”

“벌써 달이 떠올랐네요. 이만 돌아가겠습니다.”

“어두운 밤에 어떻게 길 나서려 하십니까?”

철부는 일어나서 창문을 활짝 열었다.

“저 보름달을 보십시오. 저만하면 내 말이 제 길은 찾을 겁니다.”

“아! 둥근 달, 아름답고 밝고 둥근 달이 우리 두 사람을 비춰 주네요. 뒤뜰에서 보았던 바로 그 달이네요. 형부, 그때가 그립지 않으세요?”

“그립다마다요.”

“오늘은 돌아가지 마세요. 내가 저 달을 볼 때마다 남모르게 눈물 흘렸다는 것을 알아주세요.”

“그랬군요.”

“여기 앉아 저 둥근 달을 구경하시다가 제 방에 불이 꺼지면 들어오세요. 싫으셔요?"

"싫다니요."

공주가 침실로 들어가자 철부는 혼자 앉아 열린 창 밖으로 달을 바라보았다. 두 사람이 만들어 갈 새로운 세상이 달 속에 보였다.

갑자기 좀 더 어두워졌다. 달빛은 그대로였지만 비단미닫이 너머 공주의 방에 촛불이 꺼져 이쪽으로 넘어오던 엷은 불빛이 사라졌던 것이다. 갑자기 가슴이 두근거렸다. 얼른 일어나지 않고 눈을 감았으나 달리지지 않자 그만 일어나 미닫이를 밀치고 공주의 방으로 들어섰다. 촛불 대신 창 너머 달빛이 꼿꼿이 등을 세우고 침상 위에 걸터앉은 공주의 모습을 희미하게 그려내었다. 가만히 다가가 한쪽 손을 살며시 어깨 위에 올려놓았다.

"공주! 마침내 나를 이 방에 불러 주었군요. 그 옛날 우리의 사랑은 지루한 겨울을 나뭇가지에 붙어 있던 작은 움이었지요. 이제 그 움이 살아나 아름다운 꽃이 피고 잎이 피었소. 그윽한 향내가 방 안에 가득하오. 이 가슴이 터져 버릴 것 같소."

철부가 침상에서 마주 걸터앉자 그녀가 말했다.

"그래요. 정말인가요? 호랑이보다 더 무서운 장군, 쇠보다 더 단단한 장군이 옛날의 아지랑이 같은 사랑에 가슴이 벅차다니요."

"아지랑이 같은 사랑이었다고요? 이젠 아니오. 나는 흔들리지 않는 마음으로 그대 안에 머물 것이오. 언제나 따뜻하고 부드러운 사내로서 당신에게 다가갈 것이오."

"그래요? 이리 다가오세요. 마음이 따뜻하고 부드러은 낭군! 더 가까이, 더 가까이 다가오세요. 힘차게 날 안아 주세요."

둘은 서로 꼭 껴안고 하나가 되었다가 이윽고 조용히 옆으로 쓰러졌다. 공주가 가슴을 파고들며 귀에 대고 속삭였다.

"장군께 저의 모두를 바칩니다. 이 밤이 다하도록…."

"사랑합니다, 공주."

둘은 공주의 말처럼 더욱 가깝게, 더할 수 없을 만큼 가깝게 다가갔다. 그 뒤뜰에서 맺었던 꽃봉오리가 길고 긴 열여덟 해를 기다려 피어난 사랑이었다. 그동안 아무도 모르게 숨겨 놓았던 그리움이 세차게 솟아나 두 사람을 뜨겁게 달궜다. 가쁜 숨을 몰아쉬며 몸과 마음을 태산 같은 사랑의 너울에 내맡겼다.

이윽고 철부가 말했다.

"어리석은 철부! 공주를 외롭게 이 오내벌에 버려두었군요. 내일 해가 뜨면 도기야로 모시겠습니다."

"도기야로요? 그 말씀이 갑자기 나를 슬프게 하네요. 제가 도기야로 떠나가며 맞이할 아침 해는 영영 뜨지 못할 것입니다."

"뜨지 못하다니요?"

"어떤 외로움도 참아내고 여기 오내벌에 머물 수밖에 없어요. 내가 도기야로 가는 날에는 사량부 시댁이 날 버릴 테고, 서라벌은 장군을 부를 것입니다. 낭군께서는 그런 어려움에 어떻게 맞서렵니까?"

"아, 공주! 슬기로운 공주! 우리가 하나로 합쳐도, 우리가 이렇게 온몸으로 안아도 서라벌이 아무 말 못하는 날이 빨리 오도록 내 모든 힘을 기울일 것이오."

"장하십니다. 듣는 것만으로도 행복합니다. 우리가 언제나 함께할 수 있는 날이 오면 저를 찾기 전에 먼저 낭군을 찾아갈 것입니다."

내일을 약속받지 못한 철부는 자기도 모르게 은근히 화가 치밀어 억센 두 팔로 공주를 더욱 힘차게 껴안았다. 그녀가 뜨거운 입김으로 철부의 귓가에서 속삭였다.

"정말 멋져요. 내일이 아쉽다고 아까운 이 밤을 함부로 휘젓지 마세요."

"사랑하오, 공주."

둘은 다시 한번 뿌듯함이 넘치는 사랑의 늪에 빠졌다. 그러다 어느새 잠이 들었고 철부가 눈을 떴을 때 방 안이 훤하게 밝았지만 공주는 아직 깨어나지 않았다. 그는 일어나 잠든 공주를 한참이나 내려다보았다.

지난밤에 둘은 오래 묻어 두었던 옛 마음을 찾아내면서 묘하게 얽힌 오늘도 함께 읽었다. 지금 서라벌은 맏내 동쪽의 일어 그런대로 입 닫고 있다. 사량부의 말 한마디에 어린 세월랑과 그 어미인 근기국 공주의 다스림을 인정해 주었다. 하지만 오늘만의 모래탑일 뿐이다. 내일 비바람이 불어오면 속절없이 무너질 수 있다.

철부는 잠든 그녀의 한 손을 살그머니 잡아 보았다. 다섯 손가락 모두가 힘을 뺀 손이 부드럽고 따뜻하다. 달빛 쏟아지는 근기국 대궐 뒤뜰에서 잡았던 바로 그 손이다. 얇은 이불 안으로 풋풋한 젖가슴이 엿보인다. 차마 지난밤처럼 손길을 뻗치지 못한다. 한참이나 지켜 섰다 말없이 빠져나와 오내벌의 새벽 바람을 뚫고 도기야로 달렸다. 마을에서 들려오는 개 짖는 소리에 말이 응답하듯 힝힝거린다. 도기야 언덕에 올라섰을 때는 동쪽 하늘이 붉게 물들어 있었다.

"해가 곧 뜨려나?"

6

김부식金富軾의 삼국사기三國史記에 따르면 사로국 제7대 왕이던 일성이사금逸聖尼師今이 재위 21년에 죽고 아달라阿達羅가 즉위한다. AD 154년 2월이다. *아달라이사금阿達羅尼師今은 일성이사금의 큰아들로서 키가 7척이고 콧마루가 우뚝하며 용모가 기이하였다. 어머니는 박 씨로 지소례왕支所禮王의 딸이고, 왕비도 박 씨로 내례부인內禮夫人인데 지마왕祗摩王의 딸이라고 적고 있다.

이때 철부는 예순 살, 어쩔 수 없이 늙은이였다. 도기야는 흔들리지 않았으나 마음속에 둔 꿈을 이룰 길은 자꾸 멀어지면서 나이만 먹어가고 있었다. 열다섯 살 외아들 연오랑을 데리고 바깥바다 쪽으로 나들이한 지도 어느새 10년이 지나가 이제 스물다섯의 늠름한 모습이 오직 하나인 자랑거리였다.

그의 머릿속에는 자나깨나 무영 공주가 자리 잡고 있었지만 다시는 오내벌의 부름을 받지 못했다. 한번 만나고 싶다고 서너 차례 사람을 보냈으나 그녀의 문은 끝내 열리지 않았다. 하룻밤 오내벌의 사랑은 아득한 옛일로 남고 말았다.

무영 공주의 아들이고 연오랑과 동갑내기인 세월랑은 씨족의 본거지인 사량부를 자주 드나들며 큰집과 가깝게 지냈다. 열아홉 살의 세오녀는 홀어머니 밑에 자라면서도 오빠를 따라가 날로 화려해지는 서라벌에서 소녀 시절의 꽃다운 꿈을 즐겼다. 무영 공주도 쉰세 살로 어느덧 늙은이의 문턱에 접어들고 있었다. 그녀의 아버지인 근기국의 왕은 이미 오래전에 죽어 외아들 무금舞錦이 이어받았다.

---

*阿達羅尼師今立 逸聖長子也 身長七尺 豊準有奇相 母朴氏 支所禮王之女妃 朴氏 內禮夫人 祇摩王之女也

사로국의 아달라왕은 임금 자리에 오르자마자 1백20여 년을 이어
오던 가배嘉俳를 더욱 성대하게 치르고 싶었다.

사기에서는 일찍이 유리이사금儒理尼師今 9년(AD 32)에 시작된 처음
의 가배를 이렇게 적고 있다.

*왕은 옛날의 6촌에 새 이름과 성씨姓氏를 주어 6부를 정한 후에 이
를 두 편으로 가르고, 왕녀 두 사람으로 하여금 각각 부내의 여자들을
거느리게 하여 붕당朋黨을 만들고는, 7월 기망旣望(음력 16일)으로부터
날마다 일찍 큰 부의 뜰에 모여 길쌈을 하되 을야乙夜(二更. 밤 10시)에
일을 그만두고, 8월 15일에 이르러 그 공功의 많고 적음을 살펴, 진
편에서는 음식을 마련하여 이긴 편에 사례하게 하였다. 이에 모두 노
래와 춤과 온갖 놀이를 마련하였는데 이를 가배라 하였다. 이때 진 편
에서 한 여자가 일어나 춤을 추면서 탄식하기를 회소 회소會蘇會蘇(고
이소 모이소)' 하였는데 그 스리가 구슬프면서 아름다웠으므로 뒷사람
들이 그 소리를 인연으로 하여 노래를 지어 회소곡會蘇曲이라 하였다.
 　　　　　　　　　　　　　　　　　　　－〈삼국사기〉 유리왕 9년 －

세오녀가 오빠 세월랑을 따라 서라벌 큰집에 닿은 것은 더위가 막
바지에 이른 칠월 상순이 끝날 무렵이었다.

큰어머니는 그녀를 보자 기쁨을 감추지 못했다.

"아가야, 새 나라님이 올해는 가배를 아주 그럴듯하게 치르신대. 서
라벌 아낙네들이 벌써부터 떠들썩하게 설치고 있다니까. 길쌈으로 말
하자면 너보다 잘하는 아이가 없다더라. 근기국 사람들이 베와 비단

을 잘 짠다더니 어미가 널 아주 예쁘게 가르쳐 놓았구나. 가배에 나갈 거지?"

"큰어머니, 가배 나가려고 오빠 따라왔는걸요. 엄마도 큰어머니 도와드리라고 했어요. 엄마에게 배운 솜씨를 멋지게 보여 줘야지요."

"동서가 마음 써 주니 고맙구나. 아가야, 이번에는 우리 사량부의 뜰에서 가배가 열리니 꼭 이겨야지 않겠나?"

큰어머니는 사량부 아낙네들의 맏언니였다. 다른 두 부의 맏언니와 의논하여 가배에 나갈 길쌈 아낙네를 뽑느라 매우 바빴다.

각 부에서 열둘 내외를 가려내어 모두 서른여섯으로 패를 만들었다. 일이 아침 일찍 시작되어 밤이 깊어서 끝나기에 길쌈 나갈 사람을 앞 패와 뒤 패로 갈랐다. 세오녀는 뒤 패에 끼었다.

칠월 열엿샛날에 아침 일찍 징이 울리며 사량부 넓은 마당에서 길쌈이 시작되었다. 남정네들은 밭에서 키가 열 자 넘게 잘 자란 삼대를 베어내어 며칠 동안 흐르는 냇물에 담갔다가 푹 삶은 것을 동쪽과 서쪽에 나눠 쌓았다. 쌓인 삼대가 어른의 키 높이에 이르렀는데 그게 다 하면 다시 새로운 삼대가 한 달 동안 끊어지지 않고 주어질 것이었다.

종일토록 일이 이어져 해가 지고 횃불이 밝혀진 다음에야 열엿새 달이 떠올랐다. 달은 밤의 어둠을 몰아내고 사량부 넓은 뜰을 훤하게 비춰 주었다.

그 무렵에 왕이 나타났다. 많은 아낙네가 모이는 곳에 나오느라 고운 색깔로 차려입고 있었다. 시종이 큰 소리로 알리자 모두가 일손을 잠깐 멈추고 엎드려 절했다. 다시 일이 시작된 마당을 한 바퀴 돌면서 바쁜 손놀림을 신기한 듯 지켜보다가 문득 세오녀에 눈길이 멎었다.

보기 드물게 예쁜 얼굴인 데다 일솜씨가 워낙 뛰어나 그녀가 껍질을
벗겨내고 쌓아 놓은 흰 속대는 얼핏 보아도 다른 아낙네의 두 배에 가
까웠다.

한참이나 바라보던 왕이 다가가 부드러운 소리로 물었다.

"아가씨는 어디에 누군가?"

"소녀는 사량부의 세오녀라 합니다."

"사량부 세오녀라…. 아가씨의 손놀림은 어찌 그리 자빠른가? 어떻
게 그 많은 일을 해치웠나?"

"소녀는 일이 재미가 납니다."

"재미난다고? 뭣 때문에 재미가 나는지 꼼꼼히 알고 싶으니 일 다
치고 내게 오라."

"그러겠습니다, 대왕마마."

'징- 징- 징-.'

이윽고 을야를 알리는 징소리가 세 차례 울렸다. 하루 일이 모두 끝
나 일터를 치우는 동안 세오녀는 임금을 만나러 갔다.

"세오녀, 대왕을 뵈옵니다."

"그래, 왔는가? 왜 재미가 나는지 알고 싶다 했던가? 보나마나 일
솜씨가 워낙 좋아 남보다 훨씬 많은 일을 할 수 있으니 재미가 나겠
지. 그보다는 소녀의 얼글 모습이 참으로 아름답기에 우리끼리 가만
히 만나고 싶었느니라. 이리 가까이 오라."

칠월 열엿새 달이 동쪽 하늘에서 보름달에 버금가는 밝음으로 온
누리를 비추며 세오녀의 한쪽 뺨에 머물자 열아홉 살의 앳된 예쁨이
넘쳐흘렀다. 한 발짝 더 가까워지자 넋을 뺏어 갈 듯 고운 향내가 풍

겨나는 것을 느꼈다.

왕은 오른손을 들어 그녀의 왼쪽 어깨 위에 살며시 올려놓았다. 세오녀는 그 짜릿함에 온몸을 부르르 떨었다.

"세오녀! 내가 우리끼리 만나고 싶었다고 한 말이 무슨 뜻인 줄 아는가?"

"……."

"왜 대답이 없는가?"

그녀는 두 손으로 양 볼을 감싸며 들릴까 말까 하는 목소리로 겨우 말했다.

"밝은 달빛 아래에서 우러러뵈오니 소녀의 가슴이 두근거리고 얼굴이 달아올라 무슨 말을 여쭤야 할는지…."

"그런가? 그대 앳됨을 보니 아직 혼인하지 않은 새아기가 틀림없구나. 고개를 들어라. 고개 들고 달빛에 비치는 내 얼굴을 보아라. 그대 보기로 내 모습이 남자답지 않은가?"

세오녀는 겨우 고개 들고 쳐다보더니 말했다.

"대왕께서는 정말 남자다운 모습을 갖췄습니다. 하지만 두려운 마음이 앞서서 무슨 말씀을…."

"두려워하지 마라. 소녀가 여자라면 나는 남자일 것이다. 남자와 여자는 서로 잘 어울리면 언제나 즐겁지. 이 달빛에 그대와 거닐어 보고 싶구나."

"소녀는 대왕을 따르겠습니다."

"그래야지."

왕은 앞서서 걷다가 휙 뒤돌아섰다. 갑작스럽게 돌아서느라 둘이 서로 부딪혀 선 채로 가슴에 안긴 것처럼 되자 키 큰 그의 뜨거운 입김이 정수리에 느껴졌다. 그녀는 소스라치며 자기도 모르게 두 손으로 가볍게 왕의 가슴을 밀고 주춤 물러섰다. 다시 쳐다보니 얼굴이 달빛을 받아 오뚝한 콧마루며 유별난 생김이 더한층 또렷하다. 어딘가 귀한 사람 티가 났다. 그녀는 차츰 두려움에서 벗어나 사내다운 왕의 모습을 바라보았다.

왕은 세오녀의 예쁨에 빠져들며 한동안 뚫어지게 마주 보다 감격에 북받친 듯 말했다.

"내 오늘 그대를 만나다니…. 그대 만나 이렇듯 마음이 흔들리다니…. 그대 마음은 어떤가?"

떨리는 왕의 말을 또렷하게 들었지만 그녀는 대꾸하지 못했다. 어떤 말도 할 수 없을 만큼 가슴이 소용돌이치고 있었다.

그때 시종이 급하게 다가왔다.

"왕비마마께서 대왕을 찾아오라 했나이다."

"그래? 알았다."

짜증스럽게 내뱉고는 다시 이쪽으로 돌아서더니 말했다.

"세오녀, 내 이제 돌아가야 하니 너무 아쉽구나. 잠시라도 그대를 잊지 못할 것이다. 보름 뒤 이때쯤 이곳에서 다시 보리라."

"소녀는 잊지 않고 가슴에 담겠습니다. 살펴 가시옵소서."

"그래, 다음 만나자. 잘 있어."

왕은 시종을 앞세우고 몇 발자국 걸어가다 차마 발걸음이 떨어지지 않는 듯 잠깐 멈칫하며 뒤돌아보았다. 눈이 서로 마주치자 흐뭇하게 웃음 짓더니 빠르게 걸어 그늘진 어둠 속으로 사라졌다.

세오녀는 울렁거리는 가슴을 안고 큰댁으로 돌아왔다. 하늘과 땅이 마치 큰 너울을 타고 넘는 배처럼 두둥실 떠가고 있었다. 눈 감고 혼자 서서 빙글빙글 돌다 마룻바닥에 머리 박고 납작 엎드렸던 어릴 적 장난이 떠올랐다. 그 마루가 자기를 싣고 둥실둥실 떠간다고 느껴 여러 차례 되풀이했었다. 사로국의 나라님이라면 꿈에도 만날 수 없는 사람으로 여겼다. 아니, 만나본다는 꿈조차 꾸지 못했다. 그런 나라님의 뜨거운 숨결이 귓가에 맴돌도록 가까이 다가서서 말을 주고받았다. 향기롭고 달콤한 말씀이 떠올라 숨이 콱 막혀 버릴 것 같았다.

그녀는 곧바로 자기 방에 돌아와 자리에 누웠지만 잠이 오지 않았다. 아무리 눈을 감아도 떠오르는 대왕의 모습을 지울 수 없었다. 두근거리는 가슴에 두 손을 얹어 보았으나 마음이 가라앉질 않았고, 이쪽으로 돌아눕고 저쪽으로 돌아누워도 보이는 것은 온통 대왕의 얼굴뿐이었다.

이튿날도 세오녀는 길쌈에 끼어들었다. 지난번에 대왕이 나오신 시각은 밤이었다. 서라벌 천지에 어둠이 내려앉자 혹시라도 대왕의 마차가 나타날까 입구 쪽으로 틈틈이 눈길을 보내고 있으려니 마침 한 대의 마차가 다가와 서며 누군가 내린다.

"아! 대왕이신가?"

아니었다.

"그분께서 보름 뒤에 오겠다고 하셨으니 오늘 오실 리가 없지."

이런 기다림이 날마다 이어지다 드디어 그믐날 저녁을 맞았다. 사방이 얇은 어둠에 잠기고 있었다.

"지난번은 열엿새 밤이라 참 밝았지. 이제 곧 횃불을 밝히겠지만 그래도 어둠을 뚫고 날 알아보실까?"

혹시나 대왕이 자기를 놓칠까 봐 걱정하고 있을 때 한 사내가 성큼성큼 그녀에게 다가왔다.

"대왕의 심부름 온 시종입니다. 대왕께서는 오늘 밤에 나오시지 않습니다."

"왜 못 나오시나요?"

그녀가 안타깝고 다급하게 묻는 말이 잘못을 따지는 것처럼 건방졌지만 시종은 아무렇지 않은 듯했다.

"대왕께서는 맨 마지막 날, 그러니까 팔월 보름날 밤에 이곳으로 행차하시니 그때 뵙겠다고 하십니다."

"오늘은 왜 못 나오시죠?"

그녀가 다시 묻자 잠깐 얼굴을 찡그리더니 내뱉듯이 말했다.

"지난번에 대왕께서 그대 만난 것을 왕비 내례부인께서 아시고 오늘 못 나오시게 말씀드렸을 것입니다. 그만하면 짐작하겠죠?"

더 물을 것이 없도록 일러 주었으니 그녀는 할 말이 없었다. 시종이 가볍게 고개 숙이고 돌아서자 갑자기 팔다리에서 힘이 쏙 빠져 자기 몸을 이겨내지 못한 채 그 자리에 털썩 주저앉고 말았다.

다시 여러 날이 지난 끝에 팔월 보름을 맞았다. 둥근 달이 높이 떠올라 환하게 비춰 주는 넓은 마당에 을야의 징소리가 울려 퍼졌다. 꼬박 한 달을 끌어 오던 길쌈은 모두 끝이 나고 이제 일한 분량을 헤아려 이긴 편 진 편을 뽑을 참이었다.

사람들은 세오녀에게 눈길을 모았다. 그녀의 날래고 뛰어난 솜씨가 한몫 할 것이라 모두가 믿고 있었다. 이윽고 벼슬아치가 나와 큰 목소리로 사량부 편이 이겼다고 알렸다. '우와! 우와!' 이긴 쪽이 연달아 외쳐댔다.

이때 더 많은 횃불이 밝혀지며 마침내 왕이 나타났다. 사람들은 모두 엎드려 절하여 맞이했고 왕은 손을 들어 주었다. 곧이어 진 편이 마련한 음식이 나와 골고루 나눠지고 모두가 굶주린 귀신같이 먹으면서 지난 한 달 동안에 겪은 일을 서로 이야기하느라 한동안 그 넓은 마당이 떠내려갈 듯 왁자지껄했다.

아낙네들이 그 넘쳐나던 음식을 다 먹어치우자 곧 회소會蘇놀이가 시작되었다. 진 편에서 회소곡을 부를 나이 듬직한 여자가 앞으로 나왔다.

회소놀이에서 부르는 노래에는 춤이 따랐지만 정해진 노랫말이나 춤사위가 있는 것이 아니었다. 마치 남정네들의 '쾌지나칭칭'처럼 한 여자가 먼저 그때그때 흥에 겨워 멋대로 토해내는 노랫말과 가락이 한마디 한마디 끝날 때마다 모두가 따라 하고, 그 여자가 멋대로 휘젓는 몸짓을 다 같이 흉내 내어 춤추는 것으로 누구나 할 수 있었다.

모이소 모이소 이 마당에 모이소.
이긴 편 진 편 가리지 말고
서라벌 아낙네 여기 모이소.
지난봄 삼씨 뿌려 풍성하게 자랐네.
스릉 스릉 낫질로 한 줌 두 줌 베어내어
푹푹 삶아내고 질긴 껍질 벗겨서
가늘게 째어내 무릎 위에 올려놓아

올올이 이어 가며 실타래 만들리라.
칠월 기망 한 달 지나 어느덧 팔월보름
달빛 횃불 벗 삼아 쉬지 않고 일했건만
이기지 못한 것이 슬프고 한스럽다
한숨 소리 울음소리 이제 와 무엇하리
나라님 우뚝 서서 어린 백성 보살피고
둥근달 높이 떠 어둔 밤 밝혀 주어
길쌈을 마쳤으니 노래하고 춤추세.
모이소 모이소 달빛 아래 모이소.
서라벌 아낙네 모두모두 모여들어
노래하고 춤추며 이 밤을 새우자.

한 여자의 구슬픈 노래와 흥에 겨운 춤에 따라 사량부 넓은 마당을 빈틈없이 메운 아낙네 므두가 한꺼번에 토해내는 거친 소리가 켜켜이 울려 달빛어린 하늘을 갈기갈기 찢어 놓고 길길이 날뛰는 어지러운 발굽이 땅 뿌리를 마구 흔들었다.

그야말로 이긴 편 진 편 가릴 것 없이 길쌈에 나왔던 모든 아낙네가 신바람 나게 뛰노는 동안 세오녀는 구석진 곳에서 가단히 왕을 만나고 있었다. 왕이 달빛 아래 서서 오른손을 들어 펼치자 희고 매끄러운 손바닥에 파리한 달빛이 머물렀다. 세오녀는 자기의 엎은 손바닥을 살며시 올려놓았다. 대왕이 그 손을 움켜쥐는 순간 둘이 하나로 합쳐지는 짜릿함이 그녀의 온몸을 타고 흘렀다. 왕은 다른 사람이 가까이 오지 못하게 시종에게 손짓해 놓고는 그녀의 손을 꼭 잡은 채 무엇에 쫓기듯 그늘진 큰 나무 아래로 이끌었다.

왕이 낮은 목소리로 말했다.

"세오녀, 그대가 보고 싶었어."

"소녀도 정말 뵙고 싶었어요. 그믐에 나오실 줄 알았는데….."

"그때 날 기다렸지? 바쁜 나랏일 때문에 그렇게 되었구나."

"오늘 이렇게 뵙잖아요? 어두운 그믐을 피하여 밝은 보름날에 나오셨으니 더욱 반갑죠."

"그러네. 저 달빛이 바로 내 마음이야. 그대를 그리워하는 마음이 이 밤을 밝혀 주는 환한 달빛이 되었구나."

"저 달은 소녀의 것이랍니다. 달빛이 대왕을 사모하는 소녀의 마음을 가득 담아 저렇듯 둥근 모습으로 떠올랐네요. 대왕은 달이 아니라 밝고 뜨거운 해로서 저의 마음속에 있답니다."

"나는 달보다는 해란 말이지?"

"그럼요. 빛나는 해처럼 소녀의 마음에 모셔졌죠. 이렇게 뵈오니 안타까움은 모두 풀렸지만 지난번에는 왜 나오시지 못했는지 아직도 궁금합니다. 혹시 왕비마마께서 이 만남을 알고 계시는지요?"

세오녀는 흥분한 나머지 말이 이리저리 멋대로 나왔다. 그믐을 피하여 보름밤에 나타나셨다고 반가워했다가 나랏일 때문이라고 말했는데도 다시 나오지 않았다고 탓했다.

왕은 좀 거북해졌다.

"세오녀, 왕비가 우리의 만남을 알기는 하겠지만 그대는 두려워하지 마라. 앞으로는 우리가 언제든지 만날 수 있게 마련하겠다. 나는….."

그때 세오녀가 급하게 말꼬리를 자르고 나섰다.

"언제든지 만날 수 있다고요? 내년 가배에서도 뵈올 수 있겠습니까?"

"그럼. 두말할 것 없지."

"그렇다면 소녀는 아주 유별난 일을 하고 싶답니다."

"무엇인가? 그 유별난 일이…."

그녀는 언제든지 만날 수 있다는 말에 마음이 부풀 더로 부풀어 올랐다. 가슴 졸이며 대왕을 기다려 온 지난 한 달 동안 수없이 머릿속에 떠올리고 그려내고 다듬어 온 일을 아낌없이 쏟아 놓을 때가 왔다고 생각했다.

"저는 집으로 돌아가면 대왕께서 입으실 옷을 지을 것입니다."

"옷을? 옷을 짓는다고? 갑자기 웬 옷이라니…."

"옷이 날개라 하지 않습니까? 온 세상 사람들이 우러러보는 대왕께서는 온 세상에서 가장 멋진 옷을 입으셔야 합니다."

"어떻게 가장 멋진 옷을 짓나?"

"먼저 아름다운 천을 짜야겠지요. 매끄럽고 반짝이는 비단을요. 낙랑에서 들여오는 비단, 지금 입고 계신 이 옷의 천보다 훨씬 고운 비단을 짜서 대왕의 옷을 짓겠어요. 가슴팍 한가운데 떠오르는 붉은 해. 온 세상을 환하게 비춰 주는 해를 수놓을 거예요. 바다에서 솟아오른 아침 해처럼 이 세상에서 오직 하나인 밝음으로써 빛나 그 아름다움을 보는 모든 사로국 사람들이 마음속 깊이 대왕을 우러르게 하겠어요. 삼족오도 새겨 넣어 옛 조선의 넋을 대왕께서 물려받아 만백성을 다스리고 있음을 누구나 곧바로 알아내게 꾸미겠어요. 부드러운 안감

에는 소녀의 따뜻한 마음을 담을 거예요. 소녀가 언제나 대왕 가까이
서 따뜻하고 포근함으로 감싸 아무리 매서운 겨울 추위도 이겨내게
할 것이에요."

"해와 달을 수놓은 따뜻한 비단옷이라…."

"소녀가 입을 옷도 함께 짓겠어요. 앞가슴에는 오늘 밤 하늘에 떠
있는 저 둥근 달을 수놓겠어요. 백성의 근심을 풀어 주며, 불쌍한 사
람들의 눈물을 닦아 주고, 아픈 이의 괴로움을 달래 주는 달, 이 누리
에 사는 모든 사람들에게 사랑의 기쁨이 넘쳐나게 할 정겨운 달이 그
려질 것입니다. 내년 가배 첫날에 그런 해와 달의 비단옷을 서로가 꼭
입어야 한다고 소녀는 생각해 왔답니다."

세오녀의 말은 그녀가 옷 짓겠다는 비단처럼 매끄럽고 냇물이 흘러
가듯 막히지 않게 이어졌다. 왕은 길게 늘어놓는 수다에도 지겨워하
는 기색 없이 마치 화려하게 수놓아진 비단폭에 머리꼭지부터 발끝까
지 감싸인 듯 그녀의 말에 빠져들었다. 그런 옷을 입은 자신을 빈 하
늘에 그려 보아 스스로 마음이 두둥실 떠오르자 이제는 그 영광을 뛰
어넘는 기쁨을 그녀에게 남김없이 안겨 주고 싶어졌다.

임금답지 않은 떨리는 목소리로 말했다.

"오, 세오녀! 그대의 빼어나고 아름다운 말 한마디 한마디는 붉은
비단실 매듭에 길게 꿰어 놓은 반짝이는 구슬 같구나. 아침 해가 그려
진 멋진 옷을 그대가 지어 온다면 그걸 입은 내 영광이 해 비치는 이
하늘 아래 우뚝하겠지? 참으로 하늘 아래에 우뚝할진대 나 또한 그대
를 위하여 모자라지 않은 걸 해 주고 싶구나. 아름다운 사랑의 달을
품은 그대에게 뭘 내리는 것이 마땅할까? 어떻게 하면 그대를 더 기쁘

96

게 만들까? 그렇지! 참 좋은 생각이 떠올랐어. 하늘이 만백성을 다스리는 이 왕에게 이제 막 가르쳐 준 멋진 생각이야."

"대왕이시여, 어떤 생각입니까?"

세오녀는 빨리 듣고 싶은 다음에 다시 급하게 물었다.

"대왕이시여, 무엇인지 말씀하세요."

"세오녀! 그대는 기뻐하라. 참으로 기뻐하라. 나는 그대가 지어 주는 해와 삼족오가 새겨진 비단옷을 입고 마당 가운데의 저 단 위에 올라 큰 소리로 외칠 테다. 이 마당에 든 모든 사람, 아니 사로국의 모든 신하와 백성들이 들을 수 있는 큰 소리로 이렇게 말할 것이야."

"어떤 말씀이나이까?

"내 옷을 보라. 내가 입은 옷을 잘 보아라. 해가 솟아나고 삼족오가 날갯짓하는 비단옷이니 이는 사량부의 세오녀가 온갖 정성으로 손수 지어 온 바다. 나는 이제 이 옷을 입고 만백성을 다스리겠다. 밖으로 왜구를 물리치고 사방의 적을 막아 사로국을 지키며 안으로 비바람과 햇볕과 달빛을 고르게 하여 백성들의 시름을 덜어 주고 눈물을 닦아 주리라. 사람 사는 세상을 널리 이롭게 하여 모두가 복되게 살도록 하리라. 그런 내 마음을 깊이 헤아려 이 옷을 지어 바치면서 스스로 달의 옷을 갖춰 입고 내 옆에 다가선 이 사량부 세오녀를 짐의 두 번째 왕비로 삼겠노라."

대왕은 조금도 주저하지 않고 마치 대나무쪽에 써놓은 글 읽듯 거침없이 말을 이어 갔다. 옆에서 들을까 봐 차분하게 낮춘 그의 목소리는 귓가의 뜨거운 속삭임이어서 그녀에게 한층 더 달콤하고 참되게 들렸다.

"헉! 정말입니까?"

그녀는 벌어진 입을 손끝으로 살짝 가린 채 키 큰 왕을 똑바로 쳐다보았다.

"정말이고말고. 그렇게 당당하게 세상과 만민 앞에 밝히고 나면 모두가 우리 가슴팍에 새겨진 세상의 근본인 해와 달을 우러러보게 되며, 다시는 어느 누구도 해와 달이 짝을 이룬 우리 둘의 만남을 이러쿵저러쿵 말하지 못할 것이다. 어느 누구도 우리가 서로 사모함을 미워하거나 가로막고 헐뜯지 못하리라."

세오녀는 그만 숨이 콱 막혀 버렸다. 한동안 아무 말도 할 수 없었다. 차츰 정신이 들자 그녀는 선 채로 왕의 가슴을 향하여 자기를 던지고 팔을 벌려 허리를 껴안았다. 왕의 귀 밑에 입을 가져가며 속삭였다.

"대왕이시여, 사모합니다. 하늘의 해가 다하고 달이 다하는 날까지 이 몸 모두를 바쳐 사랑할 것입니다."

대왕은 자신을 안은 그녀를 큰 몸으로 덮어 버리듯 마주 부둥켜안고 말했다.

"나 또한 그대를 사랑하노라. 한 해만 기다려 다오. 내년 가배가 시작되는 날 밝은 달빛 아래에서 그대를 만날 것이다."

"아닙니다, 대왕이시여."

"아니라니?"

"제가 지어 대왕께서 입으실 옷에는 하늘 가운데로 떠오르는 해가 새겨질 것인데 밤에 해가 무슨 뜻이 있겠습니까? 달은 낮에도 볼 수 있지만 해는 밤에 나타나지 않습니다. 달 옷을 입은 저를 생각하지 마

시고 대왕께서 만백성 앞에서 참으로 거룩하게 보일 수 있도록 아침
해가 떠오른 다음에 나오소서. 소녀는 아침나절의 길쌈 패에 끼어들
겠습니다."

"옳거니. 그대의 말이 참으로 옳거니. 옷에 그려진 해가 더욱 돋보
이려면 길쌈이 시작되는 아침나절이 좋겠네."

"하늘이여, 그날에 구름 한 조각 없는 맑고 밝은 아침을 내려 주십
시오."

"하늘은 반드시 맑고 밝은 아침을 내려 줄 게다. 그대는 참으로 착
하고 슬기롭구나."

"대왕께 비하면 보잘것없답니다. 대왕의 사랑과 슬기는 가슴에 담
긴 해처럼 온 세상에서 더없이 빛나고 있습니다."

"그대는 나의 달이다. 뭇 별조차 숨어드는 밤하늘에서 오로지 자기
만이 참으로 있는 듯 활짝 열린 얼굴로 어두운 세상을 비추는 보름달
같은 그대! 우리가 한 몸이 되면 나는 그대를 위하여 밤마다 고요하고
정겨운 달의 노래를 부르리라."

"오! 대왕이시여…."

사랑의 향긋하고 달콤한 꿈이 한창 무르익은 바로 그때 왕의 시종
이 나타나면서 세오녀의 말이 끊겼다. 왕은 시종이 말하기까지를 기
다리지 않았다.

"나는 그만 가야 하네. 내년에 다시 만나자. 내년 시작하는 날에는
잊지 않고 아침에 나오겠네."

왕은 안고 있던 두 팔을 풀어 그녀를 두고 어둠 속으로 사라졌다.

왕과 세오녀가 뜨거운 사랑에 빠져 있는 동안 마당에서 벌어지는

가배놀이도 차츰 뜨겁게 달아올랐다. 노래를 앞서 부르는 여자는 목청을 한껏 높이고 두 다리와 팔을 꺾다가 펼치고 펼치다 꺾으며 넓은 마당을 이리저리 멋대로 주름잡고 달빛 내린 하늘 보고 몸부림쳐 춤사위 하나하나를 신들린 듯 미친 듯 이끌었다. 넓은 마당에 빽빽하게 들어선 아낙네들은 그녀를 따라 고개 들어 높이 올린 손끝에 머문 보름달을 쳐다보다 고개 숙여 자신의 아름다운 몸매에 스스로 취하며 앞서 부르는 노래를 따라 목구멍 찢어지는 소리를 발악하듯 뱉어내고 몸을 서로 부딪치며 엉덩이와 어깨를 마구 흔들었다. 오늘 밤만큼은 허물이 없기에 모두가 술에 취했고, 둘러선 사내와 눈 맞추는 아낙네도 여럿이었다.

이윽고 새벽이 가까워지자 누구 없이 맥이 빠졌다. 힘을 모두 쏟아냈는지 저절로 춤이 멈춰지고 목이 쉬어 노래도 차츰 잦아들더니 마침내 딱 끊겼다. 아낙네들은 한숨을 깊이 내쉬고 흐르는 땀을 닦으며 하나둘 흩어져 갔다. 열에 아홉은 온전히 집으로 돌아갔지만 남편이 없어 쓸쓸함이 사무쳤거나 멋진 새 사내를 만나고 싶은 끼 많은 아낙네는 술이 취한 채 마당에 팔다리를 뻗고 누워 버렸다. 벌써부터 점찍고 멀찌감치 물러나 엿보던 녀석들이 하나둘 나타나 쓰러진 계집들을 이리저리 살피더니 맞춰 둔 짝을 찾아 등에 업거나 어깨에 둘러메고 이 골목 저 골목으로 사라졌다.

7

칠월이 중순에 접어들자 무더위가 한풀 꺾여 아침저녁으로 불어오는 바람이 하루하루 싸늘해졌다. 이제 곧 가을이다. 여름에 비가 알맞게 내리고 해마다 남쪽에서 올라오던 사나운 비바람도 아직은 소식이 없어 곡식은 이삭이 더 커지고 실하게 익어 갔다.

연오랑은 이 좋은 철을 그냥 넘기기 싫었다.

"아버지, 세오녀를 아내로 맞고 싶습니다."

"잘 생각했다. 그 애가 제 어미를 닮았는지 참 잘생겼다더라. 내가 듣기로 베 짜고 비단 짜는 솜씨도 빼어나다는구나. 죽은 너의 엄마도 앓아누웠을 적에 네 이모가 딸 낳으면 며느리 삼고 싶다고 말했었지."

"언제 한번 이모 댁에 놀러 갈까 합니다."

"언제라고 미룰 것이 뭐냐? 오늘 곧바로 다녀오지 그래."

연오랑이 한번 말 꺼내자마자 아버지의 성화가 잇달아 이튿날 오내 벌의 세월랑을 찾아갔다.

이모가 반갑게 맞아 주었다.

"연오랑을 몰라보겠구나. 어미 없이 이만큼 자라는 동안 너의 아버지가 얼마나 마음 썼을까? 어미 대신 이모라는데, 떨어져 살아 너를 오랜만에 만나니 정말 미안하구나."

이종사촌인 세월랑도 무척 반가워했다.

"형! 얼굴이 좋아 보이네. 잘 지냈소?"

"너도 좋아 보이는구나. 그런데 세오녀는 어디 갔나?"

이모가 말했다.

"서라벌 큰댁에 갔단다. 가배에 나간다고 했으니 며칠 안에 돌아오겠지. 내 생각이 앞서 나가는지 몰라도 오늘 연오랑의 눈치를 살피니 아마도 세오녀를 만나러 왔을 거야. 그렇지, 연오랑?"

"아니라고 말하지는 않겠습니다. 아버지도 세오녀를 며느리로 맞아들이고 싶어 하세요."

다시 아들에게 물어본다.

"네 생각은 어떤가? 어미는 좋다만…."

"저도 둘이서 맺어지는 것을 바랍니다. 돌아오면 이야기해 보지요."

"일찍이 너희들의 아버지 두 사람이 친구가 되어 깊은 산에 들어가 큰 호랑이를 잡은 일로 해서 의형제로 맺어지고 마침내 함께 이곳에 왔으니 이런 두 가문이 맺어지면 얼마나 좋겠나? 세오녀 돌아오면 나도 이야기해 보겠다."

"고마워요, 이모."

연오랑은 무영 공주와 세월랑을 헤어지고 돌아왔다. 찬내에 이르니 잔잔한 안바다가 눈에 들어오고 시원한 바닷바람이 옷깃을 파고든다. 수평선 위에 그녀의 모습이 아련하게 떠오른다. 세오녀를 아내로 맞으면 함께 말 타고 도기야 벌판을 마음껏 달리고 싶었다. 아니, 그보다는 배를 띄워서 함께 저 바다 끝까지 둘러보고 싶었다.

"바다로 가야지. 뭍은 길이 아니면 다니기 어렵고 성벽이 막히면 넘을 수 없다. 바다는 아니잖아?"

연오랑이 오내벌에 다녀간 며칠 뒤 세오녀는 가배가 끝나 집으로 돌아가기로 했다. 가배에 나갈 때만 하더라도 대왕을 만나는 꿈도 꾸지 않았다. 이제 서로 사랑하여 내년이면 제2왕비가 된다니, 여자의 행복은 그렇게 어느 날 갑자기 찾아오는 것일까? 들뜬 마음이었다. 타고 가는 말조차도 그 마음을 아는지 말굽 소리가 한결 가볍다.

그녀가 길쌈하던 넓은 마당을 지나 막 마을을 벗어나려는데 한 노인이 자기 키보다 긴 지팡이를 더듬거리며 서 있었다. 다가가자 고개 들고 쳐다보는데 장님이었다. 비록 눈은 장님이라도 입은 옷이 깨끗하고 흰 수염을 길게 늘어뜨린 얼굴이 어딘지 점잖게 보였다. 혹시나 길을 잃었다면 가르쳐 주고 싶었다.

"할아버지, 어디로 가십니까?"

"소녀를 기다리고 있었지."

"저를 기다린다고요? 왜요? 제게 무슨 일이 있습니까?"

"있다마다. 점을 쳐 주려 하네."

"어르신은 누구십니까?"

"쌍문보길이라고 들어 보았나?"

세오녀는 얼른 말에서 내렸다. 며칠 전에 사촌언니가 쌍문보길이란 장님 점쟁이가 예사로운 사람이 아니며 그 점괘가 귀신이 울고 돌아설 만큼 아주 용하다고 말했었다.

"할아버지, 날 기다렸다니 마침 잘됐네요. 점 좀 쳐 주세요."

"내 점은 복채가 워낙 비싸."

"지금은 가진 것이 별로 없으니 어떡하죠? 자투리 베 몇 조각뿐인데…."

"자투리 베라고? 온 필도 모자랄 텐데 몇 자 안되는 그까짓 자투리로 우스갯소리나 들을 건가? 타고 가는 말을 주면 안되나?"

"복채로 말을 내놓으라그요? 엄청 비싸네. 점괘만 마음에 들면 비싼 건 괜찮은데, 말을 드리고 나면 집까지 걸어서 가야 해요. 해 지기 전에 닿기가 어렵거든요."

"좋은 수가 있어. 말을 내 것으로 해 주면 소녀가 집까지 타고 가게 빌려주겠네."

"언제 돌려주죠?"

"다음 만날 때 돌려주게. 언제 만나질는지 꼭 찍어 말할 수는 없다만….."

"말을 복채로 받아 만나질 때까지 내게 빌려준다는 거죠? 그러죠, 뭐. 할아버지 점이 용하다고 소문이 났다는데 잘 맞히기만 하면 이까짓 말이 아깝겠어요? 그러잖아도 나는 엄청나게 큰일을 앞에 두고 있어서 점 한번 꼭 쳐 보고 싶었죠. 봐 주세요."

장님은 보이지도 않는 눈으로 그녀를 쳐다보듯 얼굴을 들고 고개를 몇 번 끄덕이더니 말했다.

"아…, 소녀는 바다 가운데 살겠네."

"그래요? 우리 집에서 바다가 보여요."

"그대는 앞날에 귀한 사람이 될 것이야."

"정말요? 어떤 귀한 사람이죠?"

"어떤 귀한 사람인지를 알려 주면 점이 아니지. 그건 때가 되면 저절로 알아진다고. 틀림없이 귀한 사람이 될 거야. 암, 되고말고."

"저도 그렇게 생각해요."

"그런데 귀하게 만들어 줄 사람이 지금은 멀리 있구나."

"얼마나 멀리요? 십 리? 백 리?"

"내 마음에서 멀어져 있다는 뜻이지."

"아닌데요?"

"글쎄, 자네 마음이니 아니라면 어쩔 수 없군. 이제 점이 끝났네.

말은 내 것이 되었어. 타고 가서 잘 먹이다가 다음 만날 때 틀림없이 돌려주게."

"고작 세 마디로 끝내고 갈 한 마리라니…. 한마디만 더 해 주면 안 되나요?"

"내 참. 귀한 사람이 된다는데 더 물을 게 뭐냐? 약속은 약속이니 이러쿵저러쿵 뒷말할 것 없네. 말 돌려주는 것 잊지 마시게."

"더 말할 것이 없다고요? 반드시 귀하게 된다는 뜻이죠? 말은 꼭 돌려드리죠. 뒷말하지 않겠어요."

"됐네. 그럼 이만."

"살펴가세요, 할아버지."

헤어지고 세오녀는 생각했다. 대왕이 두 번째 왕비로 삼겠다고 약속해 준 것이 귀한 사람이 된다는 점괘와 아주 딱 맞아떨어졌다. 그 말이 바로 그 말이다. 바닷속에 산다니, 멀리 있다니, 그런 게 뭔가? 대충 맞기도 하고 틀리기도 하지만 아예 마음에 둘 것도 없다. 제2의 왕비가 귀한 사람이 아니고 무엇이란 말인가? 그보다 더 뚜렷한 점괘가 어디 있으랴?

그녀는 모든 의심을 말끔히 떨치고 왕비가 되는 것이 틀림없다는 믿음이 생기면서 온몸이 하늘 높이 둥둥 떠오르는 듯했다. 대왕은 저 높은 곳에 계셔서 가까이 다가갈 수도 없는 사람으로 이름만 들어 왔는데 알고 보니 아주 멋진 사내였다. 그 멋진 사내가 어느 누구도 아닌 자기를 점찍었다. 대왕과 손 잡고 대궐 뒤뜰을 사뿐사뿐 걸어 이제 막 피어난 예쁜 꽃을 한 송이 한 송이 어루만지며 정겹게 사랑의 말을 주고받는 모습을 빈 하늘에 그려 보았다. 빨리 돌아가 어머니와 오빠에게 자랑하고 싶어 마음이 급해졌다.

집 안으로 들어서니 어머니가 무척이나 반갑게 맞이했다. 그만큼 오래 딸이 집을 떠나 있었던 적은 일찍이 없었다.

"돌아왔구나. 가배는 어떻게 되었나?"

"우리 편이 이겼어요. 제가 다른 사람들 곱을 해치웠거든요."

"그랬구나. 우리 딸 참 장하네."

"오빠는 어디 가셨나요?"

"곧 올 게다. 회소놀이는 재미있었나?"

"굉장했어요. 춤추고 노래하고, 대왕께서도 나오셨다니까요. 아주 잘생기고 멋진 분이었어요. 난 대왕을 만나 이야기했어요."

"네가 어떻게?"

"대왕께서 날 아주 좋아하셨죠."

"너를 좋아했다고? 어떻게 그런 일이….."

이튿날에도 세오녀는 사뭇 밝은 얼굴로 생글생글 웃고 기쁨을 감추지 못했다. 무영 공주는 딸이 뭣 때문에 저렇듯 행복해하는지 알 수 없었다. 대왕 얼굴 한번 봤다고 그 기쁨이 저토록 넘쳐흐를까?

아들에게 물어보았다.

"네 누이가 서라벌에서 돌아오자 아주 환한 얼굴이 되었네. 무슨 일이 생겼나? 넌 들은 것 없나?"

"저도 궁금해요. 저 새침떼기가 확 달라졌다니까요. 행복해하는 누이를 나무랄 수도 없고, 물어보기도 뭣하고, 어머니가 한번 알아보세요."

"그래야겠네."

"연오랑과의 혼담도 빨리 매듭을 지어야죠. 목 빼고 기다릴 텐데요."

다음날 무영 공주는 달과 단 둘이 마주쳤다.

"얘야. 네 얼굴이 행복하고 즐겁게 보여 정말 좋구나. 하지만 무슨 일로 갑자기 그렇게 즐거운지 이 어미가 궁금하고 두렵다. 잘못 봤니?"

"잘못 보지 않았어요, 어머니. 나는 정말 행복해요."

"딸이 행복하다는데 더 할 말이 없네. 하지만 그 까닭을 알아야 함께 행복해지지 않겠나. 뭣 대문이지? 무슨 좋은 일이 생겼나?"

"어머니께 오늘 말씀드리려 마음먹고 있었죠. 어차피 알아야 할 것인데…."

"요 깍쟁이야, 어서 말 좀 해 봐라."

"어머니, 어쩌면 제가 내년에 왕비가 될는지도 몰라요. 아니, 왕비가 될 거예요."

"뭣, 왕비가…. 왕비가 된다고 했나? 네가 제정신이니? 내례부인內禮夫人 박 씨는 어쩌고? 가배에 가서 대왕 만났다더니 엉뚱한 생각를 하고 있네. 불경스러운 말이지만, 왕비께서 돌아가시기라도 한다던? 무거운 병이라도 앓던?"

"아뇨. 대왕께서 나를 제2왕비로 삼겠다고 하셨죠."

"제2왕비로 삼는다고? 후궁이 아닌 또 다른 왕비를?"

"후궁이라니요? 어떻게 그런 말씀을…. 엄마의 딸이 왕비가 된다그요, 왕비!"

그때 세월랑이 들어오면서 두 사람의 말 끝자락을 들었는지 다급하게 물었다.

"어떻게 된 거지?"

무영 공주가 대신 답했다.

"저 애가 뜬금없이 내년에 제2왕비가 된다잖아. 어쩐 일인지 들어 보자."

"뭐, 왕비라고? 제2왕비라 했나? 너 지금 꿈꾸는 건 아니지?"

"어머니, 제 말 들어 보세요. 길쌈 시작하는 첫날에 대왕께서 나오셨어요. 나를 보고 아주 반했던가 봐요. 따로 불러냈다고요. 참 다정하게 대해 주시며 온갖 이야기를 나눴죠."

"그래서?"

"둘이서 한참 이야기하다 돌아가시면서 다시 오시겠다고 하셨어요."

"내 참, 대왕께서 널 만나 어쩌시려고."

"마지막 날에 다시 오셨어요. 막 길쌈이 끝나 음식을 나눠먹고 회소놀이가 시작되자 날 불러 전보다 더 다정하게 손까지 잡아 주시며 아름다운 사랑의 말씀을 들려주셨죠. 정말 나를 사랑하시나 봐요. 그래서 나는 내년에 올 때 비단옷을 지어 바치겠다고 했어요."

"임금님이 비단옷 한 벌에 마음 주실까?"

"정말 날 사랑한다고 했잖아요? 비단옷은 왕비가 되면서 징표로 드리겠다는 거죠. 혼수라고 해야죠. 나는 낙랑 비단보다 더 좋은 천에 해와 삼족오를 멋지게 수놓은 옷을 지어 바치겠다고 약속했어요. 보름달을 수놓은 옷은 지어 내가 입고요. 대왕께서는 더욱 기뻐해서 옷을 입고 그 자리에서 곧바로 나를 제2왕비로 삼는다고 여러 백성들

앞에서 당당하게 달씀하시겠답니다. 아무도 더는 말 못하게 널리 알리시겠다는 거죠."

세월랑이 참견했다.

"네 말을 믿어도 될까? 아니, 너야말로 허튼말 하는 아이가 아니지. 그러니까 대왕의 말씀을 믿어도 되는지 걱정이구나."

"임금님 말씀을 믿지 못하면 누구 말을 믿겠어요?"

공주가 다잡아 앉으며 말했다.

"넌 거짓말하고 떠벌리는 아이가 아니란 걸 잘 안다. 내가 어떻게 딸을 모르겠나? 하지만 이제 보니 대왕을 사랑하고 있구나. 여자는 한 번 사랑에 빠지면 오직 사랑만을 생각할 따름이지. 그 너머에 있는 삶에는 눈을 감는다. 엄마는 그래서 걱정하고 있는 거야."

"걱정하신다고요? 짝사랑이 아니어요. 대왕께서 얼마나 나를 좋아하시는지 말로써 다할 수가 없어요."

"한마디만 더 하자. 널 좋아하신다니 기쁘다만, 대왕의 곁에는 언제나 많은 여자들이 그림자처럼 따르고 있다는 것도 잊지 마라."

"곁에 있다고 모두 사랑하지는 않겠죠."

세월랑이 말했다.

"제2왕비가 된다는 게 좋은지 어떤지 모르겠구나. 내놓고 말하자면 며칠 전에 도기야의 연오랑이 너를 만나러 찾아왔다. 어머니와 이 오빠는 네가 연오랑과 맺어지기를 바라고 있었어."

"연오랑은 남자답게 잘생겼고, 슬기롭고, 마음씨 좋은 훌륭한 분이죠. 하지만 이미 대왕과 굳게 약속했는걸요. 대왕은 날 사랑하고 나도 대왕을 사모해요. 내년 이맘때면 나는 세상이 우러러보는 왕비가 되어 있을 거요. 점괘도 왕비가 된다고 나왔어요."

공주가 눈을 크게 뜨며 되물었다.

"뭐, 점괘가?"

"큰댁을 나오다 쌍문보길이란 이름난 장님 점쟁이를 만나서 점을
쳤어요. 내가 타고 간 말을 복채로 걸고요. 이젠 그분의 말이 됐지만
다음 만날 때까지 내가 타다 돌려준다고 했어요."

"말을 복채로? 아주 크게 인심 한번 썼구나. 이 어미도 쌍문보길이
아주 용한 점쟁이란 말은 들었다만…."

"서라벌 언니 말로 그의 점괘는 귀신도 울고 돌아선대요. 난 대왕의
말씀이 참인지 거짓인지 알아보고 싶었어요. 그는 점을 쳐 보더니 내
가 틀림없이 왕비가 된다고 했어요. 말을 줘도 아까울 게 없죠?"

"쌍문보길이 정말 그렇게 말했나?"

"그럼요. 나는 앞으로 1년 동안 모든 정성을 다하여 대왕이 입으실
옷을 짓겠어요. 그분이 모든 사람들 위에 우뚝 서서 해의 정기로 삼족
오를 부리는 왕이라는 것을 널리 알려 줄 둘도 없는 비단옷을 지어내
겠어요. 달의 정기를 받아 이 세상의 어두운 구석을 하나하나 살피고
불쌍한 사람을 따뜻하게 보듬어 주는 내 옷도 함께요. 더 이상 연오랑
말씀을 하신다면 내 마음이 흩어질 뿐이어요. 이제 와서 그가 어떻든
나와 무슨 상관이겠어요?"

8

세오녀는 어머니와 오빠에게 대왕을 사랑하며 제2왕비가 될 것이

라 털어놓고는 곧장 비단옷 짓기에 들어갔다. 비단 몇 필을 짤 명주실
은 이미 봄고치로 뽑아 놓아 곧바로 실 물들이기에 들어갔다. 들과 산
에서 쪽이나 치자 등을 뜯어 오고 큰나루 옆 칡밭 마을 돌산에서 나오
는 풀빛 돌도 구해 왔다. 엄마에게서 배운 대로 이런 재료로 새롭고
아름다운 물감을 만들어 흰 명주실을 여러 색깔로 물들이고 말렸다.
그 동안에 낮이 점점 짧아지니 겨울이 머지않은 듯했다.

세오녀가 어머니나 오빠와 자주 얼굴 마주칠 틈도 없이 자기 일에
만 매달리자 답답해진 세월랑이 물었다.

"넌 도대체 뭘 하느라고 이렇게 바쁘냐? 어머니도 네 얼굴 잊어버
리겠다고 말씀하신다."

"오빠, 앞으로 1년 동안 모든 정성을 다하여 대왕의 비단옷을 짓겠
다고 말하지 않던가요?"

"네가 정말로 멋진 옷을 지을 수 있나?"

"의심하지 마세요. 내 손은 사랑이 내려준 놀라운 솜씨를 지녔
어요."

"자기가 잘할 수 있다고 떠벌리는 사람을 믿지 말라는 게 어머니 말
씀인데?"

"오빤 늘 비꼬기만 하시네."

"핫 핫 핫."

세오녀의 뜻은 너무나 뚜렷하고, 믿음이 넘치고, 더없는 정성을 담
고 있어서 어느 누가 말해도 바꿀 수 없을 것이었다. 아무 말도 덧붙
이지 못했다.

무영 공주와 세월랑은 날이 갈수록 걱정이 커졌다.

"어머니, 연오랑이 오면 뭐라고 말하죠? 아마도 겨울이 되기 전에 다시 찾아올 텐데요."

"글쎄. 저 애 뜻이 다르다고 숨김없이 말해 주면 아픔이 너무나 클 것이고, 철부 장군도 속이 뒤틀리겠지. 왕비가 되려 한다는 말도 그야 말로 뜬구름잡기가 아닌가?"

"대왕이 누이를 정말 제2왕비로 삼겠다고 약속했을까요?"

"너도 그 애를 잘 알잖아? 어릴 적부터 거짓말 한 적이 없고 제 자랑하는 성미도 아니다. 하는 짓 좀 봐라. 비단옷 짓기에 마음이 송곳 끝처럼 모아져 있으니 말 걸기조차 두렵네. 연오랑이 찾아오면 뭐라고 하지?"

어머니와 아들이 함께 걱정하고 있었으나 다행히도 연오랑은 아직 나타나지 않았다.

세오녀는 동짓달에 접어들자 비단 짜는 일에 들어갔다. 뜯어서 헛간에 넣어 두었던 베틀을 끄집어내어 먼지를 털고 걸레로 말끔히 닦더니 자기 방에 가져다가 여러 조각을 꿰맞췄다. 먼저 두 개의 앞 기둥 뒷 기둥에다 긴 베틀다리 두 개를 각각 꿰고 가로대를 놓아 큰 틀을 세우고는 이쪽저쪽 끝을 둥글게 깎은 용두머리를 베틀다리 꼭대기 홈에 걸친 뒤 다른 작은 조각들도 다 맞춰 넣었다.

갖가지 색깔로 물들인 실은 날실 씨실로 나눴다. 넓은 마당에서 날실 여러 가닥을 벼른 끝에 서로 붙지 않게 시침대 여러 개를 끼워 가지런히 도루마리에 감아 앞 기둥 너머의 베틀다리에 얹고, 도루마리의 실오리 하나하나를 번갈아 잉앗대와 눌림대 쪽으로 나눠 바디에 한 올 한 올 꿴 다음 말코에 감아 그 말코를 부티에 끈으로 이었다. 눈썹대와 베틀신대를 용두머리에 위아래로 꽂아 각각에 눈썹끈과 베틀신끈을 잇고 베틀신도 달았다. 씨실은 실꾸리로 만들어 여러 개를 준비하고 우선 하나의 실꾸리를 북에 담았다.

천을 짤 준비를 끝내자 마음을 가다듬고는 앉을깨를 얹어 베틀에 올라앉았다. 부티를 허리에 단단히 매고 말코를 건 다음 오른발에 베틀신을 신어 명주 짜기에 들어갔다. 일 년 중 가장 해가 짧은 날(동지) 아침이었다.

그녀가 무릎을 구부리며 오른발을 잡아당기자 베틀신끈에 이어진 베틀신대가 앞으로 다가오고 용두머리가 빙글 돌아 그에 꽂힌 눈썹대 끝이 높이 솟구치며 잉앗대를 들어 올려 날실 가닥이 아래위로 벌어졌다. 그 틈에 오른손으로 씨실 꾸리가 담긴 북을 날렵하게 밀어 넣어 건너편 왼손에 받아 쥐고 오른손으로 바디집을 왈칵 당기면 '딱' 하는 소리와 함께 한 올의 씨실이 짜여졌다. 이번에는 무릎을 펴서 발을 놓아 주자 베틀신대가 걸어지고 용두머리가 거꾸로 돌면서 눈썹대가 살짝 내려와 날실 가닥의 위아래가 엇바뀌었다. 그 틈에 왼손으로 북을 밀어 넣어 오른손에 받고 왼손으로 바디집을 왈칵 당겨 또 다시 '딱' 하며 한 올의 씨실을 짰다. 이렇게 거듭하여 짠 천의 이쪽저쪽 가장자리에 최활을 끼워 팽팽하게 펴면서 말코에 감는다. '딱 딱 꽉 딱…' 조용하던 집 안이 끝없이 거듭되는 바디 소리에 파묻혔다.

무영 공주는 딸의 하는 짓을 가만히 지켜보며 한마디도 거들지 않았다.

낮이 되자 잔뜩 찌푸렸던 하늘이 더욱 어두워지더니 함박눈이 펑펑 쏟아지듯 내려 오내벌은 눈 깜짝할 사이에 새하얀 눈 세상으로 바뀌었다. 이렇듯 급하게 많은 눈이 내리기는 처음이었다. 그때 누군가가 눈을 흠뻑 뒤집어쓰고 문간에 불쑥 나타났다. 연오랑이었다.

무영 공주는 그가 집에서 바로 온 줄 알고 보기 거북해서 혀를 차며 맞았다.

"쯧 쯧, 하필이면 이렇게 눈이 쏟아지는데 나섰나? 좋은 날에 오지 않고서…."

"이모, 멀리 나갔다 돌아오는 길이어요. 말이 더 걷지 못해 눈 피하려고 들렀습니다. 오래 뵙지 못해 궁금하기도 하고요."

공주와 연오랑이 자리에 앉자 두 사람의 말소리를 듣고 세월랑이 다가왔다.

"형, 잘 와. 눈길을 어떻게 왔나? 눈 많이 내렸지?"

"아우, 잘 있었나? 말도 마라. 아우뫼[弟山] 밑에 왔을 때 눈발이 펄펄 날리더니 맏내 건너 여기까지 오는 동안에 허리까지 쌓여 버렸어. 걷기가 어렵더라고. 밖을 봐라. 한꺼번에 이렇게 쏟아지는 눈은 처음 본다."

"아우뫼 밑을 지나왔다면 어디에서 오나? 멀리 갔었나 보네."

"음즙벌국 옛 도읍지 뒤쪽의 높은 산 깊은 골짜기를 돌아왔지. 호랑이 한 마리 잡겠다고."

"뭐라고? 호랑이 사냥 갔었나?"

"내 이야기 들어 볼래? 며칠 전에 언덕에서 놓아 기르던 말 한 마리를 밤새 호랑이가 잡아먹었어. 밤중에 개가 요란하게 짖기에 새벽에 나가 보니 뜯어먹은 뼈다귀만 앙상하게 남은 거야. 호랑이가 아니고는 말을 잡아먹을 짐승이 없잖아? 그놈을 잡으려고 여러 밤을 뜬눈으로 지켰지. 사흘이 지나 한밤중이 되자 다시 나타났어. 두 눈에서 시퍼런 불이 철철 쏟아지는 것 같더라고. 어둠 속에서 활을 쏘았는데 맞히긴 했지만 죽이지는 못했어. 그저께 눈이 한 뼘이나 내렸잖아? 바로 그때였다고. 이튿날 새벽에 발자국을 찾아냈어. 단단히 채비해서 말을 끌고 눈 발자국을 따라갔지. 저녁때가 되어서야 절뚝거리며 도망가는 그놈을 따라잡고는 줄곧 뒤쫓았어. 가까이 다가가면 달아나고, 다시 가까워지면 또 달아나 깊은 산속으로 들어갔어. 두려운 줄 모르고 따라가 산등성이를 여러 번 넘었다. 해가 지고 날씨가 추워 더 가지 못하자 말에 실린 털가죽을 꺼내 뒤집어쓰고 바위 밑에 쪼그리고 앉아 있었어. 눈이 내리더구나. 그러다 깜박 잠이 들었던가 봐. 말이 힝힝거리기에 눈을 떠 보니 그새 내린 눈이 한 뼘 넘게 쌓인 것밖에 다른 일은 없었어. 밝은 아침에 다시 살펴보니 내가 앉았던 자리에서 열 발쯤 떨어져 삥 둘러싸고 호랑이 발자국이 있었어. 잠든 사이에 호랑이가 나를 가운데 두고 세 바퀴나 돌았던 거야. 무척 가까이 다가와선 잠든 내게 왜 덤벼들지 않았을까? 아마도 여러 차례 망설였을 거야.”

“저런, 호랑이에게 잡아먹힐 뻔했네?”

무영 공주도 한마디 했다.

“어쩌자고 해 지는 것도 헤아리지 않은 채 무턱대고 따라갔니?”

“좀 미련했죠? 호랑이를 잡아서 날 약해빠졌다고 걱정하시는 아버지를 기쁘게 해 드리고 싶었어요.”

“잡지 못했으니 어쩌지?”

“괜찮아요. 나는 아침에 일어나 호랑이 발자국을 보고 문득 깨달았어요. 아버지는 호랑이를 잡아서 이름이 났지만 나까지 그렇게 할 까닭이 없다고요. 호랑이는 잠든 나를 해치지 않고 세 바퀴나 돌다 제 길을 가 버렸잖아요? 그처럼 호랑이도 살고 나도 사는 새로운 길로 나아가렵니다."

"호랑이도 살려 주고 너도 산다고? 어떻게 너는 마음을 그렇게 바꿀 수 있었니? 내가 처녀였을 적에 세상을 떠돌던 어떤 빼어난 분 말씀이, 사람의 마음은 언제나 움직이게 마련되어 있지만 슬기로운 사람만이 자기 먹은 마음을 바꿀 수 있다고 했어. 호랑이 잡겠다고 나섰다가 호랑이도 살려 주고 너도 살겠다고 마음을 바꿨구나. 속 넓고 생각 깊은 언니와 세상을 꿰뚫어볼 줄 아는 형부를 쏙 빼닮은 아들답구나."

"이모, 칭찬이 너무 지나치네요. 하긴 마음이 닫힌 사람에게는 늘 다니던 자기 길만 보인다고 했죠. 마음을 열면 여러 다른 길이 있다는 것이지요."

"참 좋은 말이구나. 마음을 열면 여러 다른 길이 보인다고?"

"그래서 호랑이 뒤쫓기를 그만두고 산을 내려왔죠. 그때까지만 해도 눈이 발목 빠질 만큼 쌓였어요. 산골짜기를 벗어나 맏내 가에 이르니 갑자기 펑펑 쏟아지더라고요. 산에는 눈이 더 많이 내린다지요? 제때 마음을 바꾸지 못하고 고집스럽게 호랑이를 마냥 쫓아다녔으면 지금쯤은 나와 말이 깊은 산속에서 이 큰 눈에 파묻혀 꼼짝 못하게 되었을 겁니다."

"그봐. 참 잘했구나."

"그런데 세오녀는 어디 갔나요?"

무영 공주는 세오녀를 묻는 연오랑을 마주 보기가 어려웠다. 호랑이 이야기로 부풀어 올랐던 느낌이 갑자기 궂은 날 마당의 연기처럼 내려앉았다.

세월랑이 대답했다.

"제 방에서 베틀과 씨름하고 있어. '딱 딱' 하는 저 소리 들리지?"

갑자기 그 소리가 멎더니 세오녀가 밝은 얼굴로 나타났다.

"오빠, 잘 오세요. 눈이 많이 내렸죠?"

"세오녀, 잘 있었나? 오늘은 더 예쁘게 보이네."

"오빠야말로 멋진 남자지. 눈이 이렇게 펑펑 쏟아지는 날에 말 타고 여기까지 왔으니…."

"널 보러 왔잖아?"

"하던 일 마무리 지어야 해요."

모처럼 배에 힘주고 한 말에는 제대로 대꾸 않고 획 돌아서더니 자기 방으로 들어가 버렸다. 눈치 빠른 연오랑은 세오녀와 쉽게 맺어지기 어려울 것이라고 내다봤다.

밤이 되자 세월랑은 모처럼 찾아온 연오랑과 술상을 두고 마주 앉았다. 그는 술 취한 김에 세오녀가 서라벌 가배에 갔다가 왕으로부터 왕비 삼겠다는 약속을 받고 돌아왔다고 털어놓았다.

"정말 어떻게 해야 할는지 모르겠다. 그 애 말, 믿을 수도 없고 믿지 않을 수도 없어."

"아우 보게. 이모와 자네가 괜한 걱정을 하고 있었구나. 내일 아침에 만나서 내가 물어보겠네. 거짓 없는 내 말을 들으면 생각이 달라질 것이라 믿어."

밤 사이에 눈이 그치고 맑은 하늘에 해가 떠올라 새아침이 왔다. 온 세상이 두터운 눈에 묻혀 햇빛을 흠뻑 받아내자 두 눈이 부시고 마음조차 밝아졌다. 사람이 가진 온갖 욕심, 천지만물에 쌓인 모든 더러움이 흰 눈으로 덮이고, 삶을 어지럽히던 어두운 일들이 빛나는 밝음 뒤로 숨어 버려 오직 깨끗하고 티 없는 세계만이 있는 듯했다.

"참 좋은 아침이구나. 저 눈처럼 더럽혀지지 않은 마음, 저 하늘처럼 밝고 맑은 마음으로 세오녀를 만나리라."

바람 쏘이러 밖으로 나가자고 하자 세오녀는 선뜻 따라나섰다. 싫어하는 기색이 전혀 없었다.

연오랑이 먼저 입을 열었다.

"눈바람이 차갑네. 손 시리지?"

"괜찮아요, 오빠."

"난 이제 오빠라고 부르는 소리는 그만 듣고 싶어. 바꿔 줄 수 없을까? 더 가깝고, 더 정답고, 더 아름답게 느껴지도록 부를 수도 있을 터인데…."

"오빠 마음 알아요. 오빠는 참 좋은 사람이어요. 참 멋진 사나이죠. 어떤 여자든지 한번 보는 것으로 홀딱 반하고 말 거야. 하지만 지금은 어쩔 수 없어 안타까워요. 나는 이미 마음 준 사람이 있어요."

"나도 대충 들었어."

"대왕은 다음 가배 때 나를 제2왕비로 삼아 여러 사람 앞에서 어느 누구도 다른말 할 수 없게 밝혀 버리겠다고 약속했답니다."

"그 약속이 지켜질 것이라고 믿니? 대왕에겐 왕비 내례부인 말고도 다른 여자가 많다는 소문이 돌더라."

"왕비 말고요? 아마 아닐 겁니다. 난 대왕과 직접 이야기 나누면서 그분의 참모습을 보았어요. 그런 말은 믿지 않겠어요. 하기는 떠도는 말이란 원래 그런 거죠, 뭐."

"대왕이 그저 잠깐 즐기지 않고 정말로 왕비를 맞으려면 여러 신료와 6부의 촌장들에게도 물어본다는 것은 알고 있겠지?"

"사로국의 임금이어요. 임금이 온 세상에다 대고 말씀해 버리는데 누가 뭐라겠어요? 너무 안되는 쪽으로만 생각하지 마세요. 나도 오빠를 좋아해요. 하지만 대왕의 말씀을 따르는 것이 내 운명인걸요."

"그래? 정말 아쉽구나. 만일에, 만일에 하는 말인데, 대왕의 말씀이 이뤄지지 못하면 날 따라오겠니?"

"말씀이 이뤄지지 못하는 일은 결코 일어나지 않을 거예요. 대왕이 아니었으면 난 틀림없는 오빠의 여자일 텐데 미안해요, 오빠. 나를 위해서 하늘에 빌어 주세요."

"그래, 널 위해 빌겠다. 다만 내가 너를 기다리고 있다는 것도 잊지 마라."

연오랑과 헤어진 세으녀는 아무 말도 않고 자기 방에 들어가 베틀 위에 올라앉았다. '딱 딱' 하는 바디 소리가 다시 이어졌다.

언제나 바쁘기만 하던 도기야의 철부 장군은 오늘따라 별로 할 일이 없었다. 가만히 눈을 감고 아들과 나눈 이야기를 되씹으며 깊은 생각에 잠겼다.

'세오녀가 녀석을 좋아할 줄 알았는데 아니더란 말인가?'

둘도 없는 친구였던 비연랑과 처음으로 사랑했던 여인 무영 공주

사이에서 세오녀가 태어났으니 서로가 비켜갈 사람이 아닌 듯 믿어졌다. 때가 오면 저절로 한 가족 될 것이라 생각해 왔다. 죽은 아내조차 아직 뱃속에 생겨나지도 않았던 그 아이를 그토록 바라지 않았던가. 이미 오래전부터 무영 공주를 아내로 삼지 못할 것이라고 마음 접어 버렸지만 세오녀만큼은 꼭 며느리로 맞아들이겠다고 벼르고 있었다. 그런데 호랑이 잡으러 갔다가 오내벌 이모 댁에서 자고 왔다는 연오 랑의 얼굴이 어쩐지 밝지 않았다.

"세오녀를 아내로 맞겠다고 말하더니 잘 안되었나?"

"그 애 마음을 잡기가 쉽지 않을 것 같습니다."

"그럴 리가?"

"어제 아침에 만나 청혼했으나 받아들이지 않았습니다."

철부 장군은 깜짝 놀라면서 되물었다.

"받아들이지 않다니, 뭐라며 싫다던가?"

"이모와 세월랑은 저를 좋아했습니다만, 내년에 대왕의 제2왕비가 되기로 약속받았다면서….

"제2왕비가 된다고?"

"내년 가배 때 왕이 제2왕비로 삼는다고 많은 사람들 앞에서 밝히 기로 했다는 것입니다."

"제2왕비를 그렇게 정한다? 믿어도 될까?"

"이모와 세월랑은 거짓말하는 아이가 아니라고 했습니다."

"뭐가 그렇담. 거참, 믿을 수도 없고 믿지 않을 수도 없네."

어젯밤의 이야기였다. 생각할수록 불같이 화가 치밀고 벌떡 일어나 하늘에다 대고 목이 터져라 시원하게 한번 소리 지르고 싶었지만 아

들에게 그런 모습을 보이지 않았고 이제는 어쩔 수 없이 편안한 마음
으로 가라앉아 있었다. 그렇게 스스로 마음을 다스리는 동안에 짧은
겨울 해는 어느덧 서쪽으로 기울었다. 이래저래 생각하며 앉아 있으
려니 당직 오장이 손님이 왔다고 전했다.

"누군가? 날 찾아오신 분이….."

자리에서 일어나며 그 말을 끝내기도 전에 무영 공주가 문을 가르
막고 섰다. 너무나 뜻밖이라 깜짝 놀랐다. 만나고 싶은 마음은 언제나
살아 있었지만 만남이 이뤄지리라고 믿지 않고 있었다. 두 손을 내밀
어 마주 잡는 순간에 온갖 생각이 모두 사라지고 그녀를 만나는 반가
움에 콧등이 시큰거리며 눈물이 이슬처럼 맺혔다.

"처제, 잘 오세요. 웬일로 추운 날씨에 갑자기 찾아오셨나요?"

"형부께 잘못을 빌러 왔어요."

"무슨 잘못을 저질렀나요?"

"한두 가지가 아니죠. 형부를 오랫동안 매정하게 물리쳐 왔던 게 마
음이 편하지가 않았어요."

"오래된 일이오."

"딸의 고집도 꺾지 못했네요."

"자기 마음이니 어쩌겠소?"

"쓸쓸한 오후를 함께 보내고 싶었지요. 쓸쓸하고 거친 바람 부는 이
도기야 언덕의 저녁을 오래오래 그리워해 왔어요."

술상을 앞에 놓고 마주 앉아 함께 밖을 내다보니 짧은 하루해가 저
물고 있다. 올해도 한 달쯤밖에 남지 않았다. 북녘에서 찬바람이 몰려
오며 떨어져 흩어졌던 낡은 잎은 바짝 말라 모두 꼬부라진 허리를 안

고 어디론가 바쁘게 굴러가고 있다. 이리저리 몰려가며 창밖에서 지껄이는 가냘픈 소리가 마음을 흔들어 놓는다. 철부는 한숨을 지으며 말했다.

"이제 우리네 삶도 저물고 있군요. 처제가 와 보고 싶었다는 이 도기야 언덕의 외로움이 나를 끝나게 하겠네요."

"외로움을 탓하지 마세요. 이 겨울이 지나면 새봄에는 형부에게 좋은 일이 많아지겠지요."

좋은 일이 많아질 것이라는 말이 철부에게는 오히려 슬픔으로 다가왔다. 갑자기 슬픈 마음에 사무치며 눈시울이 붉어졌다. 눈물방울이 이슬처럼 맺혔다.

"형부께서 오늘은 어찌 두 번이나 눈물을 보이세요? 쇠처럼 단단하다며 이름을 철부라 지었다던 장군께서 눈물을 흘리다니요. 언니를 생각하시나요?"

"사람이 살아가는 한평생을 생각했소. 죽은 아내와 비연랑과 지금 눈앞에 있는 처제와 나, 이 모두에게 주어지는 인간 세상의 덧없는 삶을요."

"형부! 삶이 덧없다고요? 그 속에 아름다운 사랑이 있었잖아요. 우리의 사랑은 아직도 싱싱하게 살아 있어요."

"한때 사랑은 살아 있는 꿈이었지만 이제는 저 벌판에 떨어진 마른 잎처럼 바람 따라 굴러가 버리겠지요. 참한 며느리로 우리 사랑을 대신하려 했더니…."

"형부가 바라는 것에 맞추지 못해 할 말이 없네요. 이제 방금 보름달이 떠올랐어요. 보고 싶던 쓸쓸한 저녁이 벌써 지나갔네요. 그만 일어설까 봐요."

"날이 저물었소. 어두운 이 밤에 어떻게 길 나서려 하오?"

"어둔 밤에 어떻게요? 언젠가 내가 했던 말이네요."

"들었던 말이 맞아요. 말이 제 길은 찾는다고 말씀하지 마오. 바깥 날씨도 추우니 오늘은 들아가지 마십시오."

"그래요. 마음에 없다고는 않겠습니다."

술기운에 부풀어진 철부는 이윽고 공주의 손을 이끌어 세웠다. 두 팔로 허리를 껴안아 보니 살이 찐 것 같다. 이 여자도 이젠 늙어 가는가 보다. 침실로 들어서자마자 선 채로 다시 공주를 안았다.

"오늘따라 장군께서는 마음이 급하시네요. 나는 언제나 형부의 것인데….''

공주로서는 어렵게 골라낸 말이었지만 감정에 북받친 철부는 흘려들었는지 하소연 같은 말만 되풀이했다.

"한번 안아 보았으면, 한번만 이렇게 꼭 껴안아 보았으면 죽어도 한이 없겠다고 오랫동안 생각해 왔소. 간절한 마음이 흐르는 시간에 쫓기고 있었지요."

"죽어도 한이 없다는 기막힌 막말은 듣기 싫어요. 그냥 그리웠다고, 우리는 변함없이 사랑해 왔다고 말씀해 주세요. 나 또한 장군을 그리워하고 오늘따라 이렇게 만나고 싶었답니다."

"우리가 변함없이 서로 사랑해 왔던 것은 맞지만 만나고 싶은 마음만 간직한 채 오래오래 그리워하고 괴로워했잖소?"

"하지만 어쩌죠? 내가 멋모르고 배에 올라 용주나루를 떠날 때부터 모든 것이 빗나가 버렸어요."

더 이상의 말은 없었다. 말은 필요치 않았다. 둘은 더 한층 가까이 다가섰고, 기쁨이 용솟음치는 더할 수 없는 깊은 사랑으로 빠져들었다.

9

세오녀는 해가 바뀌기 전에 비단 두 필을 다 짰다. 베틀에서 내린 천을 숙성시키고 온 집 안이 쩡쩡 울리도록 홍두깨질, 다듬이질 해서 손에 잡으면 저절로 흘러내릴 만큼 매끄럽고 윤이 흐르는 비단이 만들어졌다. 부드럽고 아름답기 그지없었다. 곧바로 마름질에 들어가 대왕에게 품은 넉넉하고 길이는 알맞게 땅에 끌리도록 잡았다. 자기 옷도 몸피에 맞춰 마름질했다. 그 조각 낸 천으로 한 땀 한 땀 바느질을 시작해서 진달래가 필 무렵에 두 벌 옷이 지어졌다.

그녀는 세월랑을 불렀다.

"오빠, 이리 와서 이 옷 한번 입어 보세요. 대왕께서는 키가 일곱 자라지만 다른 몸피는 거의 비슷하니 오빠에게 맞으면 대왕에게도 맞겠죠."

반년이 다하도록 누이가 하는 일에 좋은 말이든 나쁜 말이든 전혀 건네지 않고 무심한 듯 눈길 한번 보내지 않았다. 몸에 걸쳐 보니 옷은 예사롭지 않았다.

"이게 다 된 거냐?"

"아뇨. 여기 가슴팍에다 수를 놓아야죠."

"수까지 놓으면 대왕이 정말 좋아하시겠네."

"그럼요."

세월랑은 무엇에 홀린 듯 누이가 그 훌륭한 옷으로 대왕의 마음을 움직일 것으로 믿는 사람이 되어 가고 있었다.

"어머니, 세오녀가 지은 옷이 대단하던데요. 그런 옷은 처음입니다. 대왕이 입어 보면 누이를 더 예뻐하게 될 것 같아요."

"정말 그랬으면 좋으련만, 백성과 신하를 거느리는 임금의 마음은 네가 생각하는 것과는 다르단다."

그녀는 비단을 다 짜고 다듬이질을 마쳤던 정월 보름날 앞뒤로 사흘 동안 해질 무렵이면 나지막한 뒷산에 올라 달맞이에 나서고 있었다. 여태까지는 한 번도 마음 깊이 새기며 달 보러 나온 적이 없었다.

멀리 도기야 언덕 앞산에서 떠오르는 보름달은 둥글게 생긴 세상의 그 어떤 것보다 더 둥글었다. 어느 한쪽으로 기울어지거나 모나지 않은 둥근 얼굴이야말로 어디로 굴러도 같은 모습이다. 가난하고 괴롭고 버림받고 슬픔에 젖은 많은 사람도 언제나 꼭 같은 하나의 품에 그 뜻이 안아 보다 편안하고 즐거움에 웃음 짓게 할 마음이라 생각했다.

옷이 모두 지어지자 그녀는 달맞이 때 마음에 담아 두었던 달을 자기가 입을 옷에 수놓기 시작했다. 거짓된 상상만으로는 참 달을 그려 내지 못하며, 눈으로 본 대로는 달의 감춰진 의미를 나타낼 수 없다. 마음의 달을 그려야 할 것이었다.

달의 색깔 내기는 여간 어려운 게 아니었다. 밤의 어둠을 밝혀 주는 등불이 되어 많은 사람들의 사랑을 받아 왔지만 밝다고 느낄 만하던 족하고 한낮의 해처럼 눈부시게 빛나서는 안될 것이었다. 그게 바로 대왕 옆에 서는 왕비의 모습이다. 눈이 부시진 않지만 어느 때보다 더 맑고 더 아름답게 꾸며진 보름달의 형상을 머릿속에서 풀어내어 수가 한 땀 한 땀 놓아졌다.

자기 옷을 끝낸 그녀는 5월에 접어들자 어두컴컴한 새벽에 일어나 맑은 날이면 빠짐없이 혼자 말을 달려 맏뫼[兄山]에 올랐다. 오내벌 집에서 산 아래까지는 10리에 가깝고 눈앞의 가파른 비탈을 버리고 말이 다닐 수 있는 오솔길로 돌아 꼭대기에 이르자면 왔던 길의 절반이나 더 가야 했다.

그 산 꼭대기에 서서 내려다보면 맏내는 남쪽에서 흘러와 발밑으로 바짝 다가선 아우뫼 사이의 좁은 목(형산목)에서 굽이 돌고 동북으로 품을 넓혀 가 바다로 이어지며 길게 뻗어 있다.

더 높이 눈을 들면 서북으로 멀리 옛 음즙벌국音汁伐國의 터전이던 넓은 들녘이 보이고 그 들녘을 병풍처럼 둘러싸고 뻣뻣한 산줄기가 달리고 있다. 동북으로 고개 돌리면 맏내 끝에 아진포阿珍浦 나루터가 아스라이 내다보인다. 일찍이 근기국이 음즙벌국과 맞물리던 곳이다.

넓은 대륙을 아우르고 뭇 부족을 하나로 묶었던 조선朝鮮이 망하자 백성들은 뿔뿔이 흩어져 따뜻한 남쪽으로 옮겨 왔다. 그 떠나온 사람들이 서라벌 이 골짜기 저 골짜기에 뿌리박고 살면서 여섯 마을이 생겨나고 그 여섯이 하나로 뭉쳐 이룩한 새나라가 사로국이다. 사로국은 음즙벌국을 합쳤다. 한때 번창하던 근기국은 동쪽 땅 끝으로 밀려나 겨우 명줄을 이어 가고 있다.

맏뫼는 오내벌을 둘러싼 여러 산 가운데서 가장 높지는 않지만 사로국을 비롯한 세 나라의 흥하고 망하는 발자취를 지켜보며 여울이 굽이 도는 가운데 우뚝 서 있다.

가배가 끝나 오내벌로 돌아오면서 세오녀는 마지막으로 마주친 이 산이 마치 문의 돌쩌귀 같다고 생각했다. 돌쩌귀는 문틀과 문을 서로 이어 닫힌 문이 열리고 열린 문이 닫히게 잡아 준다. 눈에 들어오는 모든 산과 들이 서라벌어서 흘러오는 문틀 같은 맏내를 끼고 맏뫼는 돌쩌귀에 걸린 문짝처럼 열리고 닫힌다.

땅의 돌쩌귀가 맏뫼라면 이 땅에 살고 있는 모든 사람의 돌쩌귀는 대왕이다. 대왕이 세상의 한가운데 우뚝 서서 뭇 사람이 나아가고 물러가게 다스린다. 문득 고개 들어 쳐다보며 저것이 '대왕의 산이다'라고 곧바로 마음에 새겼다.

세오녀는 그 맏뫼 꼭대기에 올라서서 동쪽을 바라브며 기다렸다. 아침 해가 대개 도기야 앞산에서 근기곶 사이의 아득한 산마루에 뜨지만 5월에 낮이 가장 길어지는 날(하지)의 앞뒤 몇 달은 근기곶을 비켜나 하늘과 바다가 맞닿는 수평선에서 뜨는 것을 볼 수 있다.

맑은 아침에 바다에서 떠오르는 해를 보지 않고서 어떻게 해 뜨는 광경을 거짓되게 꾸며내고 해의 넋을 담아내어 수놓을 수 있겠는가?

그녀는 맏뫼 꼭대기에서 가쁜 숨을 식히며 기다렸다. 사방에 둘러선 산마루 아래로 내려온 골짜기는 아직 엷은 먹물 같은 그늘에 잠겨 어두컴컴한데 하늘은 벌써부터 밝은 기운을 흠뻑 안아 잔잔한 물결이 눈부시기 시작한다. 그 빛이 차츰차츰 두터워지더니 수평선 위로 붉은 해가 손톱 같은 한 끝을 조심스럽게 보이면서 곧장 하늘로 치밀고 올라왔다.

해는 그냥 올라오지 못했다. 이제 막 일어서려다 수평선에 옷자락이 잡힌 듯 잠깐 아래위로 길게 일그러지고 멈칫하더니 마침내 박차고는 가뿐하게 떠오르며 둥근 모습을 되찾는다. 바다는 온통 벅찬 눈부심으로 가득 넘쳐나고 산과 들도 차차로 어두운 그늘을 벗어나며 깊은 골짜기 아래로 밝음이 번져 간다.

그녀는 해를 마음에 심고 가슴에 새기려는 듯 부신 눈을 작게 뜨고 바라보았다.

'내가 대왕의 옷에 새기려는 해는 바로 저것이다. 높고 맑은 하늘에서 붉고 뜨겁게 타오르는 해, 이제 막 엄청난 힘으로 치솟아 어떤 무엇으로도 가로막을 수 없는 해, 모든 백성과 모든 살아 숨 쉬는 것들의 가슴에 오래오래 새겨질 거룩한 해는 바로 저것이다.'

해가 더 높이 떠올라 그 빛의 따뜻함이 얼굴에 닿자 마음 가다듬고 두 손 모아 엎드려 절했다. 햇빛이 처음에는 왼쪽으로 치우친 안바다의 검푸른 물결에 실렸다가 맏내의 길고 잔잔한 흐름에 번져 왔다. 놀라운 해오름을 바라보는 그녀의 눈에는 기쁨의 눈물이 흥건하게 고여 뺨을 타고 흘러내렸다. 이윽고 소매로 눈물을 거두고는 조용히 산을 내려와 집으로 향했다. 어머니나 오빠가 어디를 다녀왔나 물으면 그저 맏뫼를 올랐다고 말할 뿐 왜 그곳에 갔으며 무엇을 했던지는 입을 다물었다. 함부로 지껄여 가슴에 오롯이 담긴 해가 흩어져 버릴까 두려웠다.

세오녀는 이제 수평선에서 떠오르는 해를 수놓기에 들어갔다. 어떤 빛깔로 어떻게 수놓을지는 맏뫼에서 떠오르는 해를 바라보며 얻은 마음의 그림으로 머릿속에 담겨 있었다. 수놓기는 그저 손 가는 대로 바늘을 움직여 그 담긴 것을 풀어 나가면 그만이었다. 검은 삼족오도 그려졌다. 뜨겁게 타오르는 해에서 세상 밖으로 튀어나와 힘차게 날갯

128

짓하여 하늘 높이 훨훨 날아가는 모습이다.

6월이 다하여 온 산천이 짙푸른 풀빛으로 한껏 우거질 무렵에 수놓기가 모두 끝났다. 세오녀는 자기 방의 벽 한쪽에 옷 두 벌을 나란히 걸어 두고 바라보았다.

대왕의 옷에 그려진 해는 눈이 아찔하게 불꽃 튀는 밝음과 손발여서 가슴까지 전해지는 뜨거움을 떠올리는 참다운 해였다. 해에 곁들인 신물神物 삼족오는 악을 굴리치고 정의를 세우며 대왕을 받들고 나라를 지키려 넓은 날개를 휘저어 구만리 아득한 하늘을 힘차게 날아오르는 모습을 남김없이 보여 주었다.

눈길은 달을 수놓은 자기 옷에 옮겨졌다. 달은 해와는 달리 우리 마음속에 고요히 머물러 막 피어나는 꽃처럼 아름다운 사랑을 지어 가는 감춰진 숨결이었다. 이 달로서 그려진 자신은 어떤 다른 여자보다 여자다운 것을 의심받지 않을 만했다.

이제 오랫동안 생각하고 꿈꿔 오던 두 벌 옷이 마음먹은 대로 만들어졌다고 스스로 믿자 해의 요동치고 달의 고요한 기운이 함께 어울려 온몸에 머무르는 것을 느꼈다. 어쩌면 벽에 그냥 걸어 두고 보기조차 두려운 느낌이 들었다. 한나절을 꼼짝 않고 바라보다 옷을 얌전하게 개어 장롱 속으로 깊숙이 감춰 버렸다. 어머니와 오빠에게도 보이지 않았다.

가배가 열리기까지 남은 반달 동안에 할 일은 더 아름답게 몸을 가꾸고 가꾸는 일이었다. 날마다 염소젖으로 얼굴과 몸을 씻고 향유를 바르니 스무 살 세오녀의 몸은 살갗이 매끄러워지며 광채를 더해 갔다. 그녀는 자신을 스스로 살펴보면서 두 번째 왕비임을 대왕께서 널리 알리는 날이 하루하루 다가오고 있음을 벅차게 느꼈다.

"아버지 어머니로부터 물려받아 스무 해를 고이 간직해 온 그 모든 것이 대왕께 바쳐지고 대왕의 것이 되리라."

기다림이 지루하다고 해도 정해 놓은 날은 반드시 다가오기 마련이다. 무더위가 막바지에 이른 칠월에 접어들어 상현달이 오내벌의 하늘에서 차츰 둥글어지고 있었다. 그녀는 장롱 속에 깊이 감춰 두었던 두 벌 옷을 꺼내 다시 한번 살펴보고는 각각 붉은색 푸른색 비단보자기에 싸서 그 둘을 포개어 다시 한 폭 두터운 베보자기로 쌌다. 이렇게 짐을 꾸린 세오녀는 칠월 보름을 하루 앞둔 날 아침 말을 타고 집을 나섰다.

오후 늦게 사량부 큰댁에 닿아 자기 방에서 하룻밤을 보내고 이튿날 아침 우두커니 혼자 앉아 있으려니 집에서 가져온 옷이 다시 보고 싶어 보자기를 풀었다. 볼수록 자랑스러워 마음으로 부르짖었다.

'이보다 더 훌륭한 옷은 없다.'

그때 기침 소리도 없이 문이 왈칵 열리고 사촌 누이가 부리는 하녀 일매가 세오녀를 마주 보고 방긋 웃었다. 일매는 비록 노비이지만 붙임성이 좋아서 큰집 가족들은 가까이 두고 있었다.

"왜 기침 소리도 없이 문을 여나? 무슨 일이냐?"

"아가씨께 재미나는 이야기를 듣고 싶어서요."

냉큼 방으로 들어와 방바닥에 펼쳐진 옷을 보더니 입이 딱 벌어졌다.

"와-, 이 비단옷 좀 봐. 이 보드라운 천, 이 고운 색깔, 이 멋진 수, 하늘님이 입으실 옷인가요?"

"아냐, 이건 대왕께 드릴 옷이란다. 이건 내 것이고."

선뜻 자랑스럽게 말해 놓고 그녀는 소스라쳤다. 깊은 생각 없이 꽝 정맞게 옷의 주인이 누구인지를 말해 버렸다. 거센 뉘우침으로 한동안 부르르 떨었다.

"아냐, 이건⋯."

다시 말을 바꾸려 했지만 거짓말은 목구멍에서 콱 막혀 버렸다. 원래 그런 성미가 아니었기 때문이다.

이틀 밤을 자고 드디어 열엿샛날을 맞았다. 지난해와는 달리 길쌈은 점량부 손 씨의 마당에서 이뤄졌다. 세오녀는 아침부터 일하는 아낙네들 사이에 끼어들었다. 대왕께서 옷에 수놓은 해가 제대로 보일 수 있게 아침에 나오시도록 이미 약속되어 있다. 옷보자기를 옆에 두고 일했다.

세오녀가 바라는 대로 아침 해는 티 없이 맑은 하늘에서 눈부시게 솟아올랐다. 길쌈이 시작되자 사량부 편과 점량부 편은 처음부터 불꽃을 튀기며 겨뤄 나갔다. 사량부는 지난해에 남다른 솜씨를 보여 준 세오녀가 앞장서기를 바라는 눈치였으나 그녀의 마음은 오로지 대왕에게 있었다.

'첫날에 오신다고 말씀하셨지.'

울렁이는 가슴을 안고 대왕을 기다렸으나 대왕은 나타나지 않았다. 일손이 저녁 패에 넘어가 마침내 해가 지고 밤이 되어 모두 끝날 때까지 대왕은 그림자도 비치지 않았다. 혹시 어디 편찮으신지 점점 걱정이 커져 갔다.

이튿날도 그녀는 입술이 바짝바짝 마르도록 기다렸으나 대왕은 끝내 오시지 않았다. 왕비께서 미리 알고 나오시지 못하게 막는 것이 틀림없다는 생각이 들자 한 번도 본 적이 없는 왕비가 갑자기 미워졌다. 아무리 왕비라 한들 어찌 감히 대왕을 막을 수 있다는 말인가? 그녀는 고개를 설레설레 흔들었다.

10

　왕의 시종 홍두는 집안일만 생각하면 머리가 지끈거렸다. 열흘에 한 번쯤 말미 얻어 집에 다니러 오면 늘 속상할 일만 기다리고 있었다. 못 말리는 누이는 뭇 사내들과 어울려 쏘다니느라 얼굴 보기 어렵고, 왈패 아우 홍패는 술 마시고 쌈질하기에 날이 샜다. 버릇 나쁜 마누라는 온갖 야릇한 소문을 뿌리고 다니는 것도 모자라 만나기만 하면 바가지를 빡빡 긁었다. 온몸에 두드러기가 필 참이었다.
　"여보, 내 이래서는 못살아요. 천리만리 도망가 버릴 거요."
　"왜? 또 무엇이 못마땅하오?"
　"아시잖아요. 시누이 말이오. 맨날 싸다니며 이놈저놈하고 놀아나니 이웃 사람들 입방아에 얼굴 들고 다닐 수 있어야죠. 홍패는 어떻고요. 당신이 집에 가져다 둔 재물이 남아나는 게 없어요. 무엇이든 닥치는 대로 들고 나가 술 퍼마시고 마을 왈패들과 어울려 싸움질하기에 아주 이골이 났다니까요. 사나운 개 콧등 아무는 날 없다더니, 이 코피 묻은 옷 좀 봐요. 당신 구경시키려고 빨지 않았어요."
　"사나운 개라니? 당신 꼭 이렇게 내 속을 빡빡 긁긴가? 내가 듣기로 당신도 마구 싸돌아다닌다면서?"

"기껏 바른말 해 줬더니 오히려 날 걸고넘어지네. 내 못살아. 당신도 없고 시누이 시동생이 저러는데 뭣하러 혼자 우두커니 집 지키겠어요? 워낙 답답하고 속상해서 바람 좀 쏘인 게 잘못됐나? 사내들과 놀아나기나 했대요?"

"사내들과 어울린다는 소문도 심심찮게 나던데? 씀씀이도 헤프다면서? 모르는 줄 아나?"

"그게 어떻다는 거요? 서라벌 천지에 샛서방 서넛 안 둔 여편네 있으면 데려와 보라고요. 한 갈에 겨우 두세 번 들락거리는 주제에 이만하면 얌전한 줄 알고 그만 입 닫으소. 그도 저도 아니면 좋을 대로 하시구려. 내 원 참."

첫여름 어느 밤 예사 옷으로 갈아입은 왕은 시종 홍두를 데리고 거리로 나섰다. 이 골목 저 골목을 누비던 끝에 술 생각이 난다고 하자 홍두가 말했다.

"이름난 술집이 가까이 있는데 그곳으로 모실까요?"

"아니야. 그런 술집에 들어가면 사람들이 날 곧장 알아볼 거야. 키가 일곱 자에 생김새가 유별나니 모두 쳐다볼 텐데. 아무도 없는 곳으로 가 보자고."

"대왕이시여, 술집 치고 사람이 아무도 없는 데가 있겠습니까?"

"하긴 그렇군. 가만 있자, 자네 집이 좋겠다. 술은 사 오라고 시키면 되잖아?"

"저의 집은 많이 누추한뎁쇼."

"괜찮다. 아무러면 어때."

왕은 홍두의 집에 들러 홍두 마누라가 차려 내는 술상을 받게 되었다.

은근히 술기운이 오르자 말했다.

"여보게, 술 따를 사람이 없어 술맛이 안 나네."

홍두는 문득 누이가 떠올랐다. 마누라 말이 누이가 이놈 저놈과 놀아난다니 대왕 옆에 앉아 술시중쯤은 들 수 있을 것 같았다.

옆방으로 가니 마침 있었다.

"누이, 잘 있었나?"

"큰오라버니, 웬일이세요?"

"큰방에 대왕께서 와 계시네. 이리 와서 술시중 좀 들게."

"뭐, 대왕요?

"이년아, 대왕 옆에 앉아서 한번 꼬셔 봐라. 운이 좋으면 네년 팔자가 늘어질 수도 있어."

그 한마디가 홍매의 눈을 번쩍 뜨게 만들었다. 어차피 사내들과 어울려 돌아다닌 여자라 팔자가 늘어질 수 있다는 말에 얼굴빛이 싹 달라졌다.

"오라버니, 곧 건너갈게요."

그녀는 후닥닥 일어나 번개처럼 분칠하고 옷 갈아입은 뒤 큰방 문을 열고 조용히 들어가 큰절을 올리고는 말없이 앉았다.

홍두가 말했다.

"나가서 불러오면 금방 소문이 날 것이라 어쩔 수 없이 제 누이 년에게 술시중을 들라고 불러 앉혔습니다. 이름은 홍매라 하옵니다. 마음에 들지 않으시면 언제라도 내치십시오."

"괜찮아. 괜찮고말고. 내 오늘 여기에서 마음 놓고 술 한잔 하네그려. 이름이 홍매라고? 홍매여, 어서 한 잔 따르게.”

말해 놓고 유심히 보니 제법 예쁘다는 생각이 들었다. 고운 얼굴에 가슴이 통통한 데다 허리는 가늘고 방긋 웃는 모습에 군침이 흘렀다. 왕의 얼굴에 흥건한 웃음꽃이 피어나자 홍두는 눈치껏 자리를 피했다.

왕은 잔을 비우고 그녀에게 건넸다.

“내 오늘 그대와 마주 앉으니 술맛이 한결 좋네. 그대는 정녕 아름답구나. 술 마실 줄 아는가? 한잔 받게나.”

“술을 마실 줄은 모르오나 대왕께서 명하시니 소녀는 받겠습니다.’

“그래야지. 핫 핫 핫.”

홍매에게 갔던 술잔은 곧 왕에게 되돌아왔고 왕에게 갔던 잔은 다시 그녀에게 건네졌다. 잔이 거듭되면서 왕은 크게 취했고 그녀도 엔간히 취할 만큼 마셨다. 왕이 물러앉으며 손짓하자 홍매는 술상을 윗목으로 치웠다.

“졸리는구나. 내 정야丁夜(四更. 새벽 2시 무렵)에 돌아갈 것이니 그대 깨워라.”

“예, 대왕이시여.”

“내 옆에 눕겠니?”

“대왕께서 명하시는 대로 따르겠습니다.”

그녀는 요를 깔고 이불을 펴 왕을 눕히고 불을 끈 다음 옷을 벗자자 왕의 품속으로 기어들었다. 마구 놀아나던 솜씨가 있어 처음 안길 때까지만 마지못해 몸을 닫기는 체했을 뿐이었다. 마침내 그녀가 세차게 덤벼들자 왕이 미처 당해내지 못하여 가쁜 숨을 몰아쉬며 허공에서 허우적거렸다. 회소놀이에서나 볼 수 있는 홍매의 거센 몸짓이 끝없이 이어지고 아찔한 즐거움이 턱밑까지 차올라 터져 나오는 외마디소리가 좁은 마당에 넘치고 딱하게도 담 밖까지 흘러나갔다. 어디선가 첫닭이 울자 사내는 땀범벅이 되어 사지가 풀린 채로 나가 떨어졌다.

이제 해가 지면 왕의 마음은 홍두의 집으로 달려갔다. 세 번째로 다녀갔던 다음날 아침에 왕비 내례부인이 왕 앞에 나타났다.

"중전께서 웬일이오?"

"대왕의 용안이 많이 수척하십니다. 옥체가 크게 걱정되어 소첩이 잠시 건너와 보았습니다. 탕약이라도 올릴까요?"

누가 보아도 왕은 기력이 빠져 보였지만 티를 낼 수는 없었다.

"느닷없이 탕약이라니? 중전이 뼈 있는 말씀을 하시는구려. 점잖지 못하게 짐에게 넘겨짚기 하십니까?"

"요즘은 어디서 주무시는지요? 대왕께서 주무실 곳이 맞습니까?"

왕은 속으로 깜짝 놀랐다. 다른 여자들을 옆에 두어 왕비를 자주 찾지 못하니 질투하는 마음으로 간밤에는 누구를 가까이했는지 때때로 살피겠지만 몰래 궁을 나가는 것까지 어느새 눈치챘다는 말인가? 기죽지 않으려고 둘러댔다.

"내 심심해서 바깥바람 좀 쏘였소. 그대는 만백성의 어머니답게 넓은 마음을 가져야지요."

"넓은 마음을 가지라고 하셨소? 넓은 곳을 버리고 좁은 곳을 찾는 사람은 소첩이 아니라 바로 대왕이십니다. 넓은 대궐로 드십시오."

입안의 혀를 깨물듯 말끝이 잘못되고 말았다. 대왕은 넉살 좋게 왕비의 말을 받아 비틀었다.

"넓은 대궐로 들어오라 하셨소? 정녕 그렇다면 내 왕비의 갸륵한 뜻을 무겁게 받아들여 홍마 거처를 대궐 안에 마련하겠소. 이제 겨우 좁은 데를 벗어나게 되었으니 참으로 고맙소. 역시 그대는 짐의 배필이오. 이거 너무 고마워서 어쩌나?"

왕비는 왕이 홍매를 대궐에 들이는 것을 말릴 수 없게 되었다. 하지만 그녀도 그냥 돌아서지는 않았다.

"내 말을 그렇게 받아들이다니요. 소첩이 일찍이 대왕을 모실 적에는 옥체가 상할까 근심하여 여자의 욕심을 누르고 늘 삼가 왔습니다. 이제 홍맨지 청맨지 모르는 계집이 죽자 살자 매달려 대왕의 기력을 상하게 한다면 그 죄를 털끝만큼도 용서치 않고 쫓아낼 것입니다."

이렇게 한마디 내뱉고는 뒤돌아섰다. 하긴 더 할 말도 없었다.

그로부터 홍매는 버젓이 대궐 한구석에서 살며 밤마다 왕을 드셨다. 시종 홍두의 기세가 차츰 거세어져 대궐 안에서는 어느 누구도 그를 함부로 대할 수 없기에 이르렀다.

여름이 다 지나가자 홍두의 마누라는 남편 덕에 올해부터 가버에 끼어들게 된 것이 자랑스러웠다. 누구에게든 말하고 싶어 엉덩이를 들썩이다 문득 사량부 촌장 댁 하녀 일매가 떠올랐다. 일매를 만나 자랑거리도 수다 떨고 운이 좋으면 마음에 찍어 둔 사내를 회소놀이로 불러낼 참이었다.

지난번 사량부 뒤뜰에서 그녀와 이야기하던 중에 옆으로 스쳐 간 사내가 있었다. 언뜻 보기로 키가 훌쩍한 데다 어깨가 딱 벌어져 힘깨나 쓰게 생겼었다. 녀석이 자기를 위아래로 훑어보면서 묘하게 흘리던 웃음을 떠올렸다. 일매 말에 따르면 그 사내는 하녀들이 함께 자는 방을 몇 칸 지나 맨 끝에 들어 있는 홀아비로 사랑부에서 일하는 노비들의 십장이라 했다. 그녀에게 말하여 회소놀이가 끝날 즈음에 자기를 업으러 오도록 꾀어 볼 참이었다.

사랑부 촌장 집의 뒷문 쪽 골목길에서 마침 마을로 심부름 가는 일매를 만났다.

홍두 마누라의 입이 미처 열리기도 전에 그녀가 재빨리 말을 걸어왔다.

"마님, 난 아주 멋진 옷을 구경했다고요. 마님은 평생 그런 옷을 보지 못했을 거요. 정말 기가 막히게 좋은 옷을요."

"무슨 옷인데 만나자마자 보지 못했을 거라니, 기가 막히다니, 야단인가? 나라고 보지 못한 옷이 있겠어? 내 남편이 대왕의 시종이란 걸 모르나 보네. 도대체 뭔데 그리 호들갑 떨지?"

"모르긴 왜 몰라요. 하지만 내가 본 옷은 예사 물건이 아닌걸요. 오내벌에서 온 작은댁 아씨가 보여 주는데 가슴팍에는 오늘 아침에 떠오른 둥근 해가 번쩍번쩍 빛나고, 새까만 새, 그 뭐더라, 발 셋 달린 까마귀도 수놓았고요. 둥근 보름달이 두둥실 떠오르는 멋진 옷도 있고요. 한 벌은 나라님에게 바치고 한 벌은 자기 것이라나."

"이 계집애야, 제발 방정떨지 마라. 대왕이 입을 옷을 너네 작은댁 아씨가 왜 갖고 있니?"

"내 말을 우습게 여기네요. 오내벌에서 온 작은댁 아씨 방에 들어갔다가 두 눈으로 똑똑히…."

"그건 그렇다 치고, 지난번에 여기서 봤던 사내 말이다. 그 자식 제법 잘생겼더라. 그렇지? 지금 제 방에 있나?"

"아뇨. 제까짓 것 방에 앉아 놀고 있을 팔잔가. 왜 그러세요?"

"말 심부름 하나 해 줄래?"

"무슨 말을요?"

"네게 이 말 해도 괜찮을까? 그 사내 만나거든 회소놀이 때 내 춤 솜씨 구경이나 오라고 전해 줘."

"전해 줄게요. 그 사내도 가배에 허드렛일 나간대요."

"마침 잘됐네."

"마님은 그 사내가 마음에 드는가 봐."

"그런 건 아냐. 이 망할 것."

돌아서며 홍두 마누라는 생각했다.

"조것이 만나자마자 제 이야기만 늘어놓고. 아냐, 거참 알 수 없네. 대왕의 옷을 왜 그 댁 아씨가 가지고 있지? 시종도 아닌 주제에…."

마침 그날 저녁에 남편 홍두가 집으로 돌아왔다.

"오늘 이상한 이야기를 들었어요. 오내벌에서 온 사량부 촌장 작은 집 아씨가 대왕께 드릴 비단옷을 가지고 있더래요. 해와 삼족오가 수놓아진 옷은 대왕이 입는 옷이래요. 아주 멋지다고 해요."

홍두는 마누라가 요즘에도 사내들과 놀아나는지 어떤지 눈치 살피느라 그 이야기는 귓가로 흘리며 제 발 저린 년이 온갖 수다 떨고 있다고만 생각했다.

길쌈이 시작되고 사흘째인 칠월 열여드렛날이었다. 왕이 심부름을 시켰다.

"내 참, 깜박했네. 홍두야. 지금 당장 길쌈 마당에 가서 사량부 처녀, 이름이 뭐더라…, 그렇지 세오녀. 세오녀란 처녀를 찾아내 내게 줄 옷을 지어 왔는지 알아보고 오너라. 지어 왔다면 내일쯤 한번 다녀와야겠다.”

시종 홍두는 대왕의 말씀을 듣자 문득 마누라의 이야기가 떠올랐다. 사량부 촌장 작은집 아씨가 대왕께 드릴 비단옷을 갖고 있는데 해와 삼족오가 그려진 아주 멋진 옷이라 하지 않았던가. 그런 옷을 주고받는다면 예사 사이가 아니다. 아무래도 지난해에 대왕이 만나던 처녀일 것 같았다. 대왕이 그 비단옷을 가져온 세오녀란 사량부 아가씨에게 마음이 가게 그냥 놔둘 수 없다고 생각했다. 지금은 왕이 누이 홍매에게 푹 빠져 있고 그로써 자기에게도 이제 막 쥐구멍에 볕든 참이니 다른 여자는 얼씬도 못하게 막아야 할 것이었다.

심부름을 나서자마자 부리나케 달려가 보니 지난해에 보았던 아가씨가 맞았다. 당장 눈에 들어올 만큼 아주 맑고 예쁜 얼굴이라 대왕이 좋아하고도 남을 터였다.

“홍매가 자랑할 거라고는 잠자리 솜씨밖에 더 있나.”

도무지 안심할 수 없어서 아예 옷 보따리를 빼앗아야겠다고 생각했다. 서로 만나진다면 틀림없이 둘 사이에 정분이 생겨 홍매는 뒷전으로 밀려날 것이다.

이틀이나 허탕 친 세오녀는 대왕이 함부로 약속을 팽개치지 않을 분이니 무슨 큰일이 일어난 게 틀림없다는 생각으로 사흘째를 맞았다.

일이 시작되어 조금 지나자 지난해에 보았던 왕의 시종이 나타나 마당으로 들어섰다. 대왕이 오셨나 보다며 자리에서 벌떡 일어났지만 혼자였다. 가까이 다가와 마주 선 시종은 지난해보다 훨씬 살이 찌고 더 건방지고 음흉하게 보였다. 그의 일그러진 얼굴을 마주하자 갑자기 소름이 돋았다.

"아가씨가 사량부 세오녀요?"

"그런데요?"

"대왕께서 고뿔이 걸려 나오시지 못하고 저더러 옷을 받아 오라 하셨소. 이리 주소."

"안되어요. 대왕께서 몸소 나오시기로 약속했어요."

"지금 편찮으시오. 이리 주시오."

"안된다니까요. 대왕께서 나오셔야 할 일이 있거든요."

"편찮으시다 하지 않았소? 이 처녀가 말귀를 못 알아듣나?"

흘겨보며 세오녀가 두 팔로 감싸 안은 보자기 한쪽 모서리를 잡았다.

"놓으세요. 왜 이러세요."

시종은 아무 말도 않은 채 확 잡아당겨 보자기를 빼앗고는 뒤돌아서 버렸다.

"돌려주세요. 돌려주세요."

울먹이며 말했지만 뒤도 돌아보지 않고 뚜벅뚜벅 걸어갔다. 놓치지 않으려고 따라가 보따리 한 끝을 잡자 홱 뿌리치고 말에 훌쩍 오르더니 휭하니 달려가 버렸다. 멍하게 바라보다 눈물이 왈칵 쏟아졌다. 두 손으로 얼굴을 가린 채 그 자리에 털썩 주저앉고 말았다. 엎드려 울다 한참 지나서 생각하니 아직 희망의 끈을 아주 놓을 때가 아니었다.

"어디가 편찮으신가? 저 옷을 대왕께서 보시고 마음에 들어 병이

나으면 날 찾아오시지 않겠나. 아니면 어쩌지?"

기대와 걱정이 한순간에 엇갈렸다. 자리로 돌아오자 옆자리의 아낙네들이 몇 마디씩 내뱉었다.

"아가씨는 뭘 빼앗겼지? 저놈이 제 누이를 대왕에게 바쳐 놓고 요즘에 못된 짓 골라 한다더라."

"그놈이 돼지처럼 살쪄서 누이 끗발 믿고 남의 것 마구 뺏어 삼킨다는군."

"그 자식 아우는 어떻고? 거리의 망나니라고 소문났지."

그녀는 그런 말을 귀담아듣지 않고 이제라도 다시 대왕께서 나오실까 기다렸지만 헛일이었다. 다음날에도 그 다음날에도 보이지 않았다. 세상일 모두를 아는 것처럼 떠벌리기 좋아하는 늘그막의 아낙네에게 넌지시 물어보았다.

"대왕께선 안 나오시나요? 지난해엔 몇 차례 다녀가시더니…."

"요즘에 홍매라는 못된 계집년에게 홀딱 빠져 밤낮 껴안고 누웠으니 바깥나들이 할 틈이 있겠나?"

"홍매가 누구세요?"

묻는 세오녀를 돌아보지도 않고 한마디로 잘라 버렸다.

"걸레 같은 계집을 내가 어떻게 알겠나. 왕비께서 그년 때문에 골치깨나 아프실 게야. 쉿, 누가 들을라."

세오녀에게는 그 말이 귀에 들어오지 않았다.

'내일 나오시겠지.'

'내일은 꼭 나오실 게야.'

그녀는 대왕을 기다리며 그렇게 한 달을 채웠다. 마침내 팔월 보름날을 맞았고, 더 큰 기대를 걸고 하루 내내 기다렸지만 대왕의 모습은 끝내 볼 수 없었다.

지난해처럼 넓은 마당에서 길쌈에 진 쪽이 차려낸 음식을 싹 먹어 치우고 회소놀이가 시작되었다. 마당 가운데 한 아낙네가 나서서 회소곡을 부르고 몸짓을 시작하자 모두가 악쓰고 따라 불러 온 마을이 쩌렁쩌렁 울리고 그녀를 흉내 내어 미친 듯 날뛰었다. 하지만 세오녀에게는 들리는 것도 없고 보이는 것도 없었다. 돌아와 자기 방에 들자마자 눈물을 펑펑 쏟아내다 옷도 벗지 않은 채 널브러졌다.

세오녀는 이튿날 곧바로 오내벌로 돌아오려 했으나 움직일 기력이 없었다. 마음이 송두리째 허물어져 자신을 추스르지 못했다. 희망이 연기처럼 사라지고 믿음이 텅 빈 하늘로 바람 따라 날아갔다. 몸도 마음도 지쳐 버렸다.

홍두는 세오녀로부터 빼앗은 옷을 어떻게 할까 망설이다 우선 집에 가져다 두고는 왕에게 말씀드렸다.

“대왕이시여, 아무리 찾아도 세오녀라는 사량부 처녀는 보이지 않았습니다.”

“고것이 날 속였나? 어쩐지 말이 비단 같다 싶었지. 그래, 알았다.”

홍매에게 넋을 빼앗긴 왕은 세오녀를 잊어버리고 있다가 잠깐 떠올렸을 뿐 더 말하지 않았다.

홍매의 둘째 오라비인 홍패는 거리의 왈패들과 어울려 누이에게 얻은 은덩이가 바닥나고 고주망태가 될 때까지 술을 퍼마시다 밤 늦게 집에 돌아왔다. 이튿날 낮까지 잠에 빠졌다가 잠깐 집으로 다니러 온 형이 깨워 일어났다.

"형수 어디 갔니?"

"아침에 가배 나갔나 봐요. 자고 있어서….”

"이 빌어먹을 놈아, 점심때가 지났다. 그만 일어나라."

형이 서둘러 대궐로 돌아가자 뭐 가져다 둔 재물이 없나 싶어 큰방으로 갔더니 한쪽 구석에 낯선 보따리가 놓여 있었다.

"웬 보따릴까?"

베보자기를 풀어 보니 비단보따리 두 개가 나왔다. 위에 얹힌 붉은 비단보자기를 풀어 펼치다 깜짝 놀랐다. 가슴팍에 눈이 부시는 커다란 해와 삼족오가 수놓아진 비단옷이 있었다. 어젯밤의 술기운이 아직 남아 있는 취한 눈에 해에서 쏟아지는 빛으로 머리가 띵해졌다. 세차게 날갯짓하는 삼족오의 날카로운 발톱이 자기 염통을 꽉 움켜쥘 듯 보여 오싹했다. 두 번째 보자기를 풀어 보니 가슴팍에 보름달이 새겨진 비단옷이 나왔다. 이제 막 동녘 하늘에서 구름을 밀치고 솟아나 흰빛에서 붉은빛으로 차츰 바뀌어 가는 달이었다. 한눈에도 그것은 여자 옷이 틀림없었다.

"엄청나게 좋은 옷이네. 거참 대단하다. 이걸 술집에 가져가면 한 달 내내 퍼마시겠는데?"

홍패는 해가 수놓아진 옷 보따리를 들고 술집으로 가니 왈패들이 모여들고 있었다. 술자리가 벌어지자 보자기에서 옷을 꺼내 입었다. 모두 놀라운 듯 지켜보았다.

"야 이놈들아, 내 옷 좀 봐라. 너희들 이런 옷 구경이나 했나?"

둘러앉은 대여섯 녀석들이 모두 입을 딱 벌리고 다물지 못했다. 저마다 한마디씩 말했다.

"우와-. 형, 이 옷 어디서 났소? 굉장하네."

"이런 옷은 처음 보네. 꼭 임금 입는 옷 같은데…. 누이가 대궐에서 가져온 거요? 그렇죠?"

홍패가 거드름을 피우며 말했다.

"어디서 가져왔든 그걸 알아서 뭐해? 이 옷으로 술이나 마시자. 주인 불러 봐. 이봐 주인!"

주인이 다가오자 물었다.

"이 옷 팔 건데 술 얼마나 주겠소? 한 달 동안 술값으로 쳐 주면 안 될까?"

술집 주인이 옷을 살피더니 저으기 놀라면서 말했다.

"그렇게 하죠. 단골손님 말씀인데 어쩌겠어요? 한 달 동안 술 드리죠."

어림잡아 던져 본 말을 주인이 선뜻 받아들이자 홍패는 속으로 너무 낮게 불렀다 싶었지만 잘게 굴지 않으려는 듯 말했다.

"좋아, 기분이다. 앞으로 한 달 동안 마실 수 있게 되었네. 자, 마시자! 주인장, 술 더 가져오소."

그 자리에 모인 여섯 녀석들은 마구 마시고 곤드레만드레 취했다. 무리에서 곧잘 우두머리 노릇 해 온 녀석이 홍패를 건너다보며 말했다.

"야 이놈아, 그 옷 벗어 봐라. 나도 한번 입어 보자."

누이 덕분에 큰소리치게 된 홍패도 옛날처럼 호락호락하지 않았다.

"뭘 어째? 이자식이 술 얻어먹었으면 됐지, 옷까지 벗어라?"

"이자식이라니…. 이 망할 놈이 눈에 보이는 게 없나? 안 벗으면 그만이지."

 둘은 마침내 늘 하는 버릇대로 티격태격 싸우기 시작했다. 다른 녀석들도 덩달아 끼어들어 여섯이 서로 붙어 멱살 잡아 흔들다가 주먹질과 발길질이 오가고, 옷 입어 보겠다던 녀석이 홍패를 물이 흥건하게 고인 마당의 진흙 바닥에 넘어뜨려 마구 짓밟았다. 옷은 찢기고 진흙투성이가 되었다. 싸움이 끝나자 화해한다며 더 마시더니 술값이라며 망가진 옷을 벗어 놓고 가 버렸다. 하긴 맨날 그렇게 마시다 싸우고 싸우다 마시는 패들이었다.

 주인은 술값으로 받은 찢어지고 흙투성이 된 옷을 빨아 꿰매고 다리미질했지만 눈부시던 처음 모습은 사라져 버렸다. 얼마라도 벌충하려고 하녀를 시켜 거리에 나가 팔아 오게 했다.

 홍두의 마누라는 가배 갔다 돌아오니 방 한구석에 베보따리가 놓여 있고 그 안에서 비단보따리가 나왔다. 풀어 보니 곱고 반짝이는 비단옷이었다.

 "아유! 이게 옷인가? 정말 멋지네. 보름달을 수놓은 여자 옷이네. 한번 입어 볼까? 입 안의 혀같이 착한 낭군이 하늘 같은 마님 입으라고 가져왔구나. 이걸 입고 나가면 힘 좋은 놈이든 잘생긴 놈이든 침질질 흘리고 마구 따라붙겠지? 히히, 신난다."

 옷을 쓰다듬으며 혼자 중얼거리고 있을 때 덜컥 문이 열리고 집에 다니러 온 시누이 홍매가 얼굴을 쑥 내밀었다.

 "언니 있소? 이게 뭔데? 웬 옷이오?"

 냉큼 들어오더니 확 낚아채어 두 손으로 펼쳐 보고는 벌어진 입을 다물지 못했다.

"와! 이런 옷도 있었나? 언니, 이 옷 어디서 났죠? 대왕 모실 때 입으라고 큰오라버니가 구해 으셨네. 맞죠? 내게 홀랑 빠진 대왕께서 이걸 보시면 옷값 두둑이 내놓겠지. 정말 끝내 주네."

"그게 아닌데…. 날 입으라고…."

"아니긴 뭐가 아니라. 누구 덕에 떵떵거리고 사는지 알기나 하나? 큰오라버니 오시거든 고맙다고 전해 줘요."

그녀는 자기 하고 싶은 말만 마구 쏟아놓고는 옷을 보자기에 싸들고 휭하니 나가 버렸다.

세오녀는 가배에서 끝내 대왕을 만나지 못하고 옷까지 빼앗겨 몸과 마음이 함께 허물어졌다. 자리에서 일어날 힘도 없어 하룻밤을 더 쉬고는 오내벌로 돌아가려 큰집을 나섰다. 눈을 빈 하늘에 두고 터벅터벅 말이 걷는 대로 맡긴 채 골목을 빠져나오는데 하녀 차림의 어린 처녀가 보따리를 안고 바짝 다가섰다.

"좋은 옷 한 벌 사세요."

"안 사."

모두가 귀찮아 고개도 돌리지 않고 기어들어가는 목소리로 말했다. 잘 듣지 못한 처녀는 옷을 팔 욕심으로 마냥 따라붙었다.

"사내 옷인데요, 좀 더러워졌지만 깨끗하게 빨고 다림질했어요. 엄청나게 좋은 옷이어요. 이 옷 사서 잘 손질하고 낭군께 드려 봐요. 아주 좋아하실걸요. 좁쌀 다섯 되나 베 열 자만 주면 팔게요. 정말 좋은 옷인데 터무니없이 헐값이죠. 구경해 보세요."

정말 좋은 옷이라는 달이 귀에 들어왔다.

"흥, 정말 좋은 옷이라고? 정말 좋은 옷이 어디 있나. 대왕께 드리려던 옷이 없어진 터에….”

혼자 중얼거리자, 알아듣지 못하면서도 팔 기회를 잡았다고 생각한 그녀는 엎드려 보따리를 풀면서 말했다.

“한번 보시렵니까? 참 좋은 옷인데 아깝게 그만….”

본척만척 돌아가던 눈길이 어깨너머 옷보자기에서 멈춰지며 깜짝 놀란 세오녀는 얼른 말에서 내렸다. 대왕께 바치려고 꼬박 한 해가 걸려 지었다가 시종에게 빼앗긴 바로 그 옷이었다. 군데군데 찢긴 걸 꿰맨 흔적이 있고 함부로 빨래해서 얼른 보기에 마른걸레보다 나을 것이 없었다. 옷의 한 자락을 덥석 잡은 세오녀의 손이 부르르 떨리고 두 눈에서 눈물이 주르르 흘러내렸다. 이 옷 한 벌 지으려 몸과 마음을 모두 바쳤건만 끝내 대왕을 만나지 못하여 하늘 높이 부풀어 오르던 꿈이 사라졌다고 생각하자 단박에 숨이 콱 막혔다.

그녀는 눈물을 닦지도 않고 물었다.

“이 옷 어디서 났니? 왜 이렇게 됐지?”

“우리 집 단골손님이 술값으로 주고 갔죠. 그 손님 형이 집에 가져다 둔 것을 제멋대로 입고 나왔다는데요. 글쎄, 이걸 입고 자랑하려고 친구들 불러 놓고 진탕 술 퍼마시더니 저들끼리 싸움 붙어 진흙탕에 굴렀어요. 빤다고 빨고 정성 들여 기웠다고요. 새것일 때 보았으면 좁쌀 백 섬을 줘야 겨우 만져 볼까 말까 할 거라고 주인마님이 그랬어요. 어떻든 지금이라도 다섯 되 값어치는 되고도 남죠. 사세요.”

울컥 울음이 터져 나오려 했지만 입술을 깨물어 꾹 참고 물었다.

“혹시 여자 옷은 못 봤니?”

“여자 옷이 있다는 걸 어떻게 알죠? 그 손님 말이 여자 옷도 정말 멋진데 누이가 가져갔대요."

"그 누이 만나서 돌려받을 수 있을까?"

"정말 간도 크네. 누이가 누군 줄 알기나 하세요? 대왕 잠자리 모시는 홍매라고요. 왕비께서도 어쩌지 못한대요. 오라비 홍두는 대왕께서 아끼는 시종이구요. 사지도 않고 엉뚱한 것만 자꾸 묻네."

"아니야. 내 살게. 베 열 자라고? 달라는 대로 주겠네. 하나만 더 묻자. 홍매가 그 옷 입고 대왕을 만나러 갔다나?"

"별것 다 묻네. 그걸 내가 어떻게 알죠?"

묻고 보니 참 엉뚱했다. 더 물을 것이 없었다. 말에 실린 봇짐을 열어 여비로 갖고 다니던 베 중에서 알맞은 자투리를 골라 주고 보따리를 건네받았다.

그녀는 비로소 자기의 지난 한 해를 뒤돌아보았다.

"내가 어리석었구나. 제2왕비란 것이 있기나 있나? 이제 생각하니 들은 적도 없고 누구도 쓰지 않는 말을 사내의 허튼수작에 미친 내가 스스로 만들어냈을 뿐이다. 대왕이 누군가? 계집 사타구니만 찾다가 시종의 누이라는 더러운 년에게 빠져든 허깨비 같은 사내다. 그것도 모르고 허깨비의 장난감이 되기를 바라며 스스로 나를 허물었다."

그녀는 분하고 부끄러운 마음을 한데 모아 채찍을 하늘 높이 번쩍 쳐들었다가 말 엉덩이를 세차게 갈겼다. 놀란 말은 껑충 뛰더니 쏜살같이 내달았다. 오내벌을 향해 쉬지 않고 달리다 문득 고개를 쳐드니 맏뫼가 아찔한 절벽처럼 앞을 가로막고 있다. 산자락을 끼고 돌며 뒤쪽 느긋한 비탈길로 말을 몰아 꼭대기에 올라갔다. 꼬챙이로 나무 밑을 파헤치고 구덩이에 보따리를 던져 넣었다.

흙을 덮으며 중얼거렸다.

"내 헛된 꿈을 여기 묻자."

작은 바위에 걸터앉아 멍청하게 앞을 바라보니 잔잔한 안바다가 눈물 글썽이는 눈에 어른거린다. 어느덧 해가 서산으로 쏠렸다. 동쪽으로 돌아앉으니 자신의 그림자가 끝이 보이지 않을 만큼 길게 뻗어 간다. 그 그림자의 길이만큼 슬프고 어두운 마음을 녹인 눈물이 뜨겁게 뺨을 타고 목으로 내려왔다.

집에 이르자 밝지 않은 딸의 얼굴을 살핀 무영 공주가 조심스럽게 물었다.

"길쌈 잘 마쳤나? 가져간 옷은 대왕께 드렸느냐?"

"예."

엄마의 눈과 마주치지 못하여 고개 돌리고 기어들어가는 목소리로 대답했다.

"그래? 어쩐지 힘이 빠지고 우울하게 보이는구나. 몸이 아프냐? 무슨 일이 있었나?"

세오녀는 누군가에게 자기의 슬픔을 풀어 놓고 싶었다. 먼저 눈물부터 쏟아졌다. 엄마의 가슴에 파고들어 흐느끼다 젖은 목소리로 말했다.

"어머니! 곰곰이 생각해 보니 여태까지 제2왕비가 있다는 말을 들은 적이 없었어요. 사로국 제2왕비가 누구라는 말을 들어 보셨어요? 내가 뭘 잘못 듣고 잘못 생각했나 봐요."

공주는 쓰린 마음을 억누르며 말했다.

"하긴 그렇네. 네가 대왕에게 속았구나."

"그런가 봐요. 이제 난 어쩌죠?"

"처음은 즐겁지만 끝마침이 슬픈 게 사랑이란다. 마음에 담아 두지 말고 빨리 털어내라."

더 캐묻지 못하고 그저 그런 말로 달랠 수밖에 없었다.

세오녀가 집을 비운 사이에 좋은 일이 있었다. 오빠 세월랑이 새색시를 맞게 된 것이다. 공주가 아들 일에 마음이 쏠리다 보니 딸 일은 잠깐 뒤로 밀려났다. 세월랑의 새댁은 양부梁部(양산부梁山部)의 아가씨로 며칠 뒤 오내벌로 시집왔고 무영 공주의 가족은 넷으로 불어났다.

11

철부는 무영 공주를 보내고 며칠 동안 외로움과 쓸쓸함에 시달렸다. 그녀와의 하룻밤이 15년 전의 만남과 더불어 이제까지 60년을 살며 느낀 마음의 가장 큰 자극으로 남았다.

그때의 무영이 초열흘 달이었다면 이번에는 스무날 달이었다. 초열흘에 갈 길 바쁜 듯 하늘 가운데로 나와 기다리다 해 지자마자 빛나는 달은 보름달로 커져 가는 바람으로 가슴에 가득하게 차오르지만, 스무날 밤이 깊어 마지못해 뜨는 달은 그믐달로 돌아오는 아픔으로 텅 비어 버린다. 큰 나무에 밧줄 맨 그네가 앞을 보며 높이 솟아오를 때는 하늘 끝까지 날아가 온 세상을 손에 잡을 듯 우쭐했지만 뒤로 물러서면서는 그 모두를 놓치고 버린 듯 아쉬워진다. 가득 찬 것이 텅 빈 것과 다르지 않고 잡은 것과 놓친 것이 하나라고 마음 다잡아 본다. 어떻든 다시는 그녀를 두 팔로 안아 보지 못할 것이다. 이제는 사랑과 삶의 모두를 마무리 지어야 할 때라고 느꼈다.

며칠 동안 아무 말 없이 닫아 버린 철부의 가슴을 가장 먼저 들여다본 사람은 아들 연오랑이었다. 하나뿐인 핏줄이니 말하지 않아도 마음은 건너가는 것일까? 오내벌 이모가 느닷없이 찾아와 하룻밤을 함께 지낸 반가운 일이 있자 이번에는 뭔가 이뤄질 것 같아 가벼운 웃음을 흘리며 지켜보았다. 하지만 이모가 돌아간 뒤로 어쩐지 아버지는 얼굴에 드리운 그림자를 지우지 않고 있었다. 나이 때문에 두 사람의 사랑이 이어지기 어렵다고 믿기 때문일까? 두 사람뿐만 아니다. 자신과 세오녀 사이도 앞이 보이지 않는 안개 속으로 숨어 버렸다. 이대로는 안된다. 하늘이 무너지고 땅이 꺼지도록 뭔가 바꿔야 할 때가 왔다.

여러 날을 곰곰이 생각하던 연오랑이 말했다.

"아버지, 도기야는 땅과 바다를 이리저리 넘나들며 큰 뜻을 키울 수 있는 곳이라 하셨죠?"

"너는 아직도 그 말을 잊지 않고 있구나."

"아버지가 이 도기야에 오신 지 서른다섯 해가 지났습니다. 참으로 오래네요. 저의 말씀에 노여워 마십시오. 이젠 땅을 버리고 바다로 떠납시다. 키 잡아 뱃머리 돌리는 쪽은 모두 길이고 돛폭이 바람 안으면 어디로든 갈 수 있습니다. 저 바다를 건너고 왜로 가서 우리 꿈을 이뤄 보면 어떻겠습니까?"

"뭐라고 했나? 키 잡아 뱃머리 돌리는 쪽은 모두 길이고 돛폭이 바람을 안으면 어디로든 갈 수 있다고? 그렇지! 왜 내가 바로 옆에 둔 바다를 버려두고 도기야 언덕을 새장으로 만들어 스스로 갇혀 살았을까? 이젠 나도 늙었구나."

"버려두었다니요? 아버지는 이미 큰 배 여러 척을 만들고 남과 북으로 물길을 열어 놓지 않았습니까?"

"그래, 아들아! 돛폭에 바람 가득 안고 왜의 어디로?"

"주타로의 고향을 한번 생각해 보았습니다."

"언젠가 그가 한두 번 내게 자기 고향으로 가서 힘을 모아 새 나라를 세워 보면 어떨까 말했었지. 그 말을 귀에 담아 두었지만 깊게 생각하진 않았다. 내일모레 해 바뀌는 날에 모두 모아 놓고 말해 보자. 역시 넌 내 아들이구나."

철부는 새해를 맞자마자 아들 연오랑, 우대랑과 고질부, 주타로, 수달 등을 불러 앉혔다.

주타로가 자기 부족을 끌고 근기국에 노략질 왔을 때 이제 막 아버지를 이어받은 스무 살의 새파랗게 젊은 부족장이었다. 아내 뱃속에 있다던 아들이 지금은 서른다섯의 중년으로 그를 대신하여 부족을 다스린다고 했다.

철부는 처음부터 그를 노비로 여기지 않았고 일찌감치 고향으로 들아가도 좋다고 했으나 스스로 머물러 왔다. 몇 해마다 한 번쯤 다니러 갈 때도 친정 가는 며느리 떡고리 챙겨 주듯 쇠꺽지가 만든 창이나 칼을 배에 실어 주었다.

그는 수십 년 동안 사로국이 커 가는 것을 지켜보면서 언젠가 몇 차례 철부에게 도기야와 자기 부족이 힘을 모은다면 사로국처럼 크고 힘센 나라를 만들 수 있을 것이라고 생각했을 것이다. 그런 때를 기다리고 있는지도 모른다.

“주타로, 자네 고향이 오키의 네 섬 중에 니시노라 했던가? 오키의 네 섬은 어느 쪽에 있나?”

“맞습니다. 여기서 똑바로 동쪽으로 가면 나옵니다.”

“똑바로 동쪽으로? 니시노 사람들은 우리를 어떻게 생각하나?”

“우리가 근기국에 왔을 때 내가 잡힌 데다 배가 모래 위에 얹혀 달아나지 못하고 꼼짝없이 몰죽음이 날 참이었죠. 그때 우리는 용주성에 왔던 이즈모 부족에게 등 떠밀려 젊은 사내는 남김없이 데리고 왔습니다. 여기에서 모두 죽고 고향에 여자와 어린아이들만 남았으면 첩이나 노비로 이웃 부족에게 끌려가고, 혹시나 족장이 죽기라도 하면 산 채로 함께 묻혔겠지요. 땅도 빼앗기고요. 그래서 절반만이라도 살려 보내 달라고 울며불며 매달렸던 것입니다. 새바위나 한달비에 왔던 녀석들도 열 가운데 겨우 서넛이 살아서 달아났지만 큰 부족이다 보니 사정이 달랐습니다. 장군 덕분에 부족의 명줄을 이을 수 있었기에 도기야와 장군께 늘 고마운 마음을 갖고 있습니다.”

들고 있던 철부는 입을 딱 벌렸다.

“아! 주타로에게 우리가 모르는 일이 있었구나. 왜 그렇게 살려 달라고 매달렸던지 이제야 알겠네. 하지만 그건 서른네 해나 지난 이야기가 아닌가?”

“벌써 옛날이 되었네요. 그때 사람들은 나이 들어 많이 죽었지만 아직도 더러 남아서 옛이야기를 합니다. 뒤에도 제가 건너갈 때마다 좋은 무기를 가져가고 싸움하는 법도 가르친 탓에 이웃 부족들 사이에서 줄타기하며 그런대로 살아 올 수 있었습니다. 이제는 옛날과 다르지만 아직도 힘이 약한 편이지요.”

"언젠가 우리가 힘을 모았으면 좋겠다고 말했지? 이제라도 왜로 건너가 자네 부족과 함께 이웃 땅을 토평하고 새 나라를 세우면 어떨까?"

"둘이 합쳐 다른 부족의 위에 올라설 큰 나라를 이룰 수 있다면 반대할 까닭이 없습니다."

둘러앉은 모두는 언젠가 돌려줘야 할 땅에 걱정스럽게 머물기보다는 왜의 오키 쪽으로 옮겨 가기로 뜻을 모으고 주타로를 고향에 보내 부족 안에서 혹시라도 반대가 없는지, 그곳으로 뚫고 들어갈 틈은 있는지, 달리 뻗어나갈 곳이 있는지 알아보기로 했다.

연오랑도 주타로를 따라가기로 해서 준비를 서둘렀으나 이런저런 일로 자꾸만 늦어져 여러 달이 지난 5월이 되어서야 20여 명의 군졸을 거느린 배가 숲실나루에서 닻을 올렸다. 해가 지자 배는 근기곶 북쪽 끝을 돌아 돛폭에 잔뜩 바람을 받으며 똑바로 동쪽으로 나아갔다. 하늘 가운데 떠 있는 반달이 바닷물에 어른거렸을 만큼 바다는 잔잔했다.

그들은 5월 열하룻날 오키의 니시노 섬에 닿았다. 주타로는 아들 니시오를 시켜 섬 안의 여러 마을 대표를 부르고 의견을 나눈 끝에 도기야를 받아들여 큰 나라를 세워 보자는 쪽으로 뜻을 모았다.

주타로와 니시오가 머리를 맞대고 도기야 사람들이 와서 살 집이나 식량과 세간 따위를 꼼꼼히 따져 보는 동안에 연오랑은 주타로의 달교코를 따라 바닷가로 나갔다. 길게 뻗은 흰 모래밭과 푸른 바다는 서쪽 하늘로 기울어지는 여름 해의 눈부신 빛을 남김없이 받아들이고 있었다. 신을 벗고 맨발로 모래 위를 걸어 보니 발가락 사이로 파고드는 모래의 부드러움이 어릿불과 다르지 않았다.

연오랑은 교코가 어쩐지 마음에 들었다. 알맞은 키, 햇볕에 그을려 검은빛이 엷게 감도는 싱그럽고 시원한 얼굴이 니시노에 발 들여놓은 뒤에 만나 본 모든 여자들 중의 으뜸이었다. 열아홉이라 했다.

그녀는 얕은 물속으로 뛰어들어 두 손으로 바다 밑을 더듬더니 금방 주먹만 한 조개를 주워 자랑하듯 번쩍 들어 올리고는 환하게 웃었다. 홑겹 여름옷이 물에 젖어 터져 나올 듯 팽팽해진 젖가슴과 엉덩이의 아름다움을 그대로 보여 주었다.

문득 세오녀가 떠올랐다. 그녀는 지금 바람둥이 사내 아달라에 넋을 잃고 있다. 자기에게 고개 돌려 버린 매정한 그녀를 마음에서 아주 지워 버리고 새롭게 성큼 다가온 교코를 아내로 맞아들일까? 아버지나 이모가 다 함께 바라는 짝은 세오녀이다.

세오녀를 만났을 때 자신이 내뱉은 말 한마디가 가시가 되어 목구멍에 걸렸다. 언제까지든 내가 너를 기다리고 있다는 것을 잊지 마라 했던가? 언제까지란 으레 하는 말이고 참뜻은 남의 아내가 될 때까지다. 가배가 한 달 안으로 다가왔으니 멀지 않았지만 아직은 그녀가 아달라의 여자가 되었다는 말은 듣지 못했다.

멍청하게 생각에 잠겨 있는 동안 함께 걷던 그녀는 저만큼 앞서 나가 줄곧 먼 바다를 바라보고 있었다. 이윽고 돌아서서 손짓하여 자기를 부르며 동쪽을 가리켰다. 작은 돛단배 하나가 모래톱에 닿았다.

배에서 세 여자가 내렸다. 그중 하나가 나서더니 다가간 교코와 마주 서서 뭐라고 이야기를 나누었다. 가볍게 웃음 짓는 얼굴이 옆으로 보였다. 교코보다 한 살이나 두 살쯤 아래로 보이고 나머지 둘은 따라

156

온 여자들인 듯했다.

교코가 그녀를 데려와 말을 걸었다.

"제 동생 하나코예요."

하나코는 방긋 웃으며 고개 숙여 말없이 인사했다. 연오랑이 인사를 받으며 고개를 갸웃거리자 교코가 덧붙인다.

"어머니가 낳은 동생이어요."

교코는 조금 전 집을 나설 때 자기가 아버지의 외동딸이라고 밝혔다. 주타로도 고향의 외동딸이 끔찍이 귀엽다고 도기야에서 입버릇처럼 말해 왔다. 아버지가 다른 동생일 것인데 더 묻지 않았다.

하나코는 눈이 시원하게 잘생겼다. 해를 마주 받은 가무잡잡한 얼굴에서 그녀의 눈은 유난히 크고 빛났다. 그 속에 뭔가 깊이 감춰져 있고 자신이 바라면 무엇이든 빨아들일 듯이 생긴 눈으로 뚫어지게 그를 바라보았다.

셋이 나란히 걸어가며 그녀가 입을 열었다. 갑자기 교코는 말을 아끼고 있었다.

"우리 어머니는 처음어 교코 언니 아버지의 둘째였죠. 언니 낳고 아버지에게 시집와서 곧 내가 태어났어요. 언니보다 두 살 아래 열일곱이에요."

하나코는 이 말 끝에 흰 이빨을 드러내고 소리 나지 않게 웃더니 갑자기 그와 교코 중간에 슬쩍 끼어들면서 왼팔에 팔짱을 꼈다. 이 남자는 이제 내 것이니 언니는 그만 떨어져 달라는 듯했다. 눈 깜짝할 사이에 서로를 바꿔 버린 거리낌 없는 그 짓이 오히려 티 없고 참되고 예쁘게 보였다. 쳐다보다 눈길이 마주치면 고개 돌리고 다시 쳐다보다 그만두기를 거듭하는 것으로써 끊임없이 자기 마음을 하나하나 보내 주고 있었다. 말보다는 몸짓에 더한 멋이 느껴진다.

그녀는 무엇에 흥이 났는지 이번에는 노래를 흥얼거렸고 교코도 함께 불렀다. 가락이 맑고 아기자기하고 달콤한 데다 노랫말이 마치 물기를 머금은 듯 가슴에 젖어 온다. 한참이나 걸으며 노래하다 발길을 멈췄다. 노래도 그쳤다. 그녀는 팔을 풀고 몇 걸음 떨어지더니 교코와 마주 보며 한참 이야기를 나눴다. 알아들을 수 없었다.

하나코는 다시 돌아서서 그의 손을 꽉 잡았다가 아쉬운 듯 가만히 놓았다.

"내일 이 바닷가로 나오세요."

이 말 한마디를 남기고 손을 흔들더니 모래톱에 걸쳐 둔 배 쪽으로 걸어갔다. 잠깐 걸음을 멈추고 뒤돌아보며 가볍게 웃다 다시 돌아서서 배에 오른다. 즐거운 시간이 너무나 쉽게 지나가 버렸다는 아쉬움이 밀려온다. 해는 이미 서쪽 수평선 위에 머물고 있지만 불어오는 후덥지근한 바람은 아직 그대로다.

하나코를 떠나보내고 집으로 돌아오며 교코가 말했다.

"도기야에서 다니러 오셨던 아버지가 아들 하나로는 모자란다며 어머니를 둘째로 삼아 내가 태어났죠. 솔직히 말하자면 아들 하나 어쩌고 하는 건 핑계였을 뿐 아버지와 어머니는 서로 불같이 사랑했대요. 그래서 내가 생겨났다고 해요. 아버지가 한 달 뒤에 도기야로 건너가시면서 그 사랑은 짧게 끝나고 말았어요. 내가 태어나고 한 달 만에 오라버니가 어머니를 오키노 섬의 늙은 부족장에게 바쳤어요. 그 늙은이가 어머니를 데려가겠다고 죽자 사자 나섰거든요. 자기에게 보내지 않으면 칼잡이 수백을 끌고 쳐들어온다고 으름장을 놨대요. 몇 해 지나서 아버지가 돌아오시자 그걸 알았지만 오빠는 아버지에게 혼나지 않았대요. 좋은 것은 다 뺏어가고 걸핏하면 싸움을 걸어 곧 잡아먹을 듯 덤비던 오키노가 어머니를 데려가고는 니시노를 괴롭히지 않았다고 해요. 여태까지요. 우리 부족은 어머니가 싸움을 막았다고 말합니다."

주타로는 도기야에서 그런 말은 입 밖에 비치지도 않았다. 불같이 사랑하는 여자를 힘센 이웃에게 빼앗겨야 했던 모진 아픔을 홀로 참아내기에 얼마나 힘들었을까?

"하나코는 내일 다시 바다 건너온다 했어요. 아버지가 도기야에서 갖고 온 뾰족한 낚싯바늘을 몇 개 얻어 가더니 낚시에 재미를 붙였다 하네요. 지금은 낚시하러 니시노와 오키노의 중간에 있는 작은 섬에 사는 친척 집에 머물고 있어요. 당장 당신을 따라가겠다고 우겨서 겨우 달랬죠. 곧 다시 올 거라고요. 그러자 집으로 가서 조용히 기다리고 있겠다고 꼬리를 내렸어요. 다만 내일 한 번 더 만나고 사랑의 불씨를 담아 돌아간다고 했어요. 사랑의 불씨를 담겠다는 것이 뭔 말인지 알 듯 말 듯하네요. 하나코는 당신이 아주 마음에 드는가 봐요. 한 번 보는 것으로써 자기 가슴에 들어앉아 버렸대요. 미칠 것 같대요. 그 불 같은 사랑의 버릇은 누구를 닮았을까? 꼭 엄마 뺏어 갔던 제 아비 같네. 내일 나는 집에 있을 테니 혼자 가서 재미나는 시간을 보내세요."

"난 교코 그대가 훨씬 좋은데요."

"날 좋아한다고요? 아주 듣기가 달콤하네요. 정말 멋진 말씀이라 좀 더 일찍 듣지 못한 게 너무 아쉬워요. 나는 이미 정해 둔 사내가 오키노에 있어요. 마음에서 날 버리고 얼른 하나코를 받아들이세요."

"내일 안 나가면 안되나요?"

"꼭 나가세요. 하나코가 한번 오키노 집에 가 버리면 건너오기가 얼마나 힘이 드는지 아세요? 바람이 잘 불어야 하루해 저물도록 한 번 건너왔다 겨우 돌아갈 수 있을 만큼 멀어요. 집으로 돌아가기 전에 다시 만나고 싶다는 작은 꿈을 가진 예쁜 처녀를 제발 마음 아프게 하지 마세요."

이튿날 교코가 자꾸만 등을 떠밀어 연오랑은 홀로 바닷가에 나갔다. 작은 배를 모래톱에 올려놓고 기다리던 그녀가 반갑게 다가와 먼저 말을 걸어왔다.

"오셨네요. 만나지 못할까 걱정했죠."

"안녕하시오? 어제도 예뻤지만 오늘은 더 예쁘네요."

"정말이세요?"

"그럼요."

그 말이 끝나자마자 그녀는 왈칵 덤벼들어 두 팔로 그를 부둥켜안았다. 윗저고리 여민 사이로 보이던 그녀의 부푼 가슴이 가슴 아래로와 닿았다.

"오늘 더 예쁘게 보인다는 게 헛말이 아니겠죠? 날 데려가 주세요. 나는 태어나고 아직까지 그대처럼 잘생긴 남자를 본 적이 없어요. 그대는 세상에 둘도 없는 멋진 사내요. 날 데려가 주세요."

연오랑이 입 열기가 어려워져 아무 말도 않자 그녀가 다시 말했다.

"아내가 있어도 괜찮아요. 둘째나 셋째라도 좋아요."

그는 문득 세오녀를 생각했다. 이제 아달라의 여자가 될 테지. 이 처녀를 아내로 삼아 데리고 가 버릴까? 아니지, 아니야. 더 기다려 봐야겠지. 마음이 왔다 갔다 흔들리고 도무지 자신을 가눌 수 없다. 다시 하나코를 내려다보니 정말 예쁘다. 하지만 지금은 석싯감을 찾으러 온 길이 아니다. 도기야의 앞날을 위해서 먼 바다를 건너왔으니 엉뚱한 일에 넋 잃어 아버지를 서운케 할 때가 아니다. 고개를 절레절레 흔들어 마음을 굳게 다지고 말했다.

"그대는 정말 예뻐요. 그러나 지금 데려갈 수는 없어요. 곧 건너갔다 다시 돌아올 것이오. 당신을 데려갈 것인지 아닌지 그때 말하겠소. 기다려 주시오."

"정말이죠? 기다리겠어요. 언니도 그렇게 말했어요. 기다리고말고요. 당신을 사랑해요. 다시 돌아와서 날 데려가요. 틀림없이 다시 오시죠?"

"그럼요. 돌아와서 말하겠소."

"고마워요. 고마워요."

그의 말은 다음 올 때 데려갈 것인지 아닌지를 말하겠다는 뜻이었지만 벌겋게 뜨거워진 그녀는 다시 와서 반드시 데려가겠다는 것으로 받아들이는 듯했다. 거푼 실은 물결이 밀려오듯 그녀가 밀려온다. 그녀가 다가오듯 물결도 밀려온다. 발밑에서 사라지곤 다시 밀려온다. 갑자기 가슴 위쪽에 뜨거운 그녀의 입김이 느껴졌다. 숨결이 뜨거워지고 있었다. 고개 들어 쳐다보며 다시 말했다.

"날 데려가겠다는 말씀으로 그치려고 하세요? 정말 데려가겠다면 날 가지세요. 지울 수 없는 흔적을 남겨 주세요. 여기는 너무 확 트인 곳이네요. 지금은 대낮이잖아요. 저쪽 숲으로 가서 날 안아 주세요.”

그녀는 자기를 데려가겠다는 약속만으로 마음 놓지 못해 갑자기 그를 사랑의 올가미에 엮으려 했다. 어떻든 벗어나야 할 텐데. 정신을 차려야지. 하지만 망설임은 잠깐이었다. 세오녀를 기다리느라 오랜 외로움에 시달려 왔다. 차가운 생각과는 따로 움직이기 좋아하는 한창 나이의 사내가 뜨겁게 힘을 얻고 있었다.

그는 여자의 어깨를 감싸 안은 채 네 다리가 서로 꼬이지 않게 숲 쪽으로 가볍게 밀었다. 아니, 끌려갔다. 숲에 가까워지면서 다시 쳐다보며 웃음 짓는다. 사랑하고 있다고, 어느 순간이 기다려진다는 웃음이다.

숲 가장자리에 이르러 곧게 자란 삼나무에 등을 기대었을 때 말굽 소리가 가까이 들려왔다. 말 탄 사내가 급하게 내달으며 외쳤다.

“지금 곧 배가 떠난다고 빨리 오시랍니다. 모두 기다리고 있습니다.”

둘은 깜짝 놀라 서로 안고 있던 팔을 힘없이 풀었다. 그녀의 눈에는 한순간에 눈물이 주르르 흘러내렸다.

얼굴이 벌겋게 달아오른 연오랑이 말했다.

“곧 돌아올 것이오. 너무 아쉽게 생각하지 말아요.”

“기다리겠어요. 빨리 돌아오세요.”

“그대는 어쩌렵니까?”

“이젠 집으로 가야죠. 오키노 집으로요.”

힘없이 말했다.

연오랑은 손으로 흘러내린 눈물을 닦아 주었다. 그녀는 모래톱에 엎어 둔 배로 한 발짝 한 발짝 걸어가며 두 번 세 번 뒤돌아보았다. 따라온 여자들은 배를 밀어 물 위에 띄우고 그녀는 오르자마자 두 손으로 얼굴을 가린다. 울고 있다. 연오랑도 가슴이 쓰렸다. 오랫동안 외롭게 지내 오던 자기에게 성큼 다가선 첫 번째 여자가 아닌가?

'정말 날 사랑하는가 봐. 돌아오면 곧바로 아내 삼겠다고 말해 버릴 것이었나?'

주타로의 배는 그날 닻을 올리지 못했다. 어쩐지 날씨가 미덥지 긋하다는 아들 니시오의 말을 받아들였다. 바람이 차츰 거칠어져 여러 날을 더 머물 수밖에 없었다. 하나코는 정말 멀리 있다는 집으로 돌아가 버렸는지 다시 찾아오지 않았다.

12

세오녀는 괴로운 나날을 보내고 있었다. 아무 말도 없이 집을 나서서 때로는 한나절, 때로는 종일토록 쏘다니다가 집으로 돌아오곤 했다. 돌아와서는 아무 말도 않았다. 만내 가에서 물끄러미 흘러가는 물을 바라보며 몇 시간을 꼼짝 않고 앉아 있다든가, 사람 발자취 드문 마을 뒷산을 이리저리 헤매고 다니더란 말이 전해졌다. 무영 공주의 세월랑은 걱정이 이만저만 아니었다.

"얘야, 네 누이가 변해도 너무 변했다."

"서라벌에서 대왕과 비틀어진 기분을 아직도 삭이지 긋했나 봐요."

"그런가 보다. 제2왕비가 된다는 말을 우리 모두가 너무 가볍게 받아들였다. 네 아비 죽고 어려워져서 뭔가 큰 힘에 기대려는 어이없는 꿈에 젖어 있었구나. 모두 내 잘못이다.”

“어머니. 스스로 탓하지 마세요. 다만 저러다가 누이가 엉뚱한 생각을 품지 않을는지 걱정입니다.”

“다시 연오랑을 불러오는 것이 어떨까? 사내에게 입은 상처는 사내가 고쳐 준다는데, 착실한 연오랑과 만나면 새로운 삶을 내다볼 수도 있겠지?”

“저도 그걸 생각하고 있었습니다. 연오랑을 다녀가라 해서 이야기해 볼까요?”

“아니다. 연오랑이라고 해서 배알이 없겠나? 얼마나 서운했던지 그동안 영 소식도 없구나. 어떻든 네 누이가 연오랑을 받아들이지 않았으니 다시 말 꺼내려면 누이 마음부터 알아야 한다.”

무영 공주는 딸에게 물었다.

“아직도 네 마음이 잡히지 않았나? 연오랑을 다시 한번 만나보자.”

고개를 푹 숙이고 대답했다.

“싫다고 말했다가 다시 좋다고 하기가 부끄럽고 미안해요. 나는 어떻게 하면 좋죠? 흑, 흑 흑….”

마침내 어머니 앞에서 소리 내어 울었다. 애처롭게 바라보던 무영 공주는 무슨 수를 쓰든 연오랑을 데려오겠다고 마음먹었다. 딸이 싫어하지는 않으면서도 말 바꾸기 어려워한다면 다시 한번 사내 쪽에 맡겨 보는 것이 옳다. 호랑이 잡겠다는 모진 마음을 벗어던지고 호랑이와 함께 살겠다고 생각을 바꿀 줄 아는 녀석이니 어쩌면 쉽게 풀릴는지 모른다.

세월랑은 도기야로 사람을 보내, 찬내를 따라 올라가면 산세가 좋아 멧돼지와 사슴이 많으니 함께 사냥하러 갈는지를 묻자 연오랑이 기꺼이 응해서 둘은 위쪽 찬내 가의 가마골에서 만났다. 세월랑은 연오랑의 마음을 움직이게 하려고 보란 듯이 아내와 함께 나갔다. 하늘이 활짝 개고 바람은 잔잔하다. 셋은 말머리를 나란히 해서 개울 따라 올라갔다.

세월랑이 먼저 입을 열었다.

"단풍이 아름답게 물들었구나. 형님, 그렇죠?"

"오늘로 벌써 열아흐레가 아닌가? 열흘 남짓 지나면 시월이다. 들에 손 넣어 보니 제법 시리더라."

"그래요. 저 높고 맑은 하늘, 저 불타오르는 산을 보세요. 도기c언덕을 뛰어다니는 말도 제법 살이 쪘겠네요?"

"살찌다마다. 언제 한번 내외가 다녀가시게. 시집오신 걸 축하하는 뜻으로 제수씨에게 가장 아름다운 말을 한 마리 드리고 싶네."

"고맙습니다. 하지만 수백 마리 말을 두고 고작 한 마리라니요?"

"핫 핫. 그럼 몇 마리 줄까?"

"먼저 어머니께 한 마리 드리고, 아내가 얻으면 나도 얻어야 하고 그렇다면 누이 것만 빼놓을 수는 없겠죠? 모두 한 마리씩 주소. 말이 워낙 늙다리들이라."

"아우는 욕심이 참 많네. 핫 핫, 그러지 뭐."

"누이는 자기 말이 없어요. 지금 타고 다니는 말은 복채로 줘 버려 점쟁이 것이 되었답니다. 줘 놓고는 빌려 타고 다니는데 언제든지 만나기만 하면 돌려준대요. 별별 복채도 다 있죠? 누이 말은 아주 예쁜 걸로 줘요. 누이가 예쁘니까요."

“내 보기엔 제수씨가 더 예쁜걸.”

연오랑은 씁쓸하게 웃었다.

둘은 이내 골짜기 입구에 닿았다. 앞을 바라보니 온갖 아름드리 나무들이 빽빽하게 들어선 숲이다. 여름의 싱싱함은 어느덧 울긋불긋 단풍으로 바뀌어 가을의 따가운 햇살에 반짝인다. 온갖 산새들이 새 손님을 맞았다며 어지럽게 울고 있다. 셋은 따라온 군졸들과 함께 좁은 골짜기 안으로 들어갔다. 맑은 물이 급하게 굽이치며 흘러간다.

연오랑이 중얼거렸다.

“멧돼지라도 한 마리 잡아야 할 텐데.”

“고작 멧돼지요? 호랑이를 잡아야지요. 이모부께선 열다섯 살에 아버지와 함께 깊은 산에 들어가 화살 한 대로 호랑이를 잡았다 하잖아요. 우리도 그러죠, 뭐.”

“나는 호랑이 사냥은 그만두기로 했다. 지난번에 말했었지?”

“형, 여기서 5리만 더 들어가면 저 높은 하늘까지 구름으로 사다리 놓는다는 산이 있죠. 그 산 꼭대기에 대왕 호랑이가 밤마다 놀러 온다는 대왕바위가 있답니다. 녀석이 그 바위에 올라서서 큰 소리로 ‘어흥’ 하고 울면 골짜기가 흔들흔들한대요. 하지만 호랑이 사냥은 않겠다니 어쩔 수 없네요. 앗! 저기, 뭣이 움직이고 있다. 사슴이다.”

“쉿, 조용히. 나도 보았어. 한번 쏴 보아라.”

“아니, 형이 솜씨 한번 보이세요.”

“아니야, 네가 쏘아. 웬일인지 오늘은 활을 만지고 싶지 않네.”

“나도 마침 그러네요.”

세월랑의 아내가 끼어들었다.

"두 분이 활쏘기 싫어하시면서 사냥은 왜 나오셨죠?"

이렇게 서로 미루는 것을 본 한 군졸이 재빨리 활을 쏘았다. 화살은 세차게 날아갔으나 나무에 박혀 꼬리를 부르르 떨자 사슴이 놀라 숲 속으로 달아나 버렸다.

세월랑이 말했다.

"오늘 사냥은 별로네요. 서로 활쏘기가 내키지 않으니 사슴 한 마리도 잡지 못하잖아요. 싫은 일 그만두고 바람이나 쏘입시다."

둘은 데려왔던 부하들을 모두 돌려보내고 개울가에서 마주 보고 앉았다.

"형님, 하나 묻겠소. 내 누이를 어떻게 생각하시오?"

"내게 물을 것이 아니라 누이에게 물어야 옳겠지? 이번에는 누이가 말할 차례 아닌가?"

"형님 말씀 들어 보니 서운한 마음을 아직 지우지 못했나 봐요. 지금 그 아이가 바뀌고 있어요. 이참에 조금만 넓게 생각하세요."

연오랑은 한참이나 생각다가 입을 열었다.

"그렇구나. 지금 세오녀가 바뀌고 있다면 지난 일에 마음 빼앗기지 않고 다시 만나보겠다. 이모 말씀이 슬기로운 사람만이 자기 먹은 마음을 바꿀 수 있다더라. 네 누이가 아직도 헛된 꿈에 매달려 있을까 봐 걱정했어. 마음이 바뀐다면 정말 훌륭하구나. 나만이 왜 지난날의 말 한마디에 붙들려 있겠는가?"

"형, 정말 멋지군요."

셋이 말에 올라 오내벌로 말머리를 돌렸다.

두 사람이 마주 앉아 차를 마시고 있을 때 무영 공주가 들어왔다.

세월랑이 연오랑의 뜻을 전하자 공주는 그의 손을 덥석 잡으며 눈물을 글썽였다.

그날 밤 연오랑과 세오녀는 집 밖에서 함께할 시간을 가졌다. 열아흐레 달이 멀리 도기야 언덕에서 떠오르는 걸로 봐서 밤도 엔간히 깊었다. 제법 쌀쌀한 바람이 불어오는 숲에서 새로운 사랑이 뜨겁게 둘을 에워쌌다.

"오빠, 난 잘못한 게 너무 많아요. 오빠의 참 마음을 보지 않고 거짓에 들떠서 아프게 했어요."

"아니야. 네가 언젠가 돌아올 것으로 굳게 믿고 있었어. 만일 대왕이 아니었으면 당연히 내 여자일 것이라던 너의 한마디를 믿었어. 지금까지 한 번도 듣지 못한 제2왕비란 말에서 그건 곧 흩어질 연기와 같을 것이라고 생각했지."

"오빤 멋져요. 정말 가슴이 넓고 따뜻한 남자야. 넓고 따뜻한 가슴에 깃들여 그림같이 아담한 둥지 틀고 즐겁게 노래하는 새가 될 거야. 난 행복해. 오빠는 내게 넘치지만 어떻든 정말로 행복해."

"넌 달이고 난 해야. 저 하늘에서 어느 하나라도 없어서는 안되지. 해와 달이 비춰 세상 사람들이 살아가는 거야."

세오녀는 잠깐 멈칫했다. 대왕에게 줄 해의 옷과 자기가 입을 달의 옷을 짓지 않았던가? 하지만 그 해가 이젠 거짓된 대왕이 아니라 참된 연오랑의 것이 되어야 한다. 부끄러운 마음이 아직 남아 있었지만 서슴없이 연오랑의 손을 잡으며 말했다.

"오빠는 해고 나는 달이라고요? 아주 오래오래 달라지지 않겠죠? 오빠!"

연오랑과 세오녀의 혼례가 오내벌에서 치러져 적잖은 사람들이 축하하러 모였다. 부름 받지 않았던 사람 하나가 찾아왔다. 장님 노인이었다.

"오는 날이 마침 잔칫날이군. 새색시를 좀 만나고 싶소."

하녀가 말했다.

"오늘은 손님 만나기가 어려워요. 노인께서는 어디서 오신 누구십니까?"

"나는 쌍문보길이란 사람이오. 이름을 전해 주오."

쌍문보길이란 장님 노인이 찾는다는 말을 들은 세오녀가 버선발로 뛰어나왔다.

"내 말을 찾으러 왔소."

"어르신의 점괘가 영 맞지 않았는데 어쩌죠? 갑자기 말을 내주기 싫어지네요."

"혹시나 내 점이 틀릴까 발이 저려 여태까지 머뭇거렸지. 하지만 이제는 그 점괘가 점점 맞아떨어지고 있네. 누가 뭐라든 내 말을 가져야겠소."

"맞아떨어지고 있다고요? 그 무슨 뜬구름 잡는 말씀이세요. 난 제2왕비가 아닌 연오랑의 아내가 되었단 말예요. 연오랑의 아내!"

"제2왕비가 안됐다고? 제2왕비라…. 제2왕비가 뭣이람. 두고 보면 알 테지. 핫 핫 핫. 제2왕비 타령 그만두고 말이나 주소."

어쩌다 자기 입에서 제2왕비라는 말 한마디가 나오자 얼른 받아 잇달아 떠들썩하게 되씹으며 큼직한 웃음까지 터뜨린다. 잔치에 온 사람들이 이상하다는 듯 바라보자 부끄러워진 세오녀는 말싸움을 빨리 그치고 싶었다.

"할아버지, 이제 그만하세요. 소라야! 마구간에 가서 내 말 끌고 나와 이분께 드려라."

고삐를 건네받은 쌍문보길은 뒤도 돌아보지 않고 유유히 문밖으로 걸어 나갔다.

세오녀가 남편 연오랑을 따라 도기야 언덕으로 올라선 날은 바로 시월 첫 닷샛날이었다. 겨우 보름 만에 그를 받아들이고 혼례를 치러 시집까지 왔으니 엔간히 서둔 셈이다.

10월이 다하고 동짓달에 접어들자 차가운 서북풍이 불었다. 그 바람이 동쪽 바다에서 만들어진 구름과 부딪혀 도기야 넓은 언덕이 갑자기 어두컴컴해지더니 함박눈이 펑펑 쏟아졌다. 겨울이 지나고 해가 바뀌면 무리를 이끌고 왜로 건너갈 철부로서는 도기야에서 보는 마지막 눈이 될 것이었다.

그는 말을 타고 북으로 내달아 언덕 가장자리에 이르자 펄펄 내리는 눈발에 묻혀 버린 안바다 쪽을 바라보았다. 아들이 짝을 얻은 게 반가우면서도 홀로인 자신을 돌아보게 되는 마음은 어쩔 수 없다. 이제라도 무영에게 함께 왜로 건너가자고 말해 볼까? 아무리 생각해 보아도 아니다. 나이 예순하나. 두 사람이 함께 나아가야 할 삶의 길이 보이지 않았다. 우리의 사랑은 아직도 싱싱하게 살아 있다든가, 나는 언제라도 형부의 것이라고 말하던 그녀의 마음을 읽지 못한 것처럼 그냥 귓가로 흘려보냈다. 아들 말이 키 잡아 뱃머리 돌리고 나아가라지만 함께 탈 사랑의 배는 어느 나루에 숨었는가?

말머리를 돌려 서쪽으로 언덕 가장자리를 따라 한 바퀴 돌고는 동

170

쪽으로 나아가 앞산 아래 이르렀다. 갑자기 사냥이 하고 싶어졌다. 눈이 내리면 가까운 산에 올라 할머니에게 배운 활 솜씨로 토끼나 사슴을 사냥해서 이웃 사람들에게 나눠 주고 칭찬받으면서 스스로 우쭐했던 적이 있었다. 열 살이나 열한 살 때였을까?

활을 꺼내 들고 산기슭을 바라보며 힘차게 채찍질했다. 말이 빨리 내달으며 큰 소나무 밑을 지날 때 높은 가지에 쌓여 있던 커다란 눈뭉치가 바로 앞에 쏟아져 내렸다. 말은 깜짝 놀라 껑충 뛰어오르다 눈에 미끄러져 옆으로 쓰러지고 철부도 굴러떨어졌다. 허리가 쑤시고 가슴이 답답했으나 털고 일어나서 집으로 돌아왔다. 저녁을 먹고 난 뒤에도 허리와 가슴이 아프고 저렸다. 자리에 눕고 싶었다.

그렇게 누운 철부는 날이 갈수록 일어나기 어려워지는 듯했다. 눈은 여러 날을 두고 무던히도 내렸다. 해마다 내리지만 바람 많은 언덕 위라 쌓일 틈이 없고 추운 날 사이에 끼어드는 따뜻한 날을 만나면 슬그머니 사라진다. 이번에는 쉽게 녹지 않을 만큼 두텁게 쌓이고 있다.

그는 침상을 창 가까이로 옮겨 누운 채 문을 열고 눈 쏟아지는 벌판을 내다보았다. 어두컴컴한 저 너머 어딘가에서 지나간 옛날이 손짓하고 있다. 열다섯에 화살 한 대로 호랑이를 잡아 단숨에 불운의 굴레를 벗고 세상에 첫발을 내디뎠던가? 그로부터 마흔여섯 해, 사람의 한 세상은 이다지도 보잘것없는가? 이제 몸은 부서지고 마음은 녹슬었다. 외롭고 가난하던 어린 자기를 벼랑에서 붙잡아 주던 큰 꿈은 저 언덕에 쌓이는 눈 위에 믿지 못할 발자국만 남긴 채 사라지려나?

하염없이 흐르는 눈물을 닦고 아들과 며느리를 불러 앉혔다.

"며느리야, 네가 시집오고 겨우 한 달인데 이런 모습을 보여 부끄럽구나."

"아버님, 그런 생각 마시고 빨리 일어나세요."

"둘은 들어 보아라. 널리 사람의 한 세상은 제대로 살아 예순이다. 나는 예순을 넘겨 삶의 한 바퀴를 다 돌았구나."

"아버지, 무슨 그런 말씀을 하십니까? 탈해 할아버지는 예순둘에 이사금에 올라 스물네 해째 되던 여든다섯까지 살았다고 하지 않았습니까?"

"내 수명은 하늘에서 내리는 것이지 탈해 할아버지가 정해 주지 않는다. 여태까지 큰 탈은 없었는데 한번 말에서 떨어지니 이렇게 되었다."

연오랑과 세오녀는 그저 눈물만 뚝뚝 흘렸다. 철부가 말을 잇는다.

"나는 이곳에 와서 저 바다를 내다보며 마치 고구려의 주몽 왕처럼 옥저든 동예든 변한이든 삼한의 어느 쪽으로 나아가 제2의 사로국을 열겠다는 꿈을 키웠다. 장사한다면서 큰 배를 여러 척 만든 것도 그 때문이었다. 하지만 그게 어려워져 오랫동안 도기야만 움켜쥐고 살았구나. 다행히도 너의 슬기로 새로운 우리의 길을 닦고자 하니 내 마음이 가득 찬다. 부디 그 뜻을 이뤄 다오."

"아버지, 제가 오키를 다녀오긴 했습니다만 정말 우리가 뱃길 먼 왜로 건너가 발붙이고 살 수 있을는지 두렵습니다."

"네가 맨 먼저 왜로 건너가는 사람이라고 생각하지 마라. 고구려나 백제와 가야 사람들은 벌써부터 건너가서 사는데 너라고 못할 것 없잖아?"

"우리가 건너가면 과연 저들을 토평할 수 있을까요?"

"고함 소리 한 번에 벌떼처럼 마구 덤벼들고 힘이 부치면 나뭇가지에 앉았던 참새처럼 뿔뿔이 흩어지는 저놈들이 겁나는가? 너는 잘 다듬어진 군사를 깃발 하나로 부릴 수 있다. 날카로운 칼과 단단한 갑주와 잘 맞는 활도 갖추지 않았는가? 무엇이 두려운가? 반드시 이룬다는 마음만 있으면 한 대 화살로도 호랑이를 잡는다. 쇠로 만든 쟁기나 괭이와 삽도 논밭을 넓혀 백성을 배부르게 먹여 살릴 수 있다면 칼보다 더 날카롭다. 여러 계집을 옆에 두고 장난스런 사랑에 빠지기보다는 백성의 마음을 얻어야 참된 힘이 생긴다."

"왜로 건너가면 마음먹고 해야 할 일이 무엇입니까?"

"부족 간에 피를 섞어야 한다. 그러지 못하면 천 년 뒤에도 쫓겨날 텐데 네가 어쩌랴? 하지만 우리의 귀한 넋과 깨친 풍습은 반드시 지켜야 한다. 삼한 땅에 뿌리박은 조선의 유민도 일찍이 자기네다운 넋과 삶을 여기에 심어 오늘에 이르렀다. 피를 섞어 하나로 만들되 드높은 넋을 지켜 사람답게 살도록 가르치면 모두가 너를 배우고 너를 받들게 된다는 것을 잊지 마라."

"아버지, 잊지 않겠습니다. 아버지를 모시고 그 뜻을 이루겠습니다."

"나를 생각하지 마라. 내가 죽거든 네 어미 무덤을 열그 뼈를 간추려 이곳 도기야 언덕 가까운 산줄기 어디에든 깊이 파고 함께 묻어 다오. 우물 파듯이 아주 깊이 파되 산 사람이든 죽은 사람이든 다른 이는 함께 묻지 마라. 다른 물건을 함께 넣지 말며, 묻힌 곳을 아무에게도 알려 주지 마라. 너조차도 잊어버려야 한다. 나를 위하여 단 한 줄도 글자로 적어 두지 마라."

“어떻게 무덤조차 만들지 않을 수가 있겠습니까? 아버지는 사로국과 도기야를 위하여 큰일을 하신 분입니다.”

“그건 아들인 너의 생각일 뿐이다. 나는 세상에서 곧 잊혀질 사람이고 반드시 잊혀져야 한다. 먼 훗날의 사람들은 나를 잊는 대신 너를 오래 기억할 것이다.”

“아무리 그렇다고 할지라도 무덤조차 만들지 말라니요?”

“내 무덤이 없어야 너는 이 언덕에서 벗어날 수 있다.”

“아버지.”

“아버님.”

두 내외는 그 자리에 엎드려 흐느꼈다. ‘깍 깍’ 창 옆 나뭇가지에 앉은 큰 까마귀 한 마리도 함께 울었다.

13

장례를 마친 연오랑은 부장들을 불러 앉혔다.

“아버지 살아 계실 적에 왜로 건너가 새 세상을 열자는 말이 나와 주타로 부장과 제가 그쪽에 다녀오면서 뜻을 모았지만 배가 모자라 미뤄져 오다가 아버지께서 돌아가셨습니다. 그러나 이제는 큰 배가 스무 척이 넘고 새로 열 척을 만들 것입니다. 물에 익숙한 뱃사공도 많아 바닷길에 큰 어려움은 없습니다. 왜에서 주타로 부장의 부족과 손잡고 널리 토평하여 두 부족이 천년만년 함께 살아갈 복된 땅을 마련할 것입니다. 바다가 잔잔한 5월과 6월에 일이 이뤄지도록 합시다.”

　도기야가 왜로 옮기는 일을 의논하던 바로 그날 서라벌 조정에서는 어전에서 도기야와 근기국 문제를 둘러싸고 이찬 계원繼元과 파진찬 신웅 사이에 입다툼이 벌어졌다.

　파진찬 신웅이 왕에게 말했다.

　"대왕이시여, 일찍이 근기국을 치러 나갔다가 맏내 동쪽 도기야 땅을 차지하고 있던 철부가 죽었다니, 이참에 우리가 나서야 합니다."

　"어쩌자는 것이오?"

　"철부 장군이 옛날에 근기토평군을 이끌고 단숨에 몰아붙여 곧 끝장낼 듯 설치다가 얼마 안 가서 싸움을 그만두고 뺏은 땅을 마음대로 차지하여 서른여섯 해를 자기 것처럼 다스려 왔다고 들었습니다. 또한 근기국의 공주를 아내로 맞아 왕의 사위가 되면서 토평에도 손 놓고 있었답니다. 벌써부터 죄를 물어야 마땅했는데 마침 그가 죽었으니 이참에 도기야 땅을 거둬들이고 근기국을 토평하여 군현으로 삼아야 할 것입니다."

　군국 정사를 맡고 있는 이찬 계원이 나섰다.

　"파진찬의 말씀은 억지입니다. 옛날을 돌이켜보면 지마이사금 9년 2월 서라벌에 큰 별이 떨어져 불길한 조짐이 나타나더니 3월 들어 역병이 크게 번져 많은 백성이 죽어 나갔습니다. 조정에서 어쩔 수 없이 싸움을 그만두도록 명하면서 공납을 바치고 왜구의 노략질을 막는 대신 빼앗은 땅을 맡아 다스리게 했던 것입니다. 다시 싸움을 벌이라거나 그 땅을 넘기라고 명한 적이 한 번도 없습니다."

　왕이 물었다.

　"토평한 땅을 그토록 오래 버려두고 다른 명을 내리지 않았던 까닭이 무엇이오?"

"철부가 조정과 약속한 대로 바깥바다 안바다 양쪽에서 왜구를 잘 막아 서라벌의 근심을 덜어 주었기 때문입니다. 왜구는 느닷없이 몰려왔다 눈 깜짝할 사이에 내빼는 쥐새끼들입니다. 멀리 변두리에서 쳐들어오는 가야나 백제 따위와는 달리 물길로 다니기 때문에 크게 무리지어 맏내를 거슬러온다면 하루도 안 걸리는 서라벌이 크게 위태로울 수 있습니다. 철부는 해마다 털끝 하나 어기지 않고 공납을 바쳐 왔으며 멀리 동예나 옥저에서 나는 값진 물자를 서라벌로 들여오느라 애썼습니다. 군현을 둔다고 해도 조정이 이보다 더 큰 이득을 얻지 못할 것이 뻔합니다."

"이찬, 철부나 비연랑이 어떻게 근기국 공주를 아내로 맞게 되었소? 나는 그 일을 잘 모르오."

"싸워서 이기면 남자는 죽이지만 여자는 뺏어 옵니다. 철부와 비연랑은 공주를 뺏어 왔다고 들었습니다. 빼앗은 계집은 그들의 물건이니 노비로 삼든 아내로 삼든 남이 탓할 일이 아닙니다. 지금 북방의 일이 가볍지 않은데 괜히 잘 다스려지는 땅을 내놓아라 몰아세우기보다는 철부의 아들 연오랑이 대를 잇도록 놔두고 뒷날로 미루는 것이 옳을 줄 압니다. 말갈의 낌새도 예사롭지 않다고 염탐꾼이 알려 왔습니다. 군현을 둔 뒤에 말갈 쪽으로 군사를 보내면 우리 스스로 왜구에 대한 방패를 걷어치우는 꼴이라 아직은 서두를 필요가 없습니다."

왕이 말했다.

"도기야와 오내벌에 군현을 두자는 파진찬의 뜻이나 저들이 왜구를 막아 준다고 서두를 것 없다는 이찬의 말씀이 모두 이치에 어긋나지 않소. 세월랑이 다스리는 오내벌에 군사 1백을 머무르게 해서 그곳이 우리 땅임을 뚜렷하게 보여 주는 것이 어떻겠소?”

“지당하신 말씀입니다.”

“언제쯤이 좋겠소?”

“급할 게 없으니 계립령鷄立嶺(문경 새재)으로 길 닦으러 간 군졸들이 돌아오면 6월쯤 보내는 것이 좋다고 생각합니다.”

“6월이라면 두 달 넘게 남았네. 그렇게 하오.”

“우두머리를 누구로 하시렵니까?”

“오내벌에 보낼 숫자가 얼마 되지 않으니 천천히 정하겠소. 급할 게 없다면서요?”

조정에서 군사를 보낸다는 소식에 세월랑은 적잖게 놀랐다. 수가 적고 아직 오는 날짜도 정해지지 않았다지만 곧바로 연오랑에게 사정을 알렸고 연오랑은 아내를 데리고 오내벌로 왔다.

무영 공주가 사위와 딸 앞에서 말했다.

“서라벌에서 전하기로 파진찬 신용이란 자가 근기국을 토평하고 오내벌과 도기야에 군현을 두자고 했다는군. 이찬 계원이 반대하여 잠깐 미뤄 두고 군사 1백을 보내 우리 오내벌에 머물게 한다는 거야. 어떻게 하지?”

세월랑이 덧붙인다.

“1백 군사가 대수롭지 않지만 오내벌과 도기야를 뺏어 갈 조짐이 아닌가? 솔직히 말해서 나는 서라벌 큰댁 그늘로 들어가면 그만이지만 매부는 어떻게 하지?”

아무 말 없이 듣기만 하던 연오랑이 무겁게 입을 열었다.

"걱정하던 일이 뜻밖에도 빨리 다가왔네요. 이참에 숨김없이 말씀 드리겠습니다. 아버지는 일찍이 오늘 일을 내다보시고 바다 건너 왜의 오키 섬으로 옮겨 가기로 방책을 세웠지요. 이미 지난해에 우리가 그곳을 살피고 왔고, 이제 5월과 6월에 세 차례 배를 띄워 옮기려 합니다. 모두 일흔 척이 넘겠지요. 두 달 말미로는 좀 어려울 것 같아 걱정입니다."

무영 공주가 말했다.

"역시 철부 장군은 남다르구나. 하지만 과연 왜놈들 사이에서 쉽게 발붙일 수 있을까?"

"우리 부장 주타로 아시죠? 그 주타로의 부족과 손잡고 다른 부족을 토평해서 당당하게 살아갈 땅을 마련할 것입니다."

"당당하게 땅을 마련한다고? 그런데 너희 외가 근기국은 어떻게 되나? 도기야가 비어 버리면 사로국 조정이 군사를 보낼 것이 틀림없는데 나약한 동생이 맞설 수 있을는지?"

"글쎄요, 그것까지는 미처 생각하지 못했습니다."

오내벌에서 돌아온 연오랑은 세오녀와 함께 말을 몰아 도기야 넓은 언덕 위를 이리저리 살폈다. 멀리 맞은편 두무치 쪽에서 불어오는 시원한 바람이 잔잔한 안바다를 건너와 억새 잎을 살랑살랑 흔들고 지나간다. 언덕은 동서로 5리, 남북으로 10리에 이르는 펀펀한 땅이다. 아버지는 살아 계실 적에 이 언덕 위에서 천 마리 갈기 세운 말이 나란히 달릴 수 있고 1만의 군사가 하나의 깃발에 맞춰 진을 치고 창과 칼을 휘두를 수 있다고 말씀했다. 하지만 영원한 내 것이 어디에 있겠나? 넓고 자랑스러운 언덕을 아낌없이 버려야 할 때가 다가오고 있다.

"당신 보기에 이 언덕이 어떻소?"

"사방이 훤하게 트여 적이 쳐들어온다면 어디에서 막아내죠? 작은 성이라도 쌓아야지 않을까요?"

"잘 보았소. 그런데 아버지는 성을 쌓기보다는 기마 군사가 움직이기 좋은 곳이라 애써 말을 길렀던 것이오."

"당신은 어떻게 할 거죠?"

"왜로 건너가는 것이 바로 나의 길이오. 이 땅이 고치라면 우린 누에요. 살 만큼 살았으니 이제는 버려야지요. 날개 달고 날아가 새로운 세상을 열어 갑시다."

"사람 따라 생각이 다르네요. 지키겠다는 것이 내 뜻이고, 덤빌 테면 덤벼 보라는 것이 아버님 뜻인데 당신은 그 모두를 뛰어넘자고 하네요. 나는 사랑하는 당신을 따를 뿐이죠."

도기야가 꾸미는 일은 여태까지 그 누구도 생각해 보지 못한 엄청난 것이었다. 예사로 이뤄질 수 없었다.

무엇보다 큰 배가 있어야 했다. 바다에서 고기 잡고 바닷말 딸 때는 배가 작았다. 큰 배는 쓸 일이 없고 쓰지 않다 보니 만들 사람이 없고 만들 줄도 몰랐다. 그러나 남과 북으로 뱃길을 열고 장사를 시작한 철부는 수달을 시켜 여러 척의 큰 배를 만들었다. 새로 10척의 배도 짓고 있다. 절로 뱃사공도 늘어났다.

백성들이 따르지 않으면 될 수가 없었다. 도기야 백성들은 한결같이 철부와 연오랑을 섬기고 다시 다른 사람 밑에 들기를 바라지 않았다.

쇠붙이 무기나 연장도 있어야 그쪽에서 발붙이고 삶을 이뤄 갈 수 있을 것이었다. 쇠꺽지와 대를 이은 그 아들을 편수로 삼아 날카롭고 단단한 창이나 칼과 갑주를 만들고 백성들에게 쇠붙이 쟁기와 괭이 따위를 널리 쓰도록 하면서 덩이쇠도 적잖게 쌓아 두었다.

대충 준비를 마치자 주타로가 저쪽 사정을 말해 주었다. 오키는 네 섬으로 이뤄져 있고 동북쪽의 가장 큰 오키노에는 3천의 사람이 살고 있다고 했다. 서남쪽에 좀 떨어져 세 섬이 울타리처럼 좁은 안바다를 둘러싸고 있는데, 주타로의 고향인 니시노에는 1천2백, 나카노에는 1천, 지부리에는 6백의 사람이 산다고 했다. 모두가 6천에 가깝다.

건너갈 일은 여러 부장이 나눠 맡았다. 수달이 배를 짓거나 고치고, 우대랑은 사람을 모으고 물건을 실으며, 주타로와 고질부가 저쪽까지 배 무리를 이끈다는 것이었다. 물길은 세 차례로 나눠 첫 번째와 두 번째는 사람이 탈 스무 척에 말을 실을 두 척이 더해지고, 마지막에는 새로 짓는 열 척을 더 보탠다. 한 척에 서른 사람쯤, 태워 갈 사람은 모두 2천이다. 왜로 갔다 탈 없이 돌아오면 닷새 뒤쯤에 다음 배를 띄운다는 것이었다.

첫 배들이 떠나는 날이 다가왔다. 세상의 눈을 피하여 이번만큼은 모두 바깥바다 갑바우 나루에 매어 놓았다. 해가 지고 어둠이 내릴 즈음 하나둘 모여들어 새벽 먼동이 트기 전에 모두 배에 올랐다. 연오 장군 내외가 나와서 뱃길이 무사하기를 비는 제사를 올렸다.

오월 보름날 동이 틀 무렵에 배들은 하나같이 돛을 올렸다. 떠나는 사람들은 생각보다 무덤덤한 편이었다. 날이 더 밝아지자 바닷가 마을이 보일 듯 말 듯 멀리 나와 있었다. 떠나온 쪽이 눈에서 영영 사라지는 것을 안타깝게 바라보며 손가락으로 가리키다 누군가가 한 방울

두 방울 눈물을 흘리고 옆 사람에게 번져 마침내 한바탕 큰 울음이 터졌다. 아무도 말리지 않았고 같이 탄 군사들도 모두 엉엉 울어 버렸다.

백성들이 알 수 없는 곳으로 떠나는 배에 기꺼이 오른 것은 죽은 철부 장군에 대한 믿음 때문이었다.

철부가 오기 전의 백성들은 누구 없이 날카로운 칼을 가진 자의 노비에 지나지 않았다. 칼잡이들은 떼를 지어 마음대로 백성을 죽이거나 부려먹고 양식과 잡은 물고기를 빼앗았다. 백성의 딸과 아내를 데려가 첩으로 삼거나 아기 밴 여자를 끌고 갔다가 배가 불러 오면 돌려보내기도 했다. 그들은 연오랑이 가고 나면 또 다른 칼잡이가 와서 옛날로 돌아갈까 두려워했다. 고기잡이나 변한·동예 등으로 장사하러 다니는 사람들도 바다에 익숙하고 농사꾼보다는 마음 바꾸기가 빨라 눌러 살던 터전을 버릴 수 있었다.

바다는 잔잔했다. 큰 돛이 바람을 한껏 안아 거침없이 동쪽으로 나아갔다. 떠나온 저편이 차츰 멀어져 보이지 않고, 따라오던 갈매기도 사라졌다. 해가 하늘 높이 솟아오르자 먼바다는 아득한 물안개에 잠기고 사람들은 눈물이 말라 버렸는지 더 이상 울지 않았다.

한낮이 지나면서 하늘이 티 없이 맑아졌고 해가 수평선을 넘어갈 즈음 동쪽 수평선에 보름달이 떠오르더니 곧 밤이 왔다. 밝은 달빛이 온 바다를 비춰 주었다. 가벼운 바람이 옷깃을 스칠 뿐 물결도 일지 않았다.

이틀째가 되면서 차츰 익숙해진 사람들은 생기를 되찾았다. 오후 들어 바람이 세차게 불며 너울이 높게 일어 돛을 낮게 내렸다. 배는 금방 엎어질 듯 마구 춤추고 뱃사공들은 모두 키에 달라붙었다. 멀미로 토하고 죽은 듯 쓰러지는가 하면 엉엉 울며 두 손을 모아 하늘에 빌기도 했다.

도사공이 나서서 사람들을 안심시켰다.

"겁먹지 마오. 우리 사공들은 10년이나 20년을 배를 타면서 이런 너울은 늘 겪어 조금도 두렵지 않소. 날이 새면 왜나라 섬에 닿을 것이니 제발 안심하시오."

해가 지고 어둠이 내려앉자 바람은 잠잠해지고 너울도 가라앉는 듯했지만 거친 바다에 시달렸던 사람들에게는 지루하고 긴 밤이었다. 밤이 다하고 드디어 먼동이 밝아 왔다. 동쪽으로 안개가 걷히면서 수평선이 뚜렷해지고 그 수평선에 희미한 섬의 모습이 나타났다. 사공이 가리키며 부르짖었다.

"섬이다!"

남녀 없이 모두 일어나 저마다 동쪽으로 바라보며 와자지껄해졌다. 다시 갈매기가 나타나 배 주위를 빙빙 돌고 고기잡이 나온 배들이 두세 척 눈에 띄었다. 한낮이 되어서야 섬에 이르렀고 모두가 넓은 바다를 탈 없이 건너왔다는 마음으로 깊은 한숨을 내쉬었다.

저쪽에서 이끄는 대로 좁은 섬 사이를 지나 사방이 둘러싸인 안바다에 이르렀다. 물결이 잔잔하여 큰 못 가운데로 들어선 것 같았다. 돛을 내리고 노를 저어 가 나루 부근에서 스물두 척 모두가 닻을 던졌다.

주타로의 아들 니시오가 나타났다. 서른여섯 살의 중년이다. 주타로가 왜구를 이끌고 떠날 때 엄마 뱃속에 있던 사람이다.

"아버지, 먼 뱃길에 고생하셨습니다. 이번에 온 사람들이 모두 얼맙니까?"

"백성 5백에다 군사가 1백이다. 다른 섬에서 수상한 기미가 없던가?"

"군사가 1백이면 우리와 합쳐 2백이 넘네요. 이제는 누구든 함부로 덤비지 못하겠지요."

"단궁을 50벌 가져왔으니 도기야 오장을 모셔다 내일부터 활쏘기를 가르치게. 잘 쏘는 자 50경을 뽑아서 활잡이로 삼아 모두 건너올 때까지 방비에 써라."

주타로는 날마다 하늘을 쳐다보며 돌아갈 날을 손꼽았다. 바다 날씨가 좋아지자 도착한 지 닷새가 지나서 배를 띄워 도기야를 떠난 지 열흘이 꽉 차는 날 저녁 늦게 숲실나루로 돌아올 수 있었다. 넓은 바다를 겁 없이 휘젓고 다니던 그도 이제는 늙은 탓인지 몹시 지친 듯 보였다.

14

왜로 갔던 첫 배들이 돌아온 다음날이었다. 당직 오장이 치소 안으로 허겁지겁 뛰어들었다.

"장군! 큰일 났습니다. 근기국에서 난리가 났답니다."

"왜구라도 몰려왔다는 말인가?"

"설도란 자가 임금을 쫓아냈답니다. 대왕께서 지금 이킈로 오시는 중입니다."

근기국 임금이라면 하나뿐인 외삼촌 무금舞錦이다. 여러 해 전에 아버지를 이어 왕 자리에 올랐다.

"뭐라고, 설도가? 그놈이 부조기 아들이라던데. 뭣이 어떻게 된 거지?"

근기국 중신이었던 부조기는 외통수 고집쟁이라 한번 먹은 마음을 고칠 줄 몰랐다. 철부와 싸우다 발뒤꿈치를 맞아 평생을 절름발이로 살았다. 한동안 군졸들 사이에서 활 잘 쏘기로 이름난 철부가 우스운 꼴 보려 일부러 발뒤꿈치를 맞혔다는 말이 돌았다.

"사람 창피해서 못살겠다. 차라리 그놈이 내 염통을 맞혀 콱 죽어 버렸으면 이런저런 말 남지 않았을 것인데…."

부조기는 또한 무설 공주를 아내로 맞으려고 마음먹고 있었지만 철부가 그녀를 후닥닥 뺏어 가 버렸다.

죽을 때 아들 설도를 불러 앉히고 말했다.

"철부는 나를 절름발이로 만들고 그도 모자라 내 색시 될 여자를 훔쳐 간 원수다. 이 아비의 원한을 갚아 다오."

설도는 아비 뒤를 이어 장군이 되고 병권을 잡았지만 만족하지 않았다. 그에게는 새로 생긴 난실녀란 예쁜 첩이 있었다. 그녀가 입덧이 생기고 아이를 뱄다고 하자 문득 멋진 생각이 떠올랐다.

'무금왕이 아이가 없잖아. 난실녀와 짝지워 뱃속에 있는 아이를 떠넘길까? 아이 못 낳는 왕비를 내치고 난실녀를 왕비로 삼으라고 권해 볼까? 그렇게만 되면 내 아이가 왕을 이어받을 건데.'

어느 날 밤에 설도는 왕을 난실녀가 사는 집으로 모셔갔다. 예쁘게 단장한 그녀가 술상을 차려내고 술잔이 오간 끝에 왕이 취하자 설도가 말했다.

"이 부인은 혼인하자마자 남편이 죽어 혼자 외롭게 살고 있습니다. 대왕께서 아무쪼록 불쌍한 이 부인을 잘 보살펴 주십시오."

설도가 온다간다 말도 없이 사라져 버리자 그녀는 온갖 아양을 떨어 왕의 기분을 부추기그는 침상으로 꼬여 정을 통했다.

대궐로 돌아온 왕은 곧바로 뉘우쳤지만 하루 이틀 지나면서 잊어버렸다. 설도도 그 뒤로는 아무 말이 없었다. 그야말로 하룻밤 풋사랑으로 끝난 듯 보였다.

두세 달이 지난 어느 날 설도가 왕을 찾아왔다.

"대왕이시여, 참으로 경하드립니다."

"무슨 일로 내가 경하를 받아야 하오?"

"대왕께서는 지난번에 만났던 난실녀를 잊었습니까? 그 부인이 대왕을 모셔서 아기를 뱄다 합니다."

"뭐라고요? 그 부인이…. 이름이 난실녀였소?"

왕은 깜짝 놀랐지만 자식을 얻을 것이란 생각에 속으로는 은근히 기뻤다. 다만 그녀의 신분이 무엇이며 어떤 여자인지를 알지 못하고 오직 설도의 말 한마디밖에는 들은 것이 없으니 이러지도 저러지도 못할 노릇이었다.

"그렇습니다. 난실녀가 대왕의 씨를 몸에 지녔으니 이제 왕실의 걱정을 말끔히 털어낼 것입니다. 이 부인에게 은혜를 내려 주십시오."

"어떻게 하면 좋겠소?"

"마땅히 대궐에 들이셔야 합니다."

"그건 왕비와 의논해 볼 일이오."

"말이 나온 김에 드리는 말씀인데, 아기를 배지 못하는 왕비를 내치고 장차 대왕의 아들을 낳을 난실녀로 하여금 그 자리를 잇게 해야 합니다. 살펴 주십시오."

왕은 기가 막혔다. 그녀와 한 침상에 누웠던 것은 많이 취했던 탓이지 좋아해서가 아니었다. 단 하룻밤 같이 자고 애를 배는 것은 어쩌다 있을 수 있는 일이지만, 아직 낳지도 않았고 아들인지 딸인지도 모른다. 왕자를 낳는다 할지라도 후궁 아닌 왕비란 가당찮은 데다 중신들에게 한마디 말도 없이 어떻게 당장 그녀를 위하여 왕비를 내칠 수 있다는 말인가? 무금왕은 마음이 너그러웠으나 어리석은 사람이 아니었다. 무엇인가 일을 꾸미고 있다고 깨달았다.

"좀 생각해 볼 테니 그만 물러가오."

"대왕이시여, 사흘 안으로 결단을 내려 주십시오."

"사흘 안이라고?"

대궐에서 물러난 설도는 난실의 집에 가서 하룻밤을 자고 다시 생각해 보니 그녀를 왕비로 내주기조차 싫어졌다. 사흘 안에 결단하라고 대놓고 윽질렀는데도 별말 못하는 것을 보자 갑자기 왕이 만만해지면서 왕비를 쫓아내고 아까운 내 계집 바칠 일은 아닐 듯했다.

자기를 따르는 자들을 불러 모아 술자리를 벌이고 말했다.

"선대 임금이 도기야의 철부와 오내벌의 비연랑을 사위로 삼은 뒤로 옛 땅을 되찾겠다는 마음이 눈곱만큼도 없었소. 지금 왕도 마찬가지요. 자식을 얻지 못하는 왕비를 바꾸라고 말했으나 따르지 않고 있소. 머지않아 사로국에 나라를 넘겨 주려기 때문이 아니겠소? 나라가 사로국에 넘어가면 왕이야 대접받고 살겠지만 우리 꼴은 어떻게 되겠소?"

한 녀석이 그 말을 듣고 분한 듯 말했다.

"그런 자를 왕으로 모실 수 있겠습니까? 당장 몰아내고 차라리 장군이 왕에 오르십시오."

"여러분이 원하시면 그렇게 하겠소. 우리 근기국의 옛 땅을 되찾으면 그대들에게 넓은 논밭을 나눠 주겠소."

"쇠뿔은 단김에 뽑는다고 했으니 오래 끌지 말고 해치웁시다."

"맞소. 중신들의 움직임을 잘 살펴 내일 밤 자정에 무금을 끌어냅시다."

무금왕은 설도를 돌려보내고 난 뒤 곰곰이 생각해 보았다. 사흘 안에 결단하여 왕비를 바꾸라는 말은 바로 칼 빼어 대드는 것과 다를 바 없다. 칼의 힘이 없으면 그렇게 말하지 못한다. 밤새 그 손아귀에서 벗어날 궁리를 해 보았지단 뾰족한 방책이 서지 않았다.

이튿날 아침에 믿을 만한 신하 강지를 불렀다.

"내가 몇 달 전에 설도를 따라 대궐 밖으로 나가 한 여자와 하룻밤을 보내는 큰 실수를 저질렀소."

"대왕이시여, 그게 무슨 큰 실습니까? 당치도 않습니다."

"어제 설도가 와서 말하기를, 그 여자가 내 애를 뱄다는 거요. 아직 자식을 얻지 못한 나로서는 은근히 기뻤는데, 그다음에 이어지는 말은 애기를 배지 못하는 왕비를 내치고 그녀로 하여금 왕비의 자리를 잇게 하자는 거요."

"그 여자가 누굽니까? 혹시 이름을 아십니까?"

"난실녀라 하든가? 젊고 예뻤는데 혼인하자마자 남편이 죽었다고 했소."

"난실녀라고요? 모두 거짓입니다. 이놈저놈 마구 불러들이는 요망한 계집이라고 소문이 쫙 깔렸는데 요즘에 와서 설도의 첩이 되었다고 들었습니다."

"설도의 첩이라고요? 어떻게 그럴 수가? 경이 잘못 들은 게 아니오?"

"틀림없습니다. 자기 첩을 왕비로 내세우겠다면 반드시 흉측한 일을 꾸미고 있습니다. 틀림없이 여러 장수들과 한패가 되었을 것입니다."

"어쩌면 좋겠소? 나를 좀 도와주소."

물러갔던 강지가 밤중에 불쑥 찾아와 왕과 왕비가 자고 있는 침전으로 거침없이 뛰어들었다.

"이 밤중에 웬일로 잠자는 방까지 들어왔소?"

"대왕마마, 큰일 났습니다. 지금 설도가 대궐을 노리고 있습니다. 두 분은 빨리 저를 따라오십시오."

왕과 왕비가 허겁지겁 옷을 주워 입고 강지를 따라 나섰다. 뒤뜰의 샛길로 빠져나오는데 연못가의 정자에서 귀에 익은 설도와 몇몇의 말이 들렸다.

"침전으로 들어가면 왕을 깨워 곧바로 대전으로 끌고 오게. 그곳에서 내게 임금 자리를 넘기라고 윽질러."

"무슨 말로요?"

"물려줄 아들이 없으니 사로국에 귀부할 작정이 아니냐고 따져."

또 다른 자의 말소리가 들렸다.

"그 말씀은 좀 그러네요. 다른 말이 없을까요?"

"이 사람아, 이치 따질 것 없어. 그러고는 날 불러. 뒷감당은 내가 할 테니까. 알겠나?"

"그럼 슬슬 가 볼까요."

어둠 속에서 숨어 살피니 열이 넘는 놈들이 칼을 쥐고 침전 쪽으로 우르르 몰려가고 있었다. 왕은 갑자기 눈물이 펑펑 쏟아져 앞이 보이지 않고 온몸이 부르르 떨렸다. 깊은 한숨을 쉬고는 강지의 손을 잡고 왕비와 함께 담을 넘었다. 그들은 밤새 걷다가 동이 트자 마을에서 말을 얻어 타고 도기야로 왔다.

연오랑은 외삼촌이 쫓겨났다고 듣고는 마음이 어지러워 한동안 아무 말도 못하고 있었다. 정말 잠시 뒤에 근기국을 빠져나온 무금왕이 몇몇 측근을 데리고 말에서 내려 마당으로 들어섰다.

"잘 오십시오, 대왕! 어떻게 된 일입니까?"

무금은 눈물을 뚝뚝 흘린다.

"조카는 나를 대왕이라 부르지 마라. 얼마나 못나서 설도에게 당했겠나?"

"설도라면 아버지 화살 맞고 다리 절던 부조기 놈의 아들 맞습니까?"

"그렇다네. 설도란 놈에게 병권을 맡긴 것이 잘못이었어. 그놈이 워낙 열심이고 무예가 뛰어났기에…."

연오랑이 말을 끊고 나섰다.

"우리 도기야가 지금 바다 건너 왜로 옮겨 가려는 것 알고 계시죠?"

"오내벌 누나로부터 들었네."

“마땅히 대왕을 도와드려야 할 텐데 그 때문에 우리는 근기국에 군사를 보낼 형편이 못됩니다. 장모께서는 앞으로 사로국 군사가 몰려오면 근기국이 어려울 거라며 사로국에 귀부토록 권하겠다고 하셨습니다. 그런 적이 있습니까?”

“지난번에 누나가 다니러 왔을 적에 은밀하게 의논했는데, 설도란 놈이 어떻게 알았는지 그것조차도 변란의 핑계로 삼았다네. 왜로 건너가면 살 만한 땅이 있나?”

“우리가 살도록 비워 놓은 땅이 있겠습니까? 미개한 부족을 힘으로 밀어내거나 사람답게 길들여 나라를 세우고 당당하게 살아갈 것입니다.”

“나도 갈 수 있을까? 나와 내 사람들을 데려가 주면 공밥 먹지 않고 한몫하겠네. 한달비와 여러 마을에서 촌장들이 나와 함께할 거야. 그들을 모아 설도를 물리치려 해도 워낙 힘이 모자라 어쩌지 못하네. 차라리 그들을 데리고 조카의 뒤를 따르고 싶어. 피 흘리고 싸워 설도를 이겨 봤자 어차피 사로국에 귀부할 텐데 그보다는 장군에게 맡겨서 새 나라의 백성이 되는 쪽이 어떨까?”

“여러 부장들 뜻을 물어볼 테니 당장 답하지 않는다고 서운하게 생각지 마십시오.”

“나는 왕의 자리에 마음을 비웠네. 작고 힘없는 나라라 골치가 아팠어. 오래전부터 사로국에 나라 바치고 물러나 홀가분하게 백성으로 살고 싶었지. 우리 근기국에는 고기잡이들이 많은데 그 작은 배로써도 바다를 건너갈 수 있을 거야. 누에 길러 비단 짜는 데 능한 사람들도 적지 않네. 그들을 데려가 고기 잡고 비단 짜는 일을 맡고 싶네.”

190

그때 당직 오장이 들어와서 방금 오내벌 공주께서 오셨다고 알렸다. 공주가 들어와 무금왕을 보더니 깜짝 놀랐다.

"앗! 대왕이 왜 여기 계십니까?"

"누나, 잘 오셨어요. 병권을 맡은 설도란 놈이 역적으로 돌아섰어요. 날 죽이려 몰려와 겨우겨우 빠져나왔지요. 이제 어쩌면 좋겠소?"

"그놈이 기어코…. 그놈 애비가 옛날 선대왕께 언니를 달라고 했다가 혼쭐이 났었지. 내가 일찍이 그놈을 잘 살피라 말하지 않던가요."

"누나, 어차피 내가 자식을 얻지 못해 대를 이을 수 없으니 왕의 자리에 목을 매달지도 않습니다. 조상께 부끄러울 따름이지요. 이제 마음 비워 근기국 임금 자리를 버리고 여기 연오랑을 따라 왜로 건너가기로 마음먹었습니다."

"대왕께서는 어떻게 수백 년 왕업을 그토록 쉽게 생각하시오. 저세상에 계시는 부왕께서 뭐라 하실는지요?"

무금은 무영 공주의 눈길이 거북한 듯 연오랑을 보고 말했다.

"근기국은 지금 스스로 꾸려 나가기 어려운 형편에 와 있네. 칼잡이들이 자기 땅에서 거둬들이는 것이 자꾸만 늘어나 백성들은 풀뿌리 나무껍질 먹고 산다네. 설도란 놈이 병권을 잡고부터는 내 말을 듣지 않고 조租를 더 무겁게 매겨 칼 가진 놈들에게만 풍성한 은혜를 베풀었지.

"알 만합니다. 의논해서 정하도록 하겠습니다."

연오랑이 말하자 무영 공주가 덧붙였다.

"장군의 짐이 더 무거워지지 되었네. 내 당분간 이곳에 머물러 사위가 무사히 바다 건널 수 있도록 돕겠네."

"아버지께서 계시던 방을 치우도록 할 테니 우선 그곳에 머무십시오."

어둠이 내려앉자 세오녀는 시아버지가 지내시던 방을 어머니에게 내주었다. 방 안에는 그의 칼과 활과 갑주 등이 재작년에 왔을 때의 모습 그대로 놓여 있었다. 살아 있을 적 그대로였다.

침상을 물끄러미 바라보았다. 철부의 억센 팔에 안겨 뜨거웠던 그때가 떠올랐다. 침상에 걸터앉자 온몸이 짜릿해 온다. 펼쳐 놓은 이불도 낯설지 않다. 이불귀를 잡아 코에 가까이 하자 엷은 냄새를 느낀다. 그의 몸 냄새일까? 아직도 그의 냄새가 남아 있을까? 내 냄새도 아주 조금은 섞여 있을까? 옷 입은 대로 침상에 길게 누웠다. 피곤해서 팔다리가 저절로 풀렸다. 일찌감치 그의 뜻을 받아들이지 못했던 아쉬움이 거센 물결처럼 밀려온다. 남편도 그런 뜻을 남겼던 것을….

이곳에 와서 마지막으로 만났을 적에는 비록 늦었지만 그를 남편으로 받아들이고 때맞춰 거처도 옮겨 오려 마음먹고 있었다. 하지만 그는 자기 말을 귀담아듣지 않고 엉뚱한 푸념만 늘어놓았다. 오랫동안 홀로 남겨 두었던 것을 은근히 원망하면서도 애써 붙들지 않았다. 알아듣지 못했을까? 아니면 받아들일 수 없었을까? 이제 와서 아무러면 뭣하나? 꼭 한 번만이라도 더 만났으면 이처럼 괴롭고 마음 아프지 않을 것인데….

철부가 다가왔다. 어디 갔다 오시는가? 멍하게 쳐다보니 비연랑이다. 아니다. 철부와 비연랑이 마주 서 있다.

"비연랑, 우리 호랑이 잡으러 갈까?"

"활이 없잖아? 무영이 감췄나 보네."

"그럼 무영은 어디 갔지?"

철부가 찾자 그녀는 깜짝 놀라며 눈을 번쩍 떴다. 꿈이었다.

'그렇구나. 더 가까워질 수 있었던 것을 숨바꼭질하듯 흘러 보냈다. 그게 활을 감췄다는 꿈으로 나타났을까? 처음 오내벌에서 만났을 때 이 도기야로 따라왔으면 철부는 힘을 얻어 다시 한번 세상 밖으로 나섰겠지.'

후회가 사무치자 그를 만나는 꿈을 이어 가려고 눈을 감았다. 꿈에서라도 다시 만난다면 옛날로 돌아가야지.

연오랑은 부장들과 의논해서 근기국 왕과 그 일행을 받아들이고 함께 가기로 했다. 부장들은 장군이 그를 내쫓기가 어렵다는 사정을 알아주었고, 자기네 바로 건너가서 힘을 보태 준다니 도움이 될 것이라며 받아들이기로 했다.

떠날 때가 가까워지자 연오랑이 무금에게 말했다.

"우리는 유월 첫 하룻날 저녁에 안바다 숲실나루와 바깥바다 갑바우에서 배를 띄웁니다. 외삼촌도 그때 떠날 수 있을는지요?"

"할 수 있네. 설도가 눈에 불을 켜고 우리를 찾고 있으니 늦어져 좋을 게 없어. 유월 첫 하루라면 앞으로 닷새 뒤니 알맞네."

"지금 배가 어디에 있나요? 몇 척이나 되며 사람은 얼마인지요?"

"안바다 한달비와 바깥바다 솔머리에 고기잡이배 서른 척에 갈 사람은 모두 3백여 명이고 그중에서 군사는 40명쯤이지. 우리는 그 두 곳에서 떠나겠네."

"고기잡이배들이라 크지 않네요."

"그나마 큰 배를 골랐기에 한 척에 열 사람을 태울 수 있네. 모두가 도기야 부장들의 명에 따르도록 일러 두겠네.”

15

아달라왕이 오내벌로 보낼 군사의 우두머리를 자기가 정하겠다고
한 것은 며칠 전의 잠자리에서 홍매가 하던 말이 떠올랐기 때문이
었다.

“소첩은 대왕의 사랑을 듬뿍 받고 있어 모자람이 없습니다만….”

“그래서?”

“작은오라비 홍패는 무예가 남달라 맞붙을 사람이 없는데도 아직
아무런 자리를 맡지 못하고 있습니다. 소첩을 아끼는 마음에서 오라
비에게 작은 벼슬이라도 내려 주실 수 없을는지요?”

“작은오라비가 있었나? 무예가 남달라 맞붙을 사람이 없다고? 내가
그대를 이토록 예뻐하면서 어떻게 손 놓고 있겠나. 걱정 말고 좀 기다
려 보게.”

홍매의 작은오라비 홍패는 서라벌 바닥에서 왈패로 소문이 쫙 퍼졌
고 무예 따위를 익힌 적도 없었지만 왕의 잠자리를 즐겁게 해 주는 누
이가 베갯머리에서 속삭인 덕분에 백인장 자리를 맡았다. 5월 하순,
계립령에 길 닦으러 갔다 돌아온 군사를 오내벌에 보내면서였다.

누이 홍매로부터 전갈을 받고 군영에 다녀온 홍패는 당장에 데리고
다니던 패거리 중에서 가장 말 잘 듣는 절구와 팔배를 불렀다.

“야 이놈들아, 백인장 홍패를 몰라보느냐?”

“형님이 백인장이라고? 핫 핫 핫, 촌놈 만나면 장군이라고 우기겠

네.”

“웃지 마. 오늘 누이 홍매 기별 받고 군영에 들어갔다 왔지. 곧 군사 1백을 거느리고 오내벌로 간다. 으흠.”

홍패가 누이 홍매를 들먹이자 얼른 눈치챈 팔배가 낯빛을 바꾸며 말했다.

“앗! 정말요? 형님, 홍매가 기어이 한몫 챙겼네요. 그나저나 형님 떠나고 나면 우리 둘은 심심해서 어쩌지? 따라가면 안되나요?”

“이놈들, 건방지게 날 따라오겠다고? 하긴 뭐 안될 것도 없지. 핫핫, 너희 둘을 데려가 오장이나 시켜 줄까?”

“정말요?”

“날 따라가 오장 되고 싶으면 지금 당장 둘이 나가서 예쁜 계집년 하나만 꿰차고 오너라. 오늘 밤 지나면 서라벌도 하직인데 그냥 잘 수 있나.”

홍패는 절구와 팔배가 데려온 몸 파는 계집을 끼고 밤새도록 노닥거리다 이튿날 군영에서 내준 군사 1백 명과 그 둘을 거느리고 말에 올라 거드름을 피우며 오내벌로 떠났다.

세월랑은 이미 큰댁으로부터 홍매의 오라비 홍패라는 녀석이 보군 1백 명을 데리고 갈 것이라는 기별을 받고 있었다.

홍패는 오내벌에 닿자마자 곧장 세월랑을 찾아왔다.

“나는 서라벌에서 군사 1백을 끌고 온 백인장 홍패요.”

“오느라 고생이 많았소.”

“그대가 군영 차릴 땅을 마련하고 군량을 내놓아야 할 것이오.”

“땅이야 아랫것 시켜 마련하겠지만, 군량은 따로 조정과 이야기가 되어야 줄 수 있소."

"뭐, 조정과 이야기? 그따위가 뭣 땜에 필요하오. 여기 진치고 머물 군사가 와서 내놓으라는데 웬 잔말이 많소?"

"잔말이라니, 말씀을 삼가시오."

"내가 누군 줄 모르시오? 홍매의 오라비 홍패요."

"홍매를 모르는데 오라비까지 어떻게 알겠나? 백인장 주제에 어디서 큰소린가? 사량부의 세월랑이 누군지 당장 서라벌로 돌아가서 알아보게. 영 돼먹지 못했네. 내 참, 재수 없게. 퉤 퉤."

세월랑이 맞받아 말소리를 높이고 침을 탁 뱉으며 머리털을 곤두세워 노려보자 홍패는 움찔하며 물러섰다. 서라벌 바닥에서 설치다 보니 6부의 하나인 사량부 사람이라면 함부로 할 수 없다는 것도 알고 있었다.

그는 오내벌 치소에서 멀지 않은 땅을 내주며 눈치 빠른 군졸 다섯을 불러 마을에 나가서 저들의 짓거리를 살펴보다 죄를 짓거나 행패 부리는 자가 보이면 당장 그 자리에서 붙잡아 오라고 시켰다.

첫날은 아무 일도 없이 지나갔다. 이튿날이었다. 군졸들이 서라벌에서 온 녀석 둘을 오라로 묶어 데리고 왔다.

"서라벌에서 온 놈들입니다. 이 두 녀석이 주막에서 밥과 술을 시켜 먹고 셈을 치르지 않은 채 달아나는 것을 잡아왔습니다."

녀석들은 고개를 번쩍 쳐들고는 해볼 테면 해보란 듯이 당당했다.

"너희는 웬 놈들인가?"

"놈들이라니? 나는 서라벌에서 온 오장이오. 우리는 백인장의 명령을 받고 있으니 빨리 풀어 주지 않으면 재미없을 줄 아소."

196

옆에 선 녀석에게도 물었다.

"넌 누군가?"

"나도 오장이오. 대장 홍패가 내 친구요. 빨리 풀어 놓고 말하자고요."

세월랑은 빙긋 웃으며 말했다.

"이놈들 아주 딱 걸렸구나. 네놈들이 오장이면 그만인가? 남의 술밥 처먹고 셈도 치르지 않다니. 혼 좀 나야겠네."

그때 또 다른 서라벌 군사가 찾아왔다.

"넌 뭐냐?"

"서라벌군의 오장입니다. 이곳에 우리 군사가 잡혀 있다기에 왔습니다."

"자네도 오장이라고? 이 두 놈도 오장이라는데 아는가?"

새로 온 녀석은 두 놈을 빤히 쳐다보더니 말했다.

"오장이 아닌데요. 서라벌에서 떠날 때 백인장을 따라오더군요. 잘 모릅니다."

못된 짓 일삼는 서라벌 거리의 왈패가 홍패 따라오며 건방떨던 것이 눈꼴 시려 모른다고 대답했다.

세월랑이 부하에게 크게 소리쳤다.

"이놈들을 곤장 50대씩 치고 옥에 가둬라."

깜짝 놀란 둘은 그 자리에서 무릎을 꿇고 고개를 땅에 처박으며 말했다.

"죽을죄를 지었습니다. 용서해 주십시오. 배가 너무 고파서요."

"뭐, 배가 고팠다고? 오장! 정말인가?"

"그건 맞습죠. 서라벌에서 떠나올 때 닷새치 군량을 받아 소 길마 (짐 실을 때 소 등에 얹는 안장)에 싣고 오면서 절반을 대장이 외상 술값 갚아 버린걸요. 우리 군사들 모두가 하루 주먹밥 한 개로 때우고 있습니다요."

세월랑은 빙긋 웃었다.

"듣고 보니 불쌍한 놈들이군. 그렇다고 셈도 않고 달아나는 나쁜 놈들을 그냥 풀어 줄 수는 없다. 이놈들을 곤장 스무 대씩 쳐서 옥에 가둬라."

두 녀석은 곤장 스무 대씩을 맞고 감옥에 갇혔다. 홍패는 녀석들을 찾아보지도 않은 채 하는 일 없이 군영 안에서 빈둥빈둥 지낸다고 했다. 이튿날 풀어 주자 홍패 녀석 나쁜 놈이라고 투덜대며 서라벌 쪽으로 사라졌다고 했다. 세월랑은 명을 내려 가마솥에 밥을 짓고 고등어 자반을 곁들여 군영에 가져다주되 오내벌의 장군이 내린 음식이라고 군사들에게 떠벌리라 시켰다.

이틀 뒤에 듣기로 서라벌에서 보낸 군량 실은 배가 맏내를 내려와 오내벌 나루에 닿자 소 길마에 실어 왔는데 좁쌀 열 가마니라 했다. 백 명이 하루 두 가마니씩 먹는다면 이 또한 닷새치 군량이니 넉넉하지 못한 셈이다. 서라벌 조정에서 대수롭지 않게 여기는 것일까?

사흘이 더 지나자 홍패가 세월랑을 찾아왔다.

"못된 놈들이 장군께 폐를 끼쳐서 죄송합니다요."

지난번과는 달리 아주 굽실거리자 세월랑은 곧장 눈치채고 맛좋은 술과 안주를 녀석에게 안겼다. 한잔 두잔 주는 대로 받아 마셔 벌겋게 얼굴이 달아오르자 녀석은 곧바로 본색을 드러냈다.

"그참 술맛 좋네. 군영에 처박혀 있으니 좀이 쑤셔 참을 수 없었죠. 서라벌에서는 온 거리가 모두 내 것인데."

"그대는 젊은 나이에 백인장이 되었으니 출세가 빠르군. 어떻게 출세할 수 있었소?"

"백인장은 첫걸음에 지나지 않겠죠. 내 누이 홍매가 누굽니까? 대왕의 사랑을 한 몸에 받고 있지요. 대왕이 홍매 만나면 온몸이 흐물흐물 녹아난다니까요. 흐 흐 흐, 내가 여기에서 작은 공이라도 세워 놓고 보면 누이가 힘을 다해 추천해 줄 테니 형씨처럼 장군으로도 올라갈 것이오. 그런 날이 오면 손볼 놈 한둘 손보고 예쁜 계집 두셋 데려다 보란 듯이 즐길 거요. 두고 보소."

"그대는 정말 대단하오."

"그뿐인 줄 아시오. 우리 형님이 대왕의 시종이오. 대왕께서 '홍패 돌봐 줘라'고 한말씀만 내렸다 하면 형님이 척척…. 그만하면 아시겠죠?"

"알다마다요. 참, 그리고 나는 서라벌에 공납을 바치기에 그대에게 따로 군량을 내놓을 일은 없소. 하지만 그대의 군졸들이 배불리 먹을 군량을 대주겠소."

"그게 정말이오?"

"그걸 조정에 알리시오. 조정에서 따로 배를 보내지 않게 되었다며 그대를 크게 칭찬할 것이오. 출세에 큰 도움이 될 것이오."

"그러죠. 앞으로 신세 좀 지겠습니다요."

크게 취한 홍패를 보내 놓고 세월랑은 빙긋 웃으며 중얼거렸다.

"군량은 적잖게 축나겠지만 이젠 제 마음대로 움직일 수 없겠지."

세월랑은 부장을 불러 앞으로 서라벌군에게 하루 한 번 군량 두 가
마니씩을 보내 주라고 시켰다. 녀석의 모가지를 꽉 쥐자는 속내였다.

16

두 번째 배들은 덩치가 커졌다. 뜻밖에도 근기국의 작은 배들이 끼
어들어 크고 작은 배 50여 척에 사람은 9백이 넘었다.

연오랑이 주타로에게 말했다.

"이번 배가 닿으면 지난번과 합쳐서 사람이 1천5백이고 그중에 군
사가 2백 수십 명입니다. 말도 스무 마리나 갑니다. 땅이 비좁아 좋지
않은 일이 일어날 수 있습니다. 나이 많은 부장께서 늘 따라다니시기
힘들 테니 이번에는 돌아오지 말고 그쪽에서 제가 갈 때까지 모두 맡
아 주십시오."

"명에 따르겠습니다. 옮겨 가는 수가 워낙 많아 이웃 부족이 머리털
을 잔뜩 곤두세우겠지만 어떻든 힘을 다하겠습니다."

유월 첫 하루가 되자 미리 정한 대로 도기야 패는 숲실과 갑바우,
근기국 패는 한달비와 솔머리에서 배들이 한꺼번에 닻을 올렸다. 동
틀 무렵이었다. 먼바다에서 만나 함께 왜로 뱃머리를 돌렸다.

주타로는 오키에 닿자마자 나카노의 족장을 만났다. 약삭빠른 그가
달리 말하기 전에 빨리 틀어쥐려면 새로 데리고 간 사람들을 그의 섬
에 잔뜩 풀어 놓아야겠다는 생각이었다.

"나카노 족장, 지난번에는 우리 세 섬이 합치는 데 뜻을 같이해 줘
서 정말 고마웠소. 이번 두 번째로 건너온 사람들이 많아서 니시노에

모두 머무르기엔 좀 버겁네요. 나카노와 지부리 두 섬에서 나눠 받아 주면 좋겠소."

"이번에 온 사람들은 모두 얼마요?"

"9백쯤이오."

"와-. 9백이라니요? 주타로 족장, 정말 답답하오. 지난번에 세 섬이 합치는 데 반대하지 않았던 것은 맞지만 나카노와 지부리 사람을 모두 해야 겨우 1천5백 남짓한데, 여기에다 9백을 받아들이면 어떻게 되나요? 사로국에 태보다 배꼽이 크다는 옛말이 있다지요? 바로 그 꼴이네요."

"나카노에 오래 머물지는 않을 것이오. 곧 군사를 보내 땅을 넓히고 나카노도 나눠 받을 거요. 그동안만 부탁하오."

"버려 놓은 땅도 없는데 넓히기가 어디 쉬운 일이오? 다시 한번 생각해 보겠지만 아무래도 어려울 것 같소."

"지난번에 합치자고 하지 않았소. 이제 와서 딴말이오?"

"합치자고 했지 사람 받겠다는 말은 없었소. 한번 생각해 볼 시간을 주세요."

주타로는 나카노 족장의 태도가 사뭇 달라졌다고 느꼈다. 달라진 까닭을 알아보려 그와 헤어지자 곧바로 지부리 섬의 족장을 찾아갔다. 지부리 족장이 먼저 물었다.

"나카노 족장이 뭐라고 않던가요?"

"건너온 사람들을 좀 받아 달라 했더니 받고 싶지 않은 눈치였소. 모두 합쳐 하나의 오키를 만들고 함께 땅도 늘리자 해 놓그 이제 와서 말이 다르네요."

"그럴 테지요. 내가 듣기로 나카노 쪽이 오키노 쪽과 몰래 만났다는
군요."

"오키노 쪽과 몰래? 무슨 이야기를 주고받았나."

"오키노는 족장이 늙어 병으로 누워 동생이 마음대로 하고 있지요.
그가 이쪽 세 섬이 하나로 뭉칠까 걱정해서 나카노 족장을 만나 온갖
그럴듯한 말로 꼬였을 것이오. 나카노 족장이 세 섬의 우두머리가 되
도록 밀어 주겠다. 뭐 그렇게 약속했겠죠."

"우리 작은 세 섬끼리 싸움을 붙일 생각이네. 여태껏 오키노에 괄시
받아 놓고 그런 달콤한 말에 넘어간다면 나카노 부족의 앞날이 걱정
이오."

"니시노가 큰 섬 오키노와 한판 붙는다면 이길 수 있나요?"

"말할 것도 없소. 사로국에서도 도기야의 군사는 아무도 당하지 못
해요. 무술이 워낙 뛰어난 데다 창과 칼도 날카롭기 짝이 없으니 한
사람이 열을 당하고도 남죠. 그런 군사가 3백 가까이나 건너와 있소.
1천과 맞붙어도 두려울 게 없고, 오키노쯤은 오늘 당장에라도 무찌를
수 있소. 그러나 사람이 죽고 다치면 부모형제나 자식들로서는 그 원
한이 죽을 때까지 남지요. 이 좁은 곳에서 하나로 합쳐진 뒤를 생각하
여 서로 죽이는 싸움을 피하고 있을 따름이오."

"나는 어쩌면 좋겠소? 솔직한 말씀을 듣고 싶소."

"지부리는 작은 섬이니 어느 편을 들든 판세를 뒤집긴 어렵겠지만
싸움이 끝났을 때 이긴 편과 등지고 있다면 어리석지 않을까요? 아무
튼 잘 생각해 보오."

지부리도 망설일 수밖에 없을 것이다. 당장에 오키노를 창과 칼로

202

물리칠 수 있다고 큰소리쳐 나카노나 오키노 쪽에 그대로 전해지기를 은근히 바라면서 이긴 편과 등지지 말라고 엄포까지 놓았다. 하지만 빈 배를 빨리 보낼 수 없어 속이 새까맣게 타들어갔다. 배가 떠나 버리면 이쪽의 힘을 보여 줄 수 없고, 만일 오키노 쪽에서 싸움을 걸어오면 맞서기가 한결 어려워진다.

주타로가 이러지도 저러지도 못하고 먼 서쪽을 바라보며 도기야에서 지내던 하루하루를 떠올리고 있을 때 딸 교코가 저보다 한두 살 어려 보이는 처녀를 데리고 왔다.

"넌 웬일이냐? 처녀는 누군가?"

"절 받으세요. 오키노에서 온 하나코예요."

"오키노의 하나코라면?"

"모르세요? 엄마가 오키노에서 낳은 딸이죠."

주타로는 깜짝 놀랐다. 잊어버렸던 지난날이 아련히 떠올랐다. 교코의 엄마 후미코는 옛날의 둘째 아내였다.

그는 니시노에 다니러 왔던 서른일곱 살 때 마침 내륙 어디에서 왔다가 폭풍을 만난 어느 족장의 배를 구해 준 적이 있었다. 그 족장은 오키노 족장에게 딸 후미코를 시집보내려 데리고 왔던 참이었다. 하지만 딸은 오키노의 족장을 만나기도 전에 자기네를 살려 준 주타로에게 반해 버렸다. 둘이 서로 사랑하는 사이가 되자 그녀의 아버지는 정작 오키노에는 발도 들여놓지 못한 채 딸을 니시노어 내려놓고 돌아갔다.

주타로는 후미코를 둘째 아내로 삼아 한 달쯤 함께 지내다 도기야로 떠났는데 다섯 해 뒤에 돌아왔을 때 다시 만날 수 없었다. 그가 떠난 다음 해에 딸 교코를 낳았으나 한 달도 안된 갓난아기와 함께 오키노에 보내 버렸기 때문이었다. 마누라 뺏기고 어린 딸을 볼모 잡힌 셈이었다.

아들 말로는, 오키노의 족장이 그녀가 자기에게 시집오기로 약속된 여자라며 곱게 돌려주지 않으면 칼잡이 수백을 데려가 니시노를 쑥밭으로 만들고 뺏어 오겠지만 순순히 돌려주면 지난 일은 묻지 않고 서로 친하게 지낼 수 있다고 여러 차례 으름장 놓아 마침내 보내지 않을 수 없었다고 했다.

주타로는 분한 마음이 머리털 끝까지 치밀었다. 길길이 뛰며 칼을 빼들고 부르짖었다.

"자식 놈이 아비의 여자를 제멋대로 남에게 줘 버리다니…. 네놈을 한칼에 베겠다."

"아버지, 죽여 주십시오."

아들 니시오는 아버지 앞에 엎드려 눈물을 뚝뚝 흘리며 목을 쑥 뺐다.

그러자 니시오의 사촌인 조카가 달려와 말했다.

"큰아버지, 저를 죽여 주십시오. 니시오는 잘못이 없습니다. 제가 큰어머니를 오키노에 보내자고 우겼습니다. 큰어머니도 말씀하셨죠. 니시노를 살리고 젊은 니시오 부족장을 살릴 수 있다면 기꺼이 이 한 몸을 오키노에 버리겠다고요. 큰어머니가 교코를 데리고 건너간 뒤로 오키노는 우리를 괴롭히지 않았지요. 큰아버지께서는 도기야에서 가져온 활과 창과 칼만으로 우리가 니시노를 지킬 수 있었다고 믿습니까?"

그때 후미코의 시종이던 야스코가 쫓아 나와 앞에 쓰러지며 듣했다.

"주타로 족장님, 제 말씀을 들어 보세요. 그것만으로 오키노가 우르를 괴롭히지 않았던 건 아니죠. 후미코 마님이 갓난아기 교코를 안고 오키노로 갈 때 제가 따라갔죠. 오키노 족장이 저녁에 술상 앞에 마님을 불러 앉히고 술 한잔 따르라고 했어요. 마님은 마주 앉자마자 품속에 지니고 다니시던 시퍼렇게 날 선 짧은 칼을 뽑아 당신 목에 겨누고 두 가지를 약속해 주지 않으면 이 자리에서 피를 뿌리겠다고 했어요. 니시노 섬을 더는 괴롭히지 않겠다는 것과 교코를 젖 떼고 집으로 돌려보낼 때까지 내 손으로 키우겠으니 간섭하지 말라고요. 족장은 어쩔 줄 모르다 마님의 말씀을 받아들였어요. 뒤에 하나코가 뱃속에 들어서자 교코의 젖을 떼면서 마님은 저에게 니시노로 데려가라 하셨지만 족장이 너무 귀여워서 보내기 싫다고 우겨 여태까지 그곳에 머물렀어요. 서너 달 전에 이젠 나이가 다섯 살이니 제 집에 가서 자라야 한다며 저와 함께 이곳으로 데려다 주었지요. 오키노가 달라졌던 것은 마님의 날카로운 칼이 받아낸 약속 때문이었어요."

주타로는 쥐고 있던 칼을 내던지고 교코를 데려오라 해서 한번 안아 보고는 곧바로 도기야로 떠났다.

'사랑하는 내 여자를 뺏어 간 놈을 그냥 두지 않겠다.'

그는 돌아가는 배 위에서 아내 뺏어 간 원수를 반드시 갚겠다고 이를 갈았다. 오키노를 괴롭히지 않았다거나 교코를 귀여워했다는 것은 그에게 씨가 먹히지 않았다. 도기야 사람들은 아무도 그 일을 알지 못했고 주타로는 그때부터 조심스럽게 철부에게 왜로 건너가자는 말을 했었다.

교코와 함께 온 하나코를 보니 제 어미를 쏙 빼닮았다. 이제 도기야를 앞세워 이 땅에 왔건만 여자를 뺏어 간 그 아비는 내일모레 하며 죽음을 기다리고 있다고 한다.

철부와 연오랑을 받들며 거의 한평생을 살다 온 그의 마음은 자기도 모르게 활짝 열려 있었다. 옛일을 앙갚음하기보다는 새로운 세상을 바라보는. 이제 와서 그 맺혔던 원한은 도기야 언덕에서 봄바람 만난 눈처럼 모두 사라져 버렸다. 오키노의 족장이 그러고는 한 번도 이쪽을 괴롭히지 않았다는데 다시 생각해 보니 참으로 점잖은 사람이다. 후미코를 향했던 나의 사랑과 그의 사랑이 무엇이 다르며 첫 남편과 그에 앞서 혼인을 약속했던 쪽은 서로 할 말이 있을 것이다.

그녀와 함께했던 짧은 지난날이 그림처럼 머리를 스쳐 간다.

"엄마는 잘 지내나? 그쪽은 어떤가?"

"아버지는 병으로 누워 오늘내일 하시구요, 엄마는 아버지 돌아가시면 여기로 올 속셈입니다."

"뭐라고 했나? 엄마가 여기로 온다고?"

"아저씨가 받아주시면 올 거예요. 엄마는 아직도 아저씨를 정말로 사랑한대요."

싫지 않았지만 두 처녀 앞이었다.

"원, 별사람 다 있네. 그래, 오늘은 무슨 일로?"

"아주 긴한 일 때문에 찾아왔습니다."

"긴한 일이 뭔가?"

"아버지가 누워 계시니 삼촌이 이쪽으로 쳐들어오려 합니다."

“뭐? 쳐들어온다고? 너희 삼촌은 왜 싸우려고 하나?”

“삼촌은 엄마를 가지려고 해요. 그러려면 주타로 족장을 이겨야 한다면서요. 엄마가 싫어하니 떡 줄 사람도 없는데 된장국부터 마시는 꼴이죠.”

“오라버니가 알고 있나?”

“오라버니는 애써 말렸지만 고집을 꺾지 않아 날 여기 보냈죠.”

“언제 쳐들어온다던?”

“모레 밤 해 지면 바로 나루를 떠난대요. 배 스무 척에 칼잡이 3백을 모아 놓고 있어요.”

“3백이나? 그래, 알겠다. 알려 줘서 정말 고맙구나. 네 생각은 어떤가? 내가 여기 와서 살면 엄마를 데려와도 좋겠니?”

“마음대로 하세요.”

“너도 올래?”

“지금은 말할 수 없어요. 그리고 어머니 말씀도 있었어요.”

“무슨 말?”

“저쪽 사람들 상하지 않게 해 달래요.”

“내 참, 상하지 않게 싸우라고?”

하나코가 돌아가자 주타로는 교코에게 물었다.

“저 애가 하는 말 믿을 수 있니?”

“믿을 수 있고말고요. 하나코는 연오랑을 좋아하니까요. 연오랑의 아내가 되려고 기다리고 있어요.”

연오랑을 좋아하다니…. 하지만 그걸 생각할 겨를이 없다. 오키노를 막을 일이 먼저다.

주타로는 곧 아들 니시오를 불렀다.

"하나코가 하는 말이 오키노가 우리와 싸우려 하고 있다네. 오키노 족장의 동생이 칼잡이 3백을 모아서 모레 밤에 쳐들어온다는구나."

"하나코가요?"

"이제 막 교코가 오키노의 하나코를 데리고 왔었다. 그 애 오라비가 보냈다는구나. 교코 어미가 낳은 딸이라는데 넌 그 애를 알고 있나?"

"예, 알아요. 아주 예쁘죠. 하나코가 아버지에게 와서 하는 말이라면 믿어도 좋을 겁니다."

"오키노와의 싸움이 생각보다 빨리 다가왔군. 그러잖아도 오키노가 빨리 움직여 주기를 바라고 있었다."

"부족장이 누워 있는 틈에 동생과 아들이 서로 등졌다는군요."

"하나코도 그렇게 말했다."

"이 싸움에서 우리가 저들을 물리치면 나카노는 우리 쪽에 붙겠지만 물리치지 못하면 어려워집니다. 꼭 이겨야 해요. 눈치 빠른 나카노 부족장이 이 판세를 읽고 싸움을 지켜본다는 속셈이겠지요."

"모레라면 유월 보름날이 아닌가? 빨리 채비해야겠다. 너는 우리 니시노의 1백50명 군사를 도기야의 배 다섯 척에 나눠 태워 모레 해질 무렵 구니가[國賀] 바닷가로 오게. 지난번에 주던 단궁 있지? 활 한 벌마다 불화살 열 개씩을 만들어 가져오너라."

"불화살을요?"

구니가 해안은 니시노 섬의 서북쪽 끝에 있어 오키노는 물론 나카노나 지부리 섬에서도 보이지 않는 곳이다. 여기에서 니시노 북쪽 바닻가를 돌아 동쪽으로 한참 가면 작은 몇몇 섬들을 거쳐 오키노에 닿을 수 있다.

니시오가 물었다.

"저들과 어떻게 맞설 것입니까?"

"서로 맞붙어 땅 위에서 싸우면 반드시 이긴다고 보기 어렵고, 비록 이겨도 죽고 다치는 사람이 절반을 넘을 게다. 그래서 바다에서 싸우려고 도기야 배를 돌려보내지 않았던 거다."

"바다에서 싸워 꼭 이길 방법이 있습니까?"

"오키노로 가는 바닷길에 작은 섬들이 여러 개 있지? 그중 가장 큰 섬이 뭐라 하더라? 배를 섬 기슭 나무 그늘에 숨겼다가 저들이 바다 건너오면 마중 나가 싸운다. 저들이 칼 들고 이쪽 배에 뛰어오르기 전에 사람을 쏘지 말고 불화살로 배를 불태워야 해."

주타로는 도기야의 부장 고질부를 불러서 그들도 1백50명이 니시오의 군사들처럼 준비해서 구니가 바닷가에 모이고 나머지와 근기국 군사는 만일을 생각해서 바닷가를 지키게 했다.

유월 보름날이 다가왔다. 주타로는 도기야와 니시노의 군사가 구니가 해안에 모이자 배 10척에다 한 척마다 불화살 든 10명, 창이나 칼을 든 10명, 노 젓는 10명씩을 골고루 나눠 태웠다. 군사는 저쪽에서 쳐들어온다는 수와 같지만 배는 그 절반이다. 창이나 칼을 쓰는 군사들은 노 젓기를 돕다가 배가 서로 가까워져 저들이 갈고리를 던져 올 때 빨리 줄을 끊거나 벗겨내고, 그래도 배에 뛰어오르면 상대하는 일을 맡겼다.

크고 둥근 보름달이 수평선에 떠오르자 모두 돛에 바람을 안고 구니가 바닷가를 떠나 달을 바라보며 나아갔다. 바다가 워낙 잔잔하여 달빛은 물 위에서 길게 빛났다. 주타로는 도고[島後] 물길 가운데에 있는 작은 섬으로 다가가 바닷가의 나무 그늘에서 돛을 내리게 하고 배를 숨겼다.

이윽고 동쪽에서 다가오는 배의 돛이 달빛을 받아 니시오의 눈에 들어왔다. 주타로 옆에 서 있다가 동쪽을 가리키며 말했다.

"아버지, 오키노의 배가 나타났네요."

"어디?

"저쪽으로 보세요. 달빛에 돛이 보이죠?"

주타로도 얼른 알아챘다. 저들은 돛을 내린 이쪽 배를 아직 보지 못한 듯 니시노를 향해 거침없이 다가왔다. 이쪽 열 척의 배는 길게 늘어지면서 노를 저어 한꺼번에 쏟아져 나가며 적을 맞았다. 저들 선두가 차츰 가까워지고 있었다.

그는 준비해 둔 불화살을 단궁에 걸고는 서로가 1백 걸음쯤으로 가까워졌을 때 활을 번쩍 들어 저들의 높이 올린 돛을 겨냥해 쏘았다. 기다렸던 군사들의 불화살 1백 개가 한꺼번에 동쪽 하늘로 날아갔다. 다시 두 번째, 세 번째, 네 번째 불화살이 한 번에 백 개씩 잇달아 날아가자 저쪽의 배는 눈 깜짝할 사이에 모두 불길에 싸였다. 처음 서너 차례를 모두 돛을 겨냥한 탓에 잘 맞힐 수 있었고, 그동안에 저들이 몸을 피하여 사람이 다치는 일은 드물었다. 사람을 보고 쏘지 말라는 명도 내려져 있었다.

배가 불붙자 칼잡이들이 갈팡질팡하는 꼴이 타오르는 불빛에 보였다. 그들도 마주 쏘았지만 활이 몇 벌 되지 않은 데다 거의 이쪽 배에 닿지도 못했다. 저들의 싸움이란 으레 뭍에 올라 칼싸움을 벌이거나 배에 뛰어올라 칼로 맞서는 것인데 이쪽이 불화살로 맞설 줄 몰랐던 탓에 배에 뛰어오를 준비는 없었다. 맞붙고 싶어도 번지는 불과 빗발치는 화살 때문에 갈고리를 걸거나 이쪽 배에 올라오기 어려울 것이었다. 오키노 쪽 배들은 제대로 달아나지도 못하고 한데 엉겨 활활 타오르는 커다란 불길이 되면서 바다는 대낮같이 밝아졌다. 군사들이 비명을 지르며 물속으로 뛰어들고 헤엄쳐 섬으로 올라가는 것이 보였다.

잠깐 사이에 저들의 배는 하나도 움직이지 않기에 이르렀다. 스무 척 중에 한두 척이 뱃머리를 되돌려 달아났고 나머지는 모두 불탔다. 바다를 낱낱이 살펴 섬에 올라가지 못하고 바다에서 허우적대는 녀석들을 건지고 섬에 오른 녀석들이 작은 배로 달아나지 못하게 지켜보며 아침을 맞았다.

해가 떠오르고 낮이 가까워지자 오키노에서 흰 깃발을 올린 배 한 척이 다가왔다. 배에 탄 청년이 고함쳤다.

"나는 오키노 족장의 아들 오키히로요. 그쪽 니시오와 이야기하고 싶소."

"이쪽으로 올라오시오."

오키노의 배가 다가오더니 잘생긴 사나이가 이쪽 배로 올라왔다. 니시오와 그는 서로 아는 사이였다.

"반갑소, 오키히로."

"니시오, 오랜만이오. 쳐들어온 것을 용서하시오. 내 뜻이 아니었소."

“어떻게 된 것이오?”

“아버지가 누워 계시자 삼촌이 나서서 한 짓이오. 삼촌의 배는 무사히 돌아왔지만 일이 잘못되었다며 배에서 내리자마자 스스로 목숨을 버렸소.”

“그 안됐군요. 우리는 그쪽 군사를 다치지 않게 하려고 돛폭에 불화살을 쏘아 배만 불태우려 힘썼소.”

“그럼 우리 군사들이 많이 죽거나 다치지 않았다는 말이오?”

그때 주타로가 다가왔다. 니시오가 오키히로를 소개해 주자 주타로가 말했다.

“다친 군사가 영 없겠냐만 보나마나 아주 적을 걸세. 헤엄쳐서 섬에 오르는 것도 막지 않았네. 저쪽 섬을 보게. 바닷가에 모여 이쪽으로 손짓하는 것이 보이지? 우리가 건져내어 따로 모아 놓은 녀석들도 서른에 가까울 거야. 그들을 데리고 가게. 하나코가 날 만나고 갔네.”

“어르신, 정말 고맙습니다. 우리 군사들을 다치지 않게 마음써 주셨군요.”

그는 주타로 앞에 곧바로 꿇어앉더니 두 눈에 눈물을 글썽이며 몇 차례나 고개를 숙여 고맙다고 했다.

싸움이란 서로 죽이는 일이다. 맞서는 놈을 죽여야 싸움에 이긴다. 후미코가 딸 하나코를 시켜 부탁했다지만 서로 죽이고 죽는 싸움에서 반드시 그렇게 해 줄 것이라고 믿지는 않았다.

니시오가 말했다.

“어떻든 앞으로 우리는 싸우지 말고 지냅시다.”

“좋습니다. 이제 서로 사이좋게 지내며 섬을 다스립시다.”

오키노와의 싸움에서 이긴 주타로는 나카노와 지부리의 부족장을 만나 지난번 이야기는 없었던 것처럼 시치미 떼고 도기야에서 온 사람들을 받아 달라고 하여 마침내 뜻을 이뤘다. 그러나 며칠 동안 일어 시달리던 주타로는 자리에 눕고 말았다.

그는 고질부에게 맡겨 두 번째로 왔던 배들을 서둘러 돌려보냈다.

"장군께서 배 기다리느라 목을 빼겠군. 부장, 빨리 다녀오소. 내가 앓아누웠다고 일러바치지 마소."

17

두 번째 배들이 떠나기 전날에 무영 공주는 시종을 불러 몰래 이야기를 나누고 오내벌의 세월랑에게 보냈다. 무금왕에게도 솔머리 쪽에 사는 믿음직한 노인 한 사람을 급히 데려오라 해서 뭔가 이야기하고 베 한 필을 줘서 돌려보냈다.

배들이 떠나고 낮이 되자 근기국의 새 왕 설도가 부하들을 데리고 솔머리에 밀어닥쳤다. 백성들의 말을 듣고 무금을 따르는 패들이 배 타고 어디론가 아주 가 버린 것을 알아챘다. 군사들이 마을에서 그런 사정을 잘 안다는 한 노인을 데려왔다.

설도가 물었다.

"노인, 마을을 떠난 사람이 적지 않네. 모두 어디로 갔나?"

"배로 사로국 남쪽 바닷가토 간다고 했습니다."

"무금을 보았나?"

"아니요. 젊은 군사들이 말하는 것을 들으니 무금은 숲실나루에 머

물고 있는데 오늘 밤에 배로 맏내를 거슬러 올라가 서라벌에서 솔머
리 사람들과 서로 만난다고 했습니다요.”

“그럼 무금이 사로국에 붙는다는 말인가? 노인이 들었나?”

“저들끼리 그렇게 중얼거리더군요. 마침 뒤가 마려워 저쪽 뒷간에
앉아 있으니 내가 듣는 줄도 모르고….”

“나는 근기국 왕이다.”

“아이쿠, 이 늙어빠진 무지렁이가 대왕을 몰라보고 큰 죄를 지었습
니다. 제발 용서해 주십시오.”

설도는 건방진 말투로 몇 마디 더 물어본 다음 말머리를 돌려 군사
들을 데리고 나는 듯이 달려가 버렸다.

그 무렵 도기야로 무영 공주를 따라갔던 자가 오내벌의 주막에서
서라벌군의 오장을 만나고 있었다.

“좋은 소식을 가져왔으니 오늘 술값은 자네가 내야 하네.”

“이 사람아, 어떤 소식인데? 객지에 나온 내게 무슨 술값이 있
겠나?”

“그럼 자네 대장에게 말해서 날 오장 자리에 앉혀 주게.”

“오장 자리가 개떡인가? 이리저리 나눠 주게. 자네 이야기가 그럴
듯하면 내가 대장에게 말씀드려 보겠네.”

“근기국의 쫓겨난 임금, 그가 도기야에 몸을 피했는데 오늘 을야에
숲실나루에서 배 타고 변한 쪽으로 달아난대. 누구라도 그자를 잡아
서라벌로 끌고 가면 큰 상급을 받겠지?”

“뭐라고? 무금이 숲실나루에서 배 타고 을야에? 글쎄. 쫓겨난 임금
이 뭐가 대단하다고 상까지 주겠나? 달아나든 말든 상관할 것 없네.

214

술 얻어먹었으니 난 그만 간다. 급한 일을 깜빡한 게 있어서.”

말은 그랬지만 그자는 곧장 군영으로 돌아와서 대장 홍패에게 일러바쳤다.

홍패는 오내벌 군영에서 할 일이 없어 심심하게 지내고 있었다. 군량이라도 넉넉하면 한 가마니 갖고 나가 개고기 썰어 놓고 술이나 펴마실 텐데 오내벌에서 하루하루 여유 없이 배급을 주고 있으니 별수가 없었다.

그는 이 소식에 눈이 번쩍 띄었다. 해질 무렵 군영을 지킬 군졸 둘만 남긴 모두를 데리고 길 아는 자를 앞세워 숲실로 갔다. 무금만 잡으면 곧장 돌아올 가까운 곳이라 따로 군량을 준비할 일이 없어 세월랑에게는 온다 간다 말도 않았다.

도기야에 들어서는 찬내에서는 아무도 만나지 못했다. 언덕 아래 바닷가의 몰개월 마을을 지날 때는 이미 어둠이 짙게 내려앉았다.

“을야에 배 타고 떠난다고?”

별로 시간이 없다. 배가 나루를 떠나 버리면 그야말로 닭 쫓던 개 지붕 쳐다보기다. 마음이 급해진 홍패는 군사들을 몰아세워 걸음을 더욱 서둘렀다.

숲실나루 가까이에 이르자 찬찬히 살폈다. 달도 없어 깜깜한 밤이었지만 어둠이 눈에 익어 유달리 길게 이어 나간 나루 끝에 제법 큰 배 한 척이 매어져 있는 것이 어렴풋이 보였다. 무금이 타고 갈 배일 것이다.

“쳐라!”

칼을 빼든 홍패는 군졸들을 이끌고 나루의 맨 끝에 매어 둔 배로 달려갔다. 다가가 보니 배에는 아무도 없었다. 어리둥절하고 있을 때 마을 쪽에서 무슨 소리가 들리더니 화살이 어지럽게 날아왔다. '억, 억' 하며 군졸 몇이 화살을 맞았다.

바다 쪽으로 유달리 길게 스무 발이나 뻗어 나간 나루에 올라선 자들은 절반이 넘었는데 달도 없는 어두운 밤이었지만 그 모습이 조금은 드러나기 마련이었다. 그들은 날아오는 화살을 피하여 거의가 먹물을 풀어 놓은 것 같은 밤바다에 텀벙텀벙 뛰어들었다. 나루에 올라서지 못한 자들이 피할 수 있는 곳도 역시 바다 쪽이었다. 홍패도 함께 바다에 뛰어들었지만 약삭빠르게 어둠을 틈타 혼자 더 멀리 달아나려고 뭍으로 올라서다 마주 보고 밀어닥친 근기국 군졸의 창에 찔려 쓰러졌다.

서라벌 군사들이 돌팔매에 놀란 참새처럼 흩어져 버리자 횃불 든 근기국 군졸이 다가와 물가에 쓰러진 홍패를 살피더니 말했다.

"무금이 패가 아니네. 이건 서라벌 군사다."

설도가 다가와 쓰러진 놈에게 물었다.

"넌 누구냐?"

"서라벌 홍매 오라비요. 날 살려 주소."

"뭐라고? 서라벌?"

겨우 대답하던 그가 곧 숨을 거두자 설도 옆을 따르던 부장이 주검을 살피더니 말했다.

"이놈이 제 입으로 홍매 오라비라 했다면 오내벌에 와 있는 백인장 홍패네요. 홍매는 사로국 왕의 첩입니다. 이거 범털을 건드렸지 않습니까? 그나저나 무금이 그놈은 어디 갔을까요?"

　설도는 솔머리에서 급하게 숲실나루로 달려왔지만 무금은 놓치고 엉뚱하게 서라벌 군사들을 죽이고 말았다. 무금이 새벽에 왜로 떠나버린 것을 알 리가 없었다. 그때 열도 넘을 다른 한 패의 군사가 서라벌 군졸 하나를 앞세워 몰려왔다. 도기야 군사들이었다.

　서라벌 군졸이 물가에 모여 있는 근기국 군사를 가리키며 큰 소리로 말했다.

　"바로 저놈들입니다."

　도기야 오장이 어둠 속에서 가깝게 있던 근기국의 군졸에게 고함쳤다.

　"당신네들은 누구요?"

　근기국 군졸이 대답 대신 창을 꼬나들고 어둠 속에서 소리 나는 곳을 겨냥하여 찔러 오다 도기야 오장의 칼과 마주쳤다. 블꽃이 번쩍이고 날카로운 쇳소리가 나루에 울려 퍼졌다. 함께 왔던 다른 도기야 군졸 여럿이 그 소리를 듣고 자기네 오장 곁으로 모여들었다.

　설도는 도기야 군사가 만만찮은 상대인 데다 어두운 밤이라 그 수가 얼마인지 알 수 없었다.

　"가자! 돌아가자!"

　설도의 한마디에 그들은 재빨리 달아났다. 하지만 땅바닥에 넓게 펼쳐진 그물에 발이 걸려 급하게 달아나던 두 놈이 나가떨어졌다. 어부들이 고기 잡고 난 그물을 낮에 햇볕에 말리려고 늘어놓았던 것이다.

　도기야 군사들은 달아나는 놈들을 애써 뒤쫓지 않고 넘어진 두 놈을 잡아 꽁꽁 묶은 뒤 화톳불을 지피고 큰 소리로 고함쳐 뿔뿔이 흩어졌던 사로국 군사들을 불러 모았다. 얕은 물에 숨어 있던 군졸들은 그제야 뭍에 올라와 젖은 옷을 말렸다. 홍패를 포함한 여섯이 죽고 일곱이 다쳤다.

서라벌 군사들은 도기야 쪽의 도움을 받아 주검을 챙기고는 모두 오내벌로 돌아갔다. 붙잡힌 근기국 군사도 함께 보내졌다.

세월랑은 오내벌에 머물던 서라벌 군사들이 자기에게 한마디도 없이 근기국 옛 왕을 잡으러 갔다가 새 왕 설도의 습격을 받고 홍패 등 여섯이 죽었다고 글로 적어 포로들과 함께 서라벌 조정으로 보냈다. 조정에서는 명을 내려 대장을 잃은 군사들을 모두 서라벌로 불러들였다.

솔머리와 오내벌에서 거짓 정보를 흘린 둘은 모두 무영이 보낸 사람들이었다. 이튿날 연오랑으로부터 숲실나루에서 벌어진 한바탕 소동을 전해 들은 무영 공주가 말했다.

"하늘이 내리는 벌이다. 역적 설도를 서라벌이 그냥 두겠나? 그러고 보니 이제는 우리가 급하게 되었어. 서라벌에서 근기국을 칠 때 군사들이 도기야 바닷가를 지나가지 않겠나? 왜 그 생각을 못했지? 왜에서 돌아올 수십 척 배들이 눈에 뜨일까 걱정일세. 일을 서둘러야 하겠네."

"아무리 바빠도 저쪽으로 간 배가 모두 돌아와야 나갈 수 있습니다. 어제 새벽에 떠났으니 아직 저쪽에 닿지도 않았을 것입니다."

홍패가 죽었다는 보고에 놀란 아달라왕은 이찬 계원, 파진찬 신웅, 장군 별휴 등을 불러 놓고 그곳에 갔던 오장의 말을 듣기로 했다. 세월랑을 찾아갔던 녀석이었다.

계원이 물었다.

"오내벌에서 무슨 일이 있었나? 처음부터 하나하나 말해 보아라."

"그곳에 닿은 다음날 스스로 오장이라 뻐기던 놈들이 주막에서 밥값을 셈하지 않고 달아나다 오내벌 군사에게 잡혀…"

"스스로 오장이라…, 그건 무슨 말이고 어떤 밥값인가?"

"그들은 본래 군영 사람이 아니라 오장 시켜 달라며 따라온 대장의 술친구들이었습니다. 홍패 대장이 싣고 가던 군량 절반으로 빚진 술값을 갚아 버려 모두가 하루 주먹밥 한 덩이로 때우다 보니 그들도 배가 고팠던 것입니다."

"오장 시켜 달라고 따라갔다? 군량으로 술값을 갚다니…. 오내벌에 가서는 그쪽에서 군량을 주지 않았나?"

"그런 일이 있은 다음 보기 딱했던지 오내벌 장군이 주린 군사들 덕으로 고등어자반에 밥 지어 보낸 뒤 스스로 군량을 대주겠다고 했습니다요. 다만 한꺼번에 주면 또 마셔 버릴까 봐 하루치씩 나눠서 주었습니다."

"쯧 쯧 쯧, 저런 놈을 봤나. 숲실에 가기 전에는 뭘 했나? 훈련은 했나?"

"훈련이라니요? 날마다 빈둥빈둥 놀아 군졸들이 무척 좋아했지요. 대장이 무술을 통 모르고 취기도 없었나 봐요."

왕은 얼굴을 잔뜩 찡그린 채 듣고만 있었다. 홍패를 대장으로 삼은 것은 무예가 남다르다는 홍매의 베갯머리 속삭임에 넘어가 신하들과 상의하지 않은 자기의 허물이었다.

이번에는 파진찬 신옹이 물었다.

"숲실나루에는 왜 갔나?"

"쫓겨난 근기국 왕이 그곳에 있다고 해서 밤에 잡으러 갔습니다. 배타고 만내 거슬러 올라 서라벌에 귀부하려 한다는 이야기를 듣고는 그자를 잡아 바치면 큰돈이 된다고…."

"큰돈이 된다? 귀부하려는 자를 잡아 큰돈을 번다? 그래서?"

"숲실에 가서 나루 끝에 매어 놓은 배를 보고 달려가니 텅텅 비어 있었습니다. 그때 막 근기국 군사가 밀어닥쳐 활을 쏘고 창과 칼로…."

벌휴는 거리의 왈패들 사이에서 떠돈다는 비단옷 이야기가 궁금해서 오장의 말을 끊고 물었다.

"대왕께 바치려고 지었던 비단옷을 홍패가 버려 놓았다는 말을 들은 적이 있나?"

"오내벌로 떠나기 전날 우리 오장들이 대장 홍패를 모셔다 술대접을 했는데 자랑삼아 그 이야기를 해 주었습니다. 자기 형 홍두가 집에 가져다 둔 옷을 주막에 갖고 나와 입었는데 워낙 취해서 친구들끼리 싸움이 붙어 아주 망가졌다며, 주막에서 처음에는 옷값으로 한 달 동안 술 주겠다고 했으나 그날 하루치 술값으로 벗어 주었는데 뒷날에 들으니 술집에서 빨고 꿰매 거리에 나가 팔아먹었다는 것입니다."

왕이 외쳤다.

"그만해요, 그만! 오장을 돌려보내고 경들도 물러가오."

중신과 군졸을 내보낸 왕은 시종 홍두를 불렀다.

"네가 내 옷을 가로챘구나. 마땅히 목을 자를 것이지만 한 번만 살려 준다. 네 누이 홍매를 데리고 나가 앞으로는 대궐에 얼씬도 말

며 다시는 내 앞에 서지 마라. 명을 어기면 누구도 살아남지 못할 것
이다.”

이튿날 왕은 어제의 중신들을 새로 불렀다.

“홍패를 대장 삼은 것은 내 잘못이오. 나랏일은 비록 바늘 끝만큼
작은 것이라도 남산처럼 무거운 법인데 생각이 모자랐소.”

이찬 계원이 말했다.

“대왕마마, 너무 마음 아파하지 마소서. 물어보지 않고 그냥 넘긴
신들에게도 잘못이 있습니다.”

“그나저나 귀부한다던 근기국 왕 무금은 어디로 갔단 말이오?”

“왜로 갔다는 소문이 있습니다.”

“우리가 오내벌에 1백 군사를 보냈는데 일이 이렇게 되었소. 앞으
로 어떻게 하면 좋겠소?”

“이번 일을 보면 오내벌이나 도기야가 모두 제구실을 하고 있습니
다. 먼저 근기국에 사람을 보내 죄를 묻고 저들이 어떻게 나오는지
기다려 보는 것이 옳을 것입니다. 그동안 계립령에 길을 닦았고 지난
2월에 감물甘物(밀양)과 마산馬山(청도) 두 현을 두는 일에 조정이 힘을
많이 썼습니다. 길 가다가 고단하면 쉬는 법입니다.”

신옹이 나서서 말했다.

“우리 군사가 여섯이 죽고 일곱이나 다쳤다는데 이찬께서는 무엇이
두려워 그처럼 머뭇거립니까? 조정이 그만 일로 크게 어렵겠습니까?
역적질을 했다니 이때를 놓치지 말고 그 죄까지 물어 빨리 토평하고
땅을 모두 거둬들이는 것이 옳을 줄로 아룁니다.”

우리 군사가 죽었다는 말에 왕은 더 이상 미룰 수 없게 되었다.

"오내벌과 도기야에 맡겨 토평하면 어떻겠소?"

"저들은 모두 한통속입니다. 이참에 사로국의 힘을 보여 줘야 합니다."

"그렇다면 누구를 토평 장군으로 삼는 것이 좋겠소? 벌휴 장군이 가지 않으려오?"

"소장은 그쪽을 잘 모릅니다. 이 일을 늘 걱정해 오신 파진찬께서 묘한 계책이 없지 않을 것입니다. 파진찬에게 맡기십시오."

옆에 있던 계원도 찬성하자 왕은 신옹에게 물었다.

"파진찬, 그대는 아직 한 번도 군사를 끌고 나가 본 적이 없는데 자신 있소?"

"맡겨 주시면 대왕의 뜻을 받들겠습니다. 근심하지 마소서."

"좋소. 파진찬 신옹을 근기토평장군勤耆討平將軍에 명하오. 군사 1천으로 토평군을 짜고 적당한 날을 골라 출병하시오. 다만 이찬의 말씀을 깊이 새겨듣고 서두르지 말도록 하오."

그로부터 며칠이 지나 왕은 벌휴만 따로 불렀다. 아달라왕은 젊은 그를 크게 믿고 있어 다른 사람에게 하지 못할 말도 쉽게 했다.

"벌휴 장군, 비단옷은 도대체 어떻게 된 거요?"

벌휴는 며칠 전에 오내벌에 갔던 오장을 불렀을 때 느닷없이 그 이야기를 꺼내 대왕이 창피스러워 하던 일을 떠올렸다.

"지난번에는 괜히 비단옷 이야기로 대왕께 큰 죄를 지었습니다."

"죄를 짓다니? 알 만한 것은 알아야 하니 장군께는 허물이 없소. 더 아는 것이 있으면 감추지 말고 말해 주오."

"지난해에 오내벌 세오녀가 대왕께 바칠 옷과 자기 입을 옷을 만들

222

어 가배에 나왔는데 시종 홍두가 나타나, 대왕께서 가져오라 하신다
며 옷을 몽땅 빼앗아 사사로이 자기 집에 두었답니다. 그 다음 일은
오장이 말한 그대로입니다. 달이 수놓인 옷은 홍매가 가져갔다고 들
었습니다.”

“내가 사량부 세오녀가 왔는지 알아보라 심부름을 보냈더니 옷을
가져오란다고 거짓말하고 빼앗아 집에 가져갔구나.”

“바로 그렇습니다.”

“세오녀가 입을 여자 옷은 홍매가 입었다면서요? 언젠가 홍매가 달
이 그려진 멋진 비단옷을 자랑하는 걸 잠깐 보았는데, 맞아. 옷이 마
우 훌륭하다고 칭찬했더니 값을 치르지 않았다기에 은 백 냥을 주었
지. 바로 말해서 홍매 때문에 세오녀를 깜박했던 것이오. 그나저나 장
군은 어떻게 그처럼 자세히도 알았소?”

“거리에 떠도는 이야기일 뿐입니다.”

“서라벌 거리에 그런 시시콜콜한 내 이야기가 떠돌다니, 참으로 거
북하네. 어떻든 세오녀는 다시 한번 만나보고 싶소.”

“세오녀는 이미 시집가서 지아비가 있습니다. 죽은 철부 장군의 며
느리가 되었다고 들었습니다.”

“철부의 며느리라고? 시집갔다고 해도 아직은 날 잊지 못할 것이
오. 날 좋아하고 있다면 불러서 며칠 논다고 무슨 큰 흉이 되겠소?”

“대왕께서 또 만나려 하신다면 중신들에게 흉잡힐까 두렵습니다.”

“보기 드물게 예뻤는데 참 아쉽네. 장군이 뜻이 다른 데다 요즘엔
왕비가 두 눈 부릅뜨고 지켜보니 다음으로 미루겠소. 하지만 그가 짠
비단이라도 한번 보았으면 좋으련만…. 낙랑비단보다 더 좋은 비단을

짜겠다고 했는데.”

왕은 그녀에 대한 꿈을 딱 끊지 못하는 눈치여서 무턱대고 반대만 할 수 없었다.

“곧 불러오도록 하겠습니다.”

“기다리겠소.”

잠시 뭔가 생각에 빠져 있던 왕이 느닷없이 말했다.

“세오녀. 참 깨끗하고 예쁜 처녀였지. 제2왕비 시켜 주겠다고 마구 허풍까지 떨었으니 내가 아주 푹 빠져 버렸던 거야. 후궁으로라도 먼저 데려다 놓고 볼 일이었는데 홍매 년의 농익은 살 맛에 취해서 어이없이 그녀를 잊어버렸으니. 하지만 비단 구경하는 거야 무슨 허물이 되겠소?”

왕은 스스로 탓하면서 그녀의 비단을 핑계로 얼굴이나마 한번 보고 싶은 욕심을 거두지 않았다. 그냥 넘길 수 없었다. 여러 번 생각해 본 끝에 벌휴는 대왕이 세오녀가 짠 비단을 보고 싶어 한다고 세월랑의 큰집에 전했고, 큰집은 오내벌에 전하고 다시 심부름꾼이 도기야에 닿기까지 여러 날이 지나갔다.

18

파진찬 신웅의 토평군은 모두 1천 명에 이르렀다. 근기국을 치자고 우겼던 그는 이번 일을 멋지게 이뤄내서 공을 쌓고 싶었다. 다만 이찬의 말씀을 새겨듣고 서두르지 말라던 왕에게 눈치 보여 출정하는 날은 조금 늦춰 잡기로 했다.

그는 오내벌 세월랑이 스스로 홍패에게 군량을 대주던 일을 떠올리고 이번에도 그렇게 하고 싶었다. 1천 명이 먹을 적잖은 군량을 일일이 실어 나르기보다는 도기야와 오내벌에서 내놓도록 하고 그만큼 가을에 공납을 면해 주면 서로에게 편하고 중신들도 자기 일솜씨를 돋볼 것이라 생각했다.

그는 서라벌에 앉아서 오내벌과 도기야에 사람을 보냈다. 근기국을 토평할 군사를 데려갈 것인즉 각각 2백 섬의 군량을 내놓으면 올가을의 공납을 그만큼 줄여 주겠다고 했다. 4백 섬만 있으면 근기국을 토평할 때까지 버틸 수 있을 것으로 보았다. 오내벌과는 달리 도기야는 땅이 메마르다고 곡식 대신 미역 따위를 바치는 줄은 미처 몰랐다.

아침 일찍 말 타고 떠났으니 해 질 무렵에 돌아올 것이라 믿었는데 하루 늦어졌다. 게다가 지금은 양식이 귀한 철이라 그만한 군량을 마련하기 어려우니 가을 이후라면 두말 않겠다며 어떻게 할는지 답을 보내 달라고 했다. 토평을 늦춰 달라는 말은 없었지만 어쩌면 그렇게 풀이할 수도 있고, 답까지 보내 달라니 은근히 약이 올랐다.

"제까짓 것들이 뭔데 건방지게 답을 보내 달라니, 가을 이후에 오라니 마라니 참견인가?"

사실은 오내벌이나 도기야에도 그만한 군량은 있었다. 전령의 기별을 받자마자 세월랑은 도기야로 급히 달려가 어머니와 누이를 만나고 연오랑과 이야기해서 얻어낸 방책이었다. 답을 보내니 마느니 하다 며칠이라도 늦춰지면 떠날 시간을 벌어서 다행이고, 아니라도 밑질 것이 없었다.

연오랑이 신옹의 답을 기다리는 동안에 돌아올 때가 지난 배들은 나타나지 않았다. 게다가 며칠째 비가 내리고 바람이 불며 거센 너울이 일었다. 밤에 잠자리에 누우면 꽤 멀리 떨어졌는데도 어링불에서 바다가 들끓는 '쏴 쏴' 하는 파도 소리가 귀를 후벼 잠을 이룰 수 없었다. 그 무렵에 세오녀가 비단을 갖고 서라벌로 와서 대왕을 만나라는 벌휴의 기별이 닿았다.

공주에게 물었다.

"벌휴 장군이 아내더러 비단을 갖고 와서 대왕을 만나라는 전갈을 보냈으니 어쩌면 좋겠습니까?"

"배 돌아올 날이 벌써 지났는데도 마냥 늦어지니 무슨 일이 있는지? 딸아이를 서라벌로 보내 서라벌군을 며칠이라도 늦추도록 대왕께 청해 보는 것이 어떨까?"

"과연 왕이 아내의 말을 받아들일까요? 별로 내키지 않습니다."

"왜? 지어미를 왕에게 빼앗길까 두려운가?"

"아닙니다. 아내는 저를 버리고 왕을 따라갈 여자가 아닙니다."

"그 믿음이 고맙네. 내 생각은 보내는 쪽이야. 어차피 근기국을 그냥 두지는 않겠지만, 마지막 배들을 띄울 때까지는 서라벌 토평군이 오지 말아야 하네. 왕을 만나 근기국이 스스로 항복하도록 중간에 들겠으니 잠깐 기다려 보시라고 하면 늦출 수 있다고 생각하네."

"스스로 항복하도록 중간에 든다고요? 그러고 보니 이모 말씀에 따르는 것이 좋겠네요. 내일 당장 아내를 서라벌로 보내겠습니다."

세오녀는 어머니와 남편으로부터 왕을 만나면 무슨 말을 어떻게 할는지를 꼬치꼬치 듣고서 비단보따리를 갖고 서라벌로 떠났다.

여러 날 이어지던 비바람이 가라앉자 연오랑과 무영 공주는 어링불에 나가서 바다를 바라보며 돌아오는 배를 기다렸다. 오던 중에 거센 너울을 만나지나 않았는지, 왜에서 무슨 일이 일어나지는 않았는지 궁금해서 견딜 수 없었다. 세오녀가 서라벌로 떠난 날 해 떨어질 무렵에 드디어 곶을 돌아오는 배가 나타났다. 열흘이나 늦어졌다.

왜로 갔던 스물두 척과 왜선 다섯 척이 차례차례 나루로 다가왔다. 배에서 내린 고질부는 오키에서 주타로가 오키노 섬이 기습해 온 것을 불화살로 물리쳐 젊은 족장으로부터 다시는 싸우지 않겠다는 약속을 받아냈다고 이야기했다. 연오랑은 크게 기뻤다.

"그 노인이 아직은 제법이네."

세오녀가 왕을 만나려고 서라벌로 가고 왜로 갔던 배들이 돌아온 날 파진찬 신웅은 근기토평장군신웅勤耆討平將軍信擁이란 깃발을 앞세워 오내벌에 들어왔다. 그는 홍패의 군사들이 머물던 자리를 중심으로 더 넓게 터를 잡아 군영을 마련했다.

신웅은 이튿날 아침 일찍 일어나 이것저것 생각해 보니 오내벌과 도기야가 입을 맞춰 당장은 군량을 대주기 어렵다고 꽁무니 뺀 것이 다시 한번 괘씸했다.

"가을걷이 때까지 늦췄다가 흐지부지해 버리자는 말이겠지. 내가 그냥 넘길 사람인가? 어림없어."

혼자 중얼거리고 있을 때 부장 하나가 들어와 말했다.

"도기야가 좀 이상합니다. 여러 마을이 텅텅 비고 있답니다."

"마을이 텅텅 비다니? 백성들은 모두 어디로 갔다는 말인가?"

"이리저리 다니며 알아본즉 도기야 백성들이 여러 날 전에 배 타고 많이 떠났는데 어떤 이는 변한 쪽으로 갔다 하고 어떤 이는 왜로 건너갔다고 말했습니다."

"설마 왜로야 갔겠는가? 변한?"

"자세히는 모르나 군사들도 많이 따라갔다는데요. 얼마 전에 쫓겨났다는 근기국 무금왕도 백성들과 군사들 데리고 어디론가 배 타고 떠났답니다."

"두 패가 함께 갔나?"

"그것까지는 알 수 없지만 떠난 나루는 다르답니다. 각각 자기네 나루에서 떠난 게지요."

"홍팬가 뭔가 하는 녀석이 끌고 나갔던 군사들을 덮친 게 혹시 도기야 쪽이 아닌가? 근기국 군사가 맞는가?"

"근기국 쪽이 틀림없답니다. 쫓겨난 왕이 서라벌로 귀순하러 간다고 해서 새 왕이 경계를 넘어 잡으러 왔다는 것이지요."

"홍패 그놈은 쫓겨난 왕을 왜 찾아다녔나?"

"서라벌 조정에 바치면 큰 상금을 받는다며 찾았다고 했습니다요."

"거참, 엉덩이에 뿔난 놈이네. 죽어도 싸지."

"숲실나루에는 마침 도기야 군사가 없었답니다. 일 벌어지고 나타나서 근기국 군사를 내쫓고 우리 쪽 주검을 챙겨 줬답니다."

"정말 그렇다면 근기국의 소행은 의심할 것 없고…, 저들을 쫓아냈다고는 하지만 어쩐지 도기야도 수상탄 말이여."

그는 홍패를 죽인 것이 근기국의 짓이라는 것을 뻔히 알면서도 도기야에 대한 의심을 거두지 않았다. 뿐만 아니라 자기 앞을 가로막는 어떤 세력도 가만두지 않겠다는 마음으로 적잖게 들뜨고 북받쳐 있었다.

부장에게 말했다.

"지금 곧 사람을 보내 도기야의 연오랑을 오늘 안으로 좀 만나겠다고 이르게."

"어디서요?"

"어딘 어디랴. 여기지."

"오지 않으면요?"

"모셔오는 것이 아니라 데려오라는 것이다. 끌고라도 와야지."

"끌고라도 오라고요?"

명을 받고 나갔던 오장이 저녁때 돌아와 고했다.

"연오 장군은 이곳저곳 돌아본다며 나가고 없어 만나지 못했습니다, 내일 돌아오시면 곧바로 말씀드린다고 모시는 사람이 말했습니다."

"도기야는 어떻더냐?"

"당평 치소에는 별다른 조짐이 없었습니다."

관내를 돌아본다고 한 연오랑은 숲실나루에서 마지막 배 띄울 채비를 서두르고 있었다. 이제 이틀 말미만 주어지면 쥐도 새도 모르게 떠날 수 있을 것인데 새로 오내벌에 닿은 사로국 군영의 움직임이 뜻밖에도 바쁘게 돌아간다는 보고를 받고 있었다. 왕을 만나러 서라벌로 간 세오녀에게는 빨리 돌아오라는 기별을 보내 놓고 있었다.

연오랑은 신웅이 사람을 보낸 다음날 아침 우대랑으로부터 모든 준비가 끝나서 미리 정한 대로 내일 새벽이면 떠날 수 있을 것 같다는 말을 듣고 무거운 짐을 내려놓은 홀가분한 마음으로 오내벌로 향했다.

그는 먼저 세월랑을 만나 작별의 점심을 먹고 이야기를 나누다 군영으로 갔다. 신웅의 얼굴이 어쩐지 곱지 않아 보였다.

"도기야의 연오랑입니다. 늦어서 죄송합니다."

"잘 오시오. 듣자니 도기야에 이상스러운 게 한둘 아니오. 백성과 군사들이 모두 어디로 가서 숨었소?"

"숨었다고요? 고기잡이들이 남쪽 바다에 멸치가 많이 잡힌다며 몰려갔을 거요."

"그 많은 사람들이 모두 고기잡이 나갔단 말이오?"

"아, 동예나 옥저로 물건 사고팔러 간 사람이나 남의 농사에 품 팔러 나간 일꾼도 적지 않겠지요."

"그게 말이 되오? 백성들이 움직이는 것을 살피지 않고 있잖소?"

"무슨 말씀이오? 선대 장군께서 이 땅에 와서 근기국을 내쫓고 왜구를 물리쳐 수십 년 동안 백성들이 배부르게 먹고 걱정 없이 살 수 있었소. 왜구가 단 한 번이라도 맏내를 거슬러 서라벌을 넘본 적이 있었던지 말해 보오."

"나는 대왕으로부터 옛 근기국 땅을 빠짐없이 살피라는 명을 받았소. 백성이 집을 비우고 떠났으며 군사가 간 곳을 모르니 책임을 묻지 않을 수 없소."

"장군께서 뭔가 잘못 알고 계시네요. 도기야는 군현에 들어간 땅이 아니오. 조정에서는 군현을 둘 때까지 내가 다스리도록 명하고 왜구를 막을 책임을 지웠던 것이오. 군사들이 군영을 벗어났든 백성이 집을 비웠든 내가 맡은 일을 다하는데 장군이 이러쿵저러쿵 나설 것이 없잖소? 아내가 지금 대왕께 비단을 바치러 서라벌에 가 있으니 기별하여 장군의 이 잘못된 간섭을 바로 말씀드리도록 하겠소.”

신웅은 대왕께 말씀드린다는 것에 기가 죽어 잠깐 멈칫하는 듯했다. 그때 한 부장이 들어와 귓속말을 나누더니 빙그레 웃으며 다가왔다.

“내가 알아본즉 도기야 백성들이 왜로 떠난 것이 분명하다네요. 왜로 갔다면 노비로 팔려 갔을 터인데 당신이 아무리 싸워서 빼앗은 땅을 다스린다고 할지라도 백성을 마음대로 팔아먹게 놔둘 수는 없소.”

“팔아먹다니요? 말조심하오. 내 분명히 말하겠소만….”

기죽지 않고 한바탕 붙으려 목소리를 높였으나 뒷말이 이어지기도 전에 귓속말을 나누던 그 부장이 다시 황급히 들어와서는 큰 소리로 말했다.

“장군! 근기국 군사들이 도기야를 넘어섰다고 합니다. 숲실 마을을 지나 언덕 밑 길로 들어서서 이쪽으로 몰려오는 중이랍니다.”

“그래?”

신웅이 마음이 급해져 자리에서 벌떡 일어났다.

연오랑이 말했다.

“장군은 근기국을 토평하러 여기 오지 않았소? 우리가 힘을 합치면 쉬울 터인데 엉뚱하게도 날 여기 불러 놓고….”

신웅은 연오랑의 말을 받아들이고 싶지 않았다. 백성을 팔아먹었든 아니든 큰소리치는 것이 귀에 거슬리는 데다 이 좋은 기회에 혼자서 공을 세우겠다는 욕심이 솟아났다. 근기국쯤이야 싶었을까?

연오랑의 말이 끝나기도 전에 부장에게 말했다.

“지금 바로 출전하겠네. 자네가 남아서 내가 돌아올 때까지 연오 장군을 모시고 있게. 아니, 분명하게 해 두자. 지금 곧 가둬라.”

“예.”

신웅은 갑자기 닥친 일에 마음이 급해져 자기도 모르는 사이에 지나치게 나왔다. 연오랑이 벌떡 일어나 외쳤다.

“이게 무슨 짓이오?”

신웅은 들었는지 못 들었는지 대답도 없이 밖으로 나가 버렸고, 군사 대여섯이 오더니 연오랑을 끌고 가 곳집에 가둬 버렸다.

세월랑은 연오랑이 군영 곳집에 갇혀 있다는 소식을 듣고 신웅을 만나 풀어 주도록 이야기하러 찾아갔으나 그가 이미 출전해 버려 만날 수 없었다. 날랜 심부름꾼을 보내 도기야에 알리는 수밖에 없었다.

신웅은 급히 군사를 이끌고 찬내까지 갔으나 근기국의 침공이 잘못 알려진 것이어서 찬내에 군사 십여 명을 머무르게 하고는 곧 되돌아왔다. 연오랑을 곳집에 가둔 일은 까맣게 잊어버렸다.

19

근기국 새 왕은 무금을 잡으러 숲실나루로 나갔다가 뜻밖에도 서라벌 군사를 만나 백인장과 군졸 몇을 죽였다. ‘아차’ 하고 걱정되었지만 두고 보다 만일 죄를 물어 오면 공물을 바치고 빌어 볼 생각이었다.

그때 중신 하나가 와서 말했다.

“지금 오내벌에 사로국 군사 1천 명이 들어왔답니다. 홍패가 데려왔던 1백을 불러들이고 다시 보낸 것입니다.”

"뭐라고? 1백이 가고 1천이나? 일이 눈덩이처럼 커지네. 어쩐다?"

"고작 대여섯 놈 죽었다고 허풍떨며 1천이나 다시 보냈다면 어차피 가만있지 않을 놈들입니다. 지금 도기야는 사람들이 어디론가 떠나가면서 하루 다르게 텅텅 비어 가고 있답니다. 다시 군사를 보내는 것은 아마도 그 땅을 차지할 속셈이겠지요. 그렇게 되면 우리는 아주 어려워집니다."

"우리 것 잘 지키는데 왜 어려워지나?"

"옛 땅 잃고도 서른 몇 해 견뎌 온 것은 무금의 아버지가 두 딸을 도기야와 오내벌에 팔았기 때문이 아닙니까? 이제 서라벌이 도기야를 차지하고 나면 우리를 그냥 두겠습니까? 앉아서 당하지 말고 차라리 이참에 그들을 칩시다."

"무턱대고 싸움을 벌여 우리 적은 군사로 어떻게 하자는 말인가?"

"군사가 적다고 할 일이 없겠습니까? 밤중에 몰래 고기잡이배로 맏내를 거슬러가 오내벌 서라벌 군영을 치면 저들을 크게 무찌를 수 있습니다. 하지만 1천 군사를 모조리 죽이지는 못하니 저들은 이튿날 틀림없이 우리를 뒤따라올 것입니다."

"그러니까 말일세."

"숲실을 지나 술미까지 달아나 산길로 접어들고 동심밑에 숨어 있다가 좁은 골짜기로 따라 들어서면 화살로써 아주 짓뭉개 버리자는 것입니다."

"동심밑이 군사를 숨기기는 아주 좋은 곳이지만, 희날재로 오지 않고 뭣 땜에 술미로 둘러 올까? 빠른 지름길 놔두고 말일세."

"쉬운 일입니다. 기습 갔다 오는 군사들을 떠들썩하게 숲실에서 맞이하고 뒤쫓아오는 것을 피해 술미로 물러서는 것입니다. 약이 오르면 따라오기 마련입니다."

"한 번 이겨서 끝장낼 수 있을까? 두고두고 골치 아플 텐데."

"마침 오내벌에 들어온 녀석은 싸움에 신출내기인 신홍이란 놈인데 이참에 그를 물리쳐 철부에게 빼앗겼던 도기야를 되찾고 백성을 모아 군사를 늘려 놓으면 서라벌도 함부로 나서지 못하겠지요."

"그 땅만 찾는다면 옛날처럼 많은 군사를 길러 사로국에 맞설 수 있다는 말이지? 그렇게 맞서면 그들이 집어삼킨 여러 곳에서 들고일어날는지도 모르겠는데…."

새 왕은 한 손으로 이마를 짚은 채 눈을 내리깔고 뭔가를 깊이 생각하더니 한참 만에 고개를 번쩍 쳐들고 말했다.

"경의 말이 버릴 것이 없다. 어차피 우리를 치려고 군대를 보냈다면 죽기로 싸워야 살 길이 열리겠지. 밤에 날쌘 몇백을 보내 저들을 박살내자."

"배로 가야 하니까 한꺼번에 많이 보낼 수는 없고 1백쯤 싣고 가지요."

"그렇게 하자. 저들이 뒤따라오는 동심밑에 3백쯤 숨겨 두었다가 끝장내야지. 그 싸움에 이기면 머뭇거리지 말고 도기야를 되찾도록 하자."

"훌륭하십니다. 만일 동심밑에서 맞붙으면 저들은 독 안에 든 쥐가 될 것입니다. 그냥 놔둬도 그 길로 용주성까지 오려면 모두 지쳐 쓰러질 테지요. 싸움에 이기려면 적이 지치기를 기다리라고 했습니다."

오내벌에서 동쪽으로 들길을 한참 와서 찬내를 건너고 도기야 언덕

밑 바닷가를 따라오면 몰개월을 지나 약밭에서 길이 갈라진다. 똑바로 가면 희날재고 왼쪽으로 굽어지면 곧 숲실에 이른다. 바깥바다 쪽 용주성에 가려면 희날재 길이 훨씬 빠르고 쉽지만 안바다 쪽의 근기국 군영이 숲실을 지난 바닷가 술미에 있다. 그 군영에서 오른쪽 내륙으로 돌아 재 두셋을 넘으면 바깥바다에 이르고 용주성이 남쪽으로 빤히 보인다.

도기야에 머물던 무영 공주는 사위 연오랑이 신웅의 군영에 갇혔다는 아들의 기별을 받자마자 다시 근기국 군사들이 밤중에 배 타고 가서 신웅의 군영을 기습하려 한다고 염탐꾼이 알려 오자 기가 막혔다.

우대랑과 수달을 불러 물었다.

"배 떠날 준비는 어떻게 되었소?

"오늘 해 질 무렵에 백성들이 모두 배에 오릅니다. 내일 새벽에 떠나려 합니다. 오늘 밤 자정에는 이곳 치소를 버리겠습니다. 오내벌에 가신 장군은 아직 돌아오지 않았습니까?"

"연오 장군은 지금 오내벌에 갇혀 있소."

"옛, 갇혔다고요? 왜 가뒀답니까?"

"왜 가뒀는지 모르겠소. 배는 곧 떠나야 하는데 장군이 잡혀 있으니 어쩌면 좋겠나? 그뿐이 아니오. 오늘 밤 근기국 군사들이 배 타고 오내벌로 가서 서라벌 군영을 기습한다는군요. 만일 저들이 갇혀 있는 연오 장군을 손에 넣는다면 철부 장군에게 앙심을 품었으니 곱게 돌려보내지 않을 거요."

"큰일이네요."

"그뿐이겠소? 저들이 이기든 지든 서라벌 군사가 내일 아침이면 반

드시 뒤쫓아올 것이고, 숲실나루에 닻을 내린 우리 배는 모두 드러나
고 말 것이오. 큰 배 수십 척을 그냥 두고 보겠소? 연오 장군을 가둔
엉뚱한 놈들이니 우리를 칠는지도 모르지요. 그렇다고 이번이 마지막
인데 장군만 남겨 놓고 배를 띄울 수도 없고. 어떻게든 빼내서 내일
새벽에 떠나야 하는데….”

공주는 초조하고 답답하여 눈물을 글썽였다.

우대랑이 말했다.

“오늘 밤 안으로 장군을 모셔와야 합니다. 마지막이 이렇게 어려울
줄은 차마 몰랐습니다. 신옹을 만나 풀어 달라면 안될까요? 정말 막막
하네요.”

“신옹이 풀어 준다면 무슨 걱정이겠어요. 어떻게 일이 이렇듯 꼬
이나? 그놈이 우리와 무슨 원수 졌다고 죄 없는 내 사위를 가둔단 말
인가?”

아무도 묘책을 내놓지 못하여 모두 아무 말도 않고 있었다. 눈을 내
리감고 뭔가를 생각하던 수달이 한참이나 지나서 불쑥 입을 열었다.

“제가 장군을 빼내겠습니다. 마침 근기국 군사들이 배 타고 가서 서
라벌 군영을 기습한다니, 우리 역시 작은 배로 군졸 너덧 데리고 뒤따
라가서 두 패가 싸우는 틈을 노려 장군을 모시고 나오겠습니다.”

우대랑이 말했다.

“좋은 방법이오. 이 일에 우리 모두의 앞길이 달려 있습니다. 그런
데 빼낸다 해도 문제는 남겠네요. 마님께서 서라벌에 가시지 않았습
니까?”

무영 공주가 말했다.

"이러지도 저러지도 못하겠네. 서라벌에서 여태 뭘 하고 있나? 이런 줄 알았으면 돌아오라고 기별을 넣을 것이 아니라 아예 데려오라 했을 것인데…. 어떻든 갇힌 장군은 빼내지 못하면 목숨을 지키기 어렵고, 딸애는 제 발로 이 밤까지 돌아오지 않으면 배에 태울 수 없다. 어쩌지? 어쩌지?"

공주는 속으로 혹시나 딸이 다시 왕의 꼬임에 넘어가 후궁이라도 되겠다고 눌러앉지는 않았는지 걱정되었으나 그건 뒷일이다.

아무도 대답하지 못하자 공주가 말을 잇는다.

"장군을 빼내 왜로 보내고, 내 딸은 오늘 밤에 오지 않으면 다음에 보낼 수밖에 없네요. 만일 장군을 구해내면 곧바로 마지막 배들을 띄우고 그 애가 뒤따라갈 수 있게 물길 아는 사람 한둘을 남겨 주오."

수달이 말했다.

"장군을 빼내서 배에 올려보낼 수 있다면 제가 여기 남겠습니다. 반드시 열흘 안으로 마님을 모셔 함께 가겠습니다."

"과연 수달 부장이오. 우리는 병야丙夜(자정)가 넘으면 언제라도 떠날 수 있게 닻을 올려놓고 기다릴 것이오."

공주가 다시 말했다.

"그것 참 좋은 생각이오. 어떻든 내 딸은 돌아오는 대로 수달 부장에게 맡기겠소. 수달 부장, 장군과 내 딸을 부탁하오."

수달은 무영 공주와 우대랑을 헤어져 밤이 되자 작은 배 한 척에 가려 뽑은 용사 넷을 태워 안바다를 가로지르고 부지런히 노를 저어 맏내를 거슬러 올라갔다. 내 어귀에서 오내벌까지는 10리 남짓 하고 물이 흐르는 듯 마는 둥하여 노 젓기에 별로 힘이 들지 않는다. 나루 가까운 갈대밭에 배를 숨겼다.

"우리는 이쯤에서 기다려 보자. 근기국 군사들이 정말 쳐들어오는지."

강가에 엷은 안개가 자욱하여 숨기가 좋았다. 찰싹찰싹 모래톱에 작은 물결 부딪히는 소리밖에 들리지 않는다.

"부장, 아무 소리도 들리지 않는데요."

"좀 더 기다려 보아야지."

한참 만에 귀 밝기로 소문난 그 군졸이 속삭였다.

"무슨 소리가 들리네. 그렇죠? *놀좆 소리네요. 뱃전에 물 닿는 소리도요. 아, 중얼거리는 말소리도 들렸어요."

다섯은 납작 엎드려 숨소리를 죽인 채 기다리자 열 척쯤 되는 고기잡이배들이 어둠을 뚫고 나타났다. 물 위에 드러난 배와 사람 모습이 흐릿하게 어른거린다. 바로 코앞을 지나더니 얼마 안 가서 멎고 곧이어 첨벙대는 소리가 몇 차례 들렸다.

맏내에서 뭍에 오른 근기국 군사들은 1백 명쯤이었다. 수달이 이끄는 도기야 패는 조심스럽게 뒤밟아 갔다. 그들은 군영 가까이 다가가더니 불씨로 횃불 여러 개에 불을 붙여 안으로 던지고 불화살을 날렸다. 막사에 불길이 번지자 크게 외쳐 대며 돌진했다. 잠깐 사이에 군영은 아수라장이 되었다.

수달은 장군이 갇힌 곳집이 어디 있는지 듣고 있었다. 다섯은 근기국 군사들 틈에 끼어 재빨리 내달아 두 패가 서로 싸우는 곳을 요리조리 비키며 곳집으로 갔다. 파수병도 보이지 않았다.

수달이 나지막이 부른다.

---

*노를 끼우기 위해 뱃전에 꽂아 둔 못. (놋좆의 사투리)

"장군!"

"수달 부장이오? 나 여기 있소."

말소리 주인을 알아들은 연오랑이 응답했다. 한 군졸이 가져간 쇠도끼로 내리쳐 문을 부수고 수달이 안으로 들어갔다.

그가 기다렸다는 듯 어둠 속을 더듬어 수달의 손을 잡았다.

"우리 군사를 데려왔나요?"

"아닙니다. 근기국이 왔네요."

"근기국요? 그 틈을 노렸구나. 어떻든 잘됐소."

긴 말을 나눌 틈이 없었지간 연오랑은 쳐들어온 무리가 자기 쪽이 아닌 것에 마음 놓는 듯했다. 그는 떠나는 마지막까지 서라벌 군사와 싸우고 싶지 않았다. 여섯은 군영을 빠져나와 만내로 달려갔다.

냇가로 나와 뒤돌아보니 군영 두세 채가 불타고 있었다. 감춰 둔 배로 만내를 내려와 어귀의 섬들 사이를 빠져나오고 안바다를 가로질러 숲실나루에 다가갔을 때는 이미 정야丁夜(四更사경. 밤 1시부터 3시까지)의 막바지에 있었다. 먼동이 트기까지 오래 남지 않았다. 그런데 나루 쪽의 낌새가 께름칙했다. 서른 척이 넘는 배가 모여 있다면 뭔가 달리 보일 텐데 아무런 기미도 없었다.

수달은 고개를 갸웃거렸다.

"거참 알 수 없네."

말이 떨어지자마자 뭐라고 크게 외치는 소리가 들리더니 느닷없는 불화살이 어지럽게 날아왔다.

"앗! 불화살이다."

어둠 속에서 어림잡아 쏘는 데다 마침 모두가 나루 쪽을 바라보던 참이라 재빨리 뱃전 아래로 엎드려 아무도 맞지는 않았다. 하지만 열 개도 넘는 불화살이 뱃전과 돛폭에 이리저리 꽂혔다. 급하게 돛을 내리며 뱃머리를 돌리고 노를 저어 멀리 빠져나왔다.

불화살을 피하여 노를 젓는 동안 뱃전에 박힌 것을 빼내지 못했고 내린 돛폭이 타면서 좁은 배 안에 이리저리 불이 옮겨 붙었다. 뜨거운 불길이 번져 눈 뜨기조차 어려워지자 모두 텀벙텀벙 물속으로 뛰어들었다.

헤엄쳐 머리만 물 바깥에 내놓고 연오랑이 물었다.

"수달 부장, 어찌된 일이오?"

"아마 근기국 군사가 오내벌에 갔던 패를 기다리겠지요. 뭍에서는 그들을 막을 우리 군사가 하나도 없지 않습니까? 그나저나 우리 배는 모두 어디로 갔지? 저쪽에 넙치바위가 있습니다. 그리로 헤엄칩시다."

수달 부장이 차분하게 앞쪽을 가리켰다. 물 위로 솟은 작은 바위 하나가 어렴풋이 보였다. 이 바위에서 낚시하면 넙치가 잘 잡힌다고 붙여진 이름이다. 먼저 바위에 오른 수달이 손을 내밀어 연오랑을 잡아 끌어올렸다.

"곧 날이 밝을 터인데…."

연오랑은 밤바다를 바라보며 어찌할 바를 몰랐다.

타고 온 배가 불타 가라앉아 바다가 다시 깜깜해졌을 즈음에 작은 배 하나가 다가왔다. 우대랑이었다. 수달이 크게 외쳐 그가 바위로 올라오자 연오랑이 덥석 손을 잡고 물었다.

"어떻게 된 일입니까?

우대랑은 미리 약속한 대로 닻을 올려 떠날 준비를 다치고 기다리던 중에 근기국 군사들이 갑자기 몰려와 불화살을 쏘기에 재빨리 피해서 배를 멀리 빼놓고 있었는데 다시 불길이 타오르기에 달려왔다는 것이다.

연오랑이 말했다.

"그나저나 수달 부장이 아니었으면 일이 틀어질 뻔했네요."

"이 일을 하려고 어릴 때 물귀신이 여기로 오지 않았습니까?"

"빨리 모두 배에 오릅시다. 수달 부장도 오르시오."

"저는 아직 할 일이 남아 있습니다. 서라벌에 가신 마님이 돌아오시면 모시고 가야지요."

"아내가 돌아오지 않았다는 말이오? 빨리 오라 일렀는데 아직 소식이 없던가요? 그럼 어쩌지? 아내를 두고 갈 수는 없는데…."

"마님 걱정은 하지 마십시오. 공주께서 열흘 안으로 다님을 보내시겠다며 그 일을 제게 맡겼습니다. 신명을 바쳐 마님을 모시겠습니다. 지금 곧 오내벌에 기습 갔던 근기국 배가 몰려올 것이니 빨리 떠나십시오. 제발 물길이 조용하기를 바다의 귀신에게 빌겠습니다."

"저쪽에서 만납시다."

연오랑이 큰 배에 오르고 수달 부장 등 다섯은 우대랑이 탔던 작은 배로 오내벌로 돌아가기로 했다. 먼동이 트고 있었다. 그들이 안바다 한가운데서 작별하는 동안 멀리 지나가는 배 여러 척이 희미하게 건너다보였다. 기습 나갔던 근기국의 배가 숲실나루로 몰려가는 듯했다. 저쪽에서 보았는지 아닌지는 알 길이 없었으나 서로 마주치지 않은 것이 다행이었다.

서른세 척의 큰 배들이 한꺼번에 돛을 올리자 바람이 가득 안긴다. 어느덧 어둠이 걷히며 총총하던 별이 사라지고 있었다.

연오랑은 고개 들어 남쪽을 바라보았다. 하늘은 맑은 모습을 되찾고 있었으나 멀고 가까운 산은 아직도 어둠이 물러나지 않았다. 아버지 어머니의 뼈를 저 하늘 아래에 묻었다. 문득 내 무덤이 없어야 네가 이 언덕에서 벗어날 수 있다던 마지막 말씀이 떠오른다. 도기야의 시대, 아버지의 시대를 빨리 마감하고 새 꿈을 이룩하라는 큰 뜻이 담겨 있었다. 그렇다. 이제 검은 까마귀가 되어 나의 시대로 훨훨 날아가야 한다.

"도기야 잘 있어. 아버지 어머니, 평안히 잠드십시오. 이 아들은 돛폭에 바람 안고 먼 왜의 땅으로 가서 아버지의 꿈을 이룰 것입니다."

배들이 근기곶 모퉁이를 돌아 바깥바다로 나서자 티 없이 맑은 수평선에서 눈부신 아침 해가 떠올랐다.

20

기습 왔던 무리가 빠져나가자 오내벌의 사로국 군영은 쑥밭이 되었다. 군졸 쉰넷이 죽고 마흔다섯이 다쳐 모두 1백에 하나가 모자랐다. 다친 자들은 대부분 상처가 깊고 곧 숨넘어갈 자도 많을 듯했다. 기습해 온 둘의 주검을 찾아냈고 셋이 크게 다쳐 달아나지 못한 채 잡혔다. 군영 세 채가 불에 탔고 가둬 놓은 도기야의 장군 연오랑을 데려가 버렸다.

신웅은 처음에 도기야 군사들이 연오랑을 빼내려고 한 짓으로 알았

으나 둘의 주검을 살피고 달아나지 못한 놈들을 데려와 보니 뜻밖에
도 근기국 군사들이었다. 그들은 연오 장군을 빼내라는 명을 받지 않
았고 갇힌 것조차도 알지 못했다. 근기국 왕과 연오랑이 좋은 사이가
아니라 하니 구하러 보냈을 티도 없다.

그 어지러운 틈에 연오랑이 홀로 달아난 것일까? 가둬 두었던 곳집
문에 도끼 자국이 뚜렷한 걸 보면 혼자는 아니었다. 도무지 가늠할 수
없었다. 어떻든 기습해 왔던 근기국을 혼내 줘야 한다. 그냥 혼내고
마는 것이 아니라 이참에 아주 끝장내야 한다. 아니면 많은 군사를 잃
은 죄로 서라벌에 돌아가 목을 내놓아야 할는지도 모른다.

신옹은 여러 부장들을 모아 놓고 말했다.

"하룻강아지 범 무서운 줄 모른다더니…. 근기국 놈들이 벌써 두 번
째라 내 이것들에게 본때를 보여 줄 거요. 날이 밝으면 곧 출정할 것
이니 군졸들을 배불리 먹이고 준비를 서두르시오."

장군이 분한 마음에 이를 뿌드득뿌드득 갈며 원수 갚겠다고 나서자
아무도 말릴 수 없었다. 세월랑에게는 말하지 않았다. 근기국을 토평
하면 어차피 오내벌까지도 모두 군현에 넣어야 하는데 공을 세울 기
회를 줘서는 안된다고 생각했다.

신옹은 1백의 군사를 군영에 남겨 다친 자를 돌보며 보급을 잇게 하
고는 8백 군사를 데려가기로 했다. 다급한 마음으로 부장들을 재촉했
지만 밤새 벌어졌던 일을 수습하느라 해가 뜨고서야 움직이기 시작했
다. 긴 줄이 오내벌 넓은 들녘을 가로지르고 있을 때 염탐하러 나갔던
자들이 돌아왔다.

"근기국 놈들은 어디로 달아났나?"

"놈들은 배 타고 숲실나루로 가서 기다리던 녀석들을 만나 돌아
갔답니다. 숲실에서는 도기야 배를 불화살로 쏘아 한 척을 불태웠
답니다."

"배로 맏내를 내려가 바다 건너 숲실에서 뭍에 올랐다는 말이지?
그런데 도기야 배도 불태웠다니 영문을 알 수 없네."

신웅은 좀 미심쩍었지만 어떻든 적을 빨리 따라잡으려고 걸음을 서
둘러 백성들이 아침밥 먹을 무렵에는 연오랑이 다스린다는 찬내에 이
르렀다. 찬내에서 몰개월까지 가는 동안 길에서 아무도 만나지 못했
다. 죽음의 땅 같았다.

"떠도는 말처럼 모두 어디로 가 버렸나? 한 놈도 보이지 않네. 살기
좋다는 게 헛소문이었나?"

약밭의 갈림길에 이르렀을 때 부장이 한 노인을 데려왔다. 신웅이
물었다.

"도기야에는 왜 사람이 보이지를 않나? 모두 어디로 갔지?"

"배 타고 옥저나 동예로 갔다는데요. 변한 쪽으로 간 사람도 있다
하네요.

"근기국 군사는 어디로 갔소? 군영은 어디에 있소?"

"왼쪽으로 저기 보이는 마을이 숲실이지요. 어젯밤 그쪽 마을이 왁
자지껄하면서 불화살이 날고 바다에서 불길이 솟아올랐죠. 배가 불탔
는가 봐요. 숲실에서 바닷가로 난 길을 따라가면 언나무재가 나오고
그부터가 근기국입니다. 병영은 언나무재 너머 술미에 있다는데 점심
전에 이를 수 있지요."

"노인이 앞장서오. 발품을 주겠소."

244

신옹은 노인을 앞장세워 숲실에 이르렀다. 나루가 꽤나 지저분하다. 간밤에 일이 벌어졌다는 척후의 말이 틀리지 않았다. 한 늙은 여자를 만나서 물어보니 역시 근기국 군사들이 왔었고 나루에서 바다 쪽으로 두 차례나 불화살을 마구 쏘아대어 한 척을 불태우고는 다른 배 여러 척이 닿자 해 뜨기 전에 함께 언나무재 쪽으로 갔다고 말했다. 빈 배들이 나루에 더러 있었지만 돌아볼 틈이 없었다.

언나무재에 이르러 보니 초소 따위는 없었다. 군졸들에게 점심을 배불리 먹이고 다시 더 나아가 구불구불 고개를 넘어가니 바닷가에 고기잡이배 두세 척이 보이고 뾰족한 바위가 서 있었다.

"노인, 저기가 어디요?"

"선바위 마을이오."

"그렇군. 뾰족한 바위가 물가에 서 있네."

고개를 넘고 모퉁이를 돌아서자 5백 걸음쯤 떨어진 마을에 연기가 피어오르고 있었다.

"저기 보이는 술미에서 연기 나는 곳이 군영입니다. 이제 돌아가게 해 주시오. 숨이 가쁘고 다리가 떨려 더 걷지 못하겠네요."

"저 너머는 어디요?"

"저기서 더 가면 한달비인데 그렇게 바닷가로 돌아서 가면 고개 오르내리는 칠팔십 리 길이라 아무리 서둘러도 오늘 해 안으로 용주성에 닿지 못합니다. 저 아래 군영에서 오른쪽으로 꺾어 산길로 접어들면 동심밑이고 재를 넘어가면 바깥바다가 나옵니다. 십 리가 조금 넘죠. 그 바닷가에서 남쪽으로 용주성이 빤히 보입니다. 근기국 대궐이지요."

“잘 알았소. 힘이 부친다니 이제 그만 돌아가도 좋소.”

신옹이 부하를 시켜 작은 은덩이를 건네자 노인은 고맙다며 받았다. 그때 또 다른 마을 아낙네가 불려왔다.

“근기국 군사를 보지 못했나?”

“보았습니다.”

“몇이나 되고 어디로 가던가?”

“2백이나 3백쯤 되었는데 저 길로 갔습니다요. 용주성으로 갔겠지요.”

그 아낙네도 오른쪽으로 꺾어진 길을 가리켰다.

신옹의 군사가 술미의 군영으로 다가가자 저들이 알아챘는지 10여 기의 기마군과 보군 20여 명이 군영을 나와 오른편 내륙 쪽으로 달아났다. 그제야 신옹의 벼락같은 명이 떨어졌다.

“저놈들을 뒤쫓아라.”

신옹의 8백 군사들은 여덟 개 백인대百人隊로 나누어져 각각의 백인장百人長이 이끌고 있었다. 그들은 좁은 골짜기의 외길을 따라 달아나는 근기국 군사들을 바짝 뒤쫓았다. 첫 골짜기를 지나고 두 번째 골짜기로 접어들어 정신없이 따라가다 보니 가파른 재가 앞을 가로막아 있고 근기국 군사들이 재를 허겁지겁 오르고 있었다.

이제 막바지에 이르렀다고 본 신옹이 소리쳤다.

“저놈들을 따라붙어라. 빨리 빨리.”

군졸들은 몹시 지쳐 있었다. 비틀비틀 걷더니 고개 밑에 이르러 가파른 재를 만나자 주저앉고 널브러지는 자들이 여럿이었다. 그들은 어제 오후에 찬내까지 나왔다 돌아갔고 기습을 받아 지난밤을 꼬박

246

새웠다. 다시 새벽에 출발하여 여기까지 걸어온 데다 도망치는 적들을 보자 거의 뜀박질로 뒤쫓았다. 잠깐도 눈 붙일 틈이 없었고 거듭되는 싸움과 행군에 모두가 지칠 대로 지쳐 있었지만 군사를 이끌어 본 적이 없는 신웅은 헤아리지 못했다. 자기 명이 잘 먹혀들지 않는 것이 답답해서 앞뒤 살피지 않고 잇달아 소리 질렀다.

"빨리 따라붙어라, 따라붙어! 뭘 꾸물거리나?"

그때 양쪽 산비탈 숲 속에서 갑자기 화살이 마구 쏟아졌다. 수풀이 우거져 어디에서 날아오는지 보이지 않았다. 여긴가 싶으면 저기고 저쪽을 피하면 이쪽에서도 화살이 날아왔다. 온 산 곳곳에 숨어서 쏘고 있었고 서라벌 군사들은 이리저리 몰려다니다 외마디소리를 내며 쓰러져 갔다.

"장군! 뒤로 물립시다."

복병을 만났다고 알아차린 부장이 다급하게 말했으나 신웅의 귀에는 얼른 들어오지 않았다. 늘듯이 달려가 한칼에 내리치겠다는 생각만이 머리에 가득 차 있었다.

부장이 다가와 다시 큰 소리로 말했다.

"장군! 군사를 뒤로 물립시다. 모두 죽겠습니다."

"부장! 뭐라 했소? 뒤로 물리자고?"

"물러서자고요. 이러다 몰죽음 나겠어요."

신웅은 고개를 돌려 이리저리 살피더니 비로소 뭔가 알아차리고 외쳤다.

"물러서라! 물러서라!"

"뒤로 물러서라! 물러서라!"

부장들도 장군을 따라 외쳤다. 군졸들은 기다리고 있었다는 듯 곧바로 돌아서서 제 나름으로 뛰었다. 널브러져 있던 녀석들도 그제야 힘을 얻은 듯 벌떡 일어나 달렸다. 백인대의 줄은 일찌감치 무너지고 한꺼번에 많은 군사들이 함께 엉기다 보니 서로 부딪히고 넘어져 밟히는 자들이 잇따랐다. 좁은 골짜기 외길이라 말 타고 빠져나오기는 더 힘들었다.

신웅은 자기가 어느새 맨 뒤로 처져 있어 뒤통수가 그대로 과녁이 될 것이라는 생각에 조금이라도 빨리 빠져나오고 싶었다. 말에 박차를 가하여 앞으로 내달았는데 갑자기 왼팔이 뜨끔하더니 팔이 떨어질 듯 아팠다. 화살에 맞은 것이다. 돌아볼 틈도 없이 이를 악물고 다시 채찍으로 말 엉덩이를 세차게 갈겼다. 하지만 산 위에서 굵은 돌이 굴러내려 다리가 돌에 부딪친 말은 껑충 뛰며 벌렁 넘어졌고 그는 땅바닥으로 내동댕이쳐졌다. 엉금엉금 기어 일어나서 말을 버리고 허둥지둥 도망치는 군졸 틈에 끼어들었다.

마지막 골짜기까지 들어섰던 백인대는 모두의 절반인 넷이었다. 4백 명이 공격을 받아 뒤돌아서며 한꺼번에 골짜기에서 쏟아져 나오자 뒤따라오던 나머지 4백 명과 마주 엉켰다. 그들은 서로 앞서려고 제치고 짓밟으며 갔던 길로 쏟아져 나왔다. 몇몇 부장이 고함 질러 바로 잡으려 했지만 더 어지러워질 뿐 어떻게 할 수 없었다.

8백의 군사가 뒤죽박죽이 되어 있을 때 다시 양쪽 기슭에서 북소리와 고함 소리가 들리더니 돌이 굴러내리고 더 많은 화살이 날아들었다. 고개 들고 살피니 산비탈 여기저기에 숨은 근기국 군사들이 보였지만 누구도 다시 돌아서서 맞붙을 엄두를 내지 못했다. 더구나 이 골짜기는 땅이 질퍽해서 사람이나 말이 걷기조차 힘들었다. 진골[濕谷]이란 이름이 붙은 골짜기였다.

살아남은 서라벌 군사들은 겨우겨우 골짜기를 내려왔다. 따라오던 적은 솔미가 보이는 데서 멈춘 듯했다. 신웅은 부하들에게 근기국 민사를 불태우라 명하여 솟아오르는 연기를 뒤로 하고 지나왔던 숲실로 향했다.

숲실나루에 이르러 군사들을 쉬게 하고 머릿수를 세어 보았다. 2백이 넘게 보이지 않았다. 다친 자도 역시 2백에 가까워 모두 합치면 절반인 4백을 넘었다.

근기국 군사는 몸을 드러내 창과 칼로 싸우지 않고 숨어서 활을 쏘아 이겼다. 창과 칼로 싸울 때와는 달리 서라벌 쪽은 적이 어디에 있는지 제대로 알지도 못했고 맞서서 겨뤄 볼 틈이 없었다. 밤에 기습을 당했고 먼 길을 걸어오느라 크게 지친 데다 지리에 낯선 신웅이 상대를 깔보고 덤비다 크게 당했다.

그가 오내벌로 돌아와 화살 맞은 상처를 돌보던 참에 세월랑이 찾아왔다.

"장군, 화살을 맞았다고요? 상처가 어떻습니까?"

"상처가 크지는 않소. 견딜 만합니다."

"근기국 새 왕이 아주 고약하고 건방지군요. 그놈을 그냥 둬서는 안 되겠네요."

"면목이 없소. 급한 마음에 그대에게 알리지도 않고 떠났으니…."

"우리 외가가 그대로 왕 자리에 있었으면 이런 싸움을 벌일 까닭이 없었는데 참 아쉽게 되었습니다."

“도기야가 텅 빈 것은 무엇 때문입니까? 그대 외삼촌은 어디로 숨었나요?”

“글쎄요. 저도 알아보고 있습니다.”

“연오 장군이 영 떠났다는 소문이 돌고 있습니다.”

“내 누이가 지금 서라벌에 가 있습니다. 누이를 두고 연오랑이 어디론가 영 떠나 버렸다면 어머니께서 그런 사위를 결코 용서치 않을 것입니다.”

21

비단보따리를 갖고 서라벌에 닿은 세오녀는 사촌 오라버니의 주선으로 저녁때 벌휴를 만났다.

“지난번에 부인께서 비단옷을 마련했다가 시종 홍두에게 빼앗긴 일을 내가 대왕께 자세히 말씀드렸습니다. 그러자 댁을 만나 지난 일을 위로하고 귀한 비단을 꼭 한번 보시고 싶다고 했습니다. 내일 당장 대궐에 들어가서 말씀드리면 곧 뵈옵게 될 것입니다.”

“고맙습니다. 시종 홍두가 옷을 가로챌 줄은 차마 몰랐습니다.”

“홍두는 옷이 탐난 것이 아니라 제 누이가 대왕의 사랑을 빼앗길까 두려웠을 것입니다. 홍매는 오라비 홍두와 함께 쫓겨났습니다.”

“그건 지나간 일입니다. 어떻든 빨리 뵙도록 해 주십시오.”

세오녀는 이튿날 벌휴를 따라 대궐로 들어가 대왕을 뵙겠다고 고했으나 궁녀가 나와 대왕께서 고뿔이 걸렸다며 내일 와 보라고 했다. 이튿날 아침에 다시 벌휴와 함께 대궐에 들어가니 이번에는 대왕께서

250

내일 아침에 꼭 만나겠으니 그때 보자 하신다고 전했다.

두 번째로 대궐을 물러나자 세오녀는 하루하루 늦어져 속이 타들어 갔으나 어쩌지 못하고 큰집으로 돌아왔다. 그런데 그제 이미 서라벌 1천 군사가 오내벌에 들어왔으며 왜로 갔던 배가 모두 돌아와 마지막 배들이 모레 새벽에 떠날 것이므로 대왕을 만났든 아니든 내일까지 꼭 돌아오라는 도기야의 기별이 기다리고 있었다.

세오녀는 가져갔던 비단을 모두 큰어머니에게 맡겼다. 자기를 남달리 귀여워해 주던 큰어머니를 다시 만날 수 없으니 헤어지는 선물로 드리자는 속내였지만 그냥 맡아 달라고만 말했다.

이제는 대왕을 만날 일이 없어졌다. 그런데도 이튿날 아침 일찍 빈손으로 혼자서 대궐로 향했다. 잠깐 만나고 나와 그 길로 도기야로 가면 시간은 넉넉할 것이었다. 아무것도 모르던 자기에게 허풍 떨고 꼬여내던 그 상판대기를 떠나기 전에 다시 한번 보면서 자기의 행복한 모습도 자랑하고 싶었다. 꼭 만나지 못해도 그만이니 벌휴와 함께 갈 필요도 없었다.

벌휴는 이 일을 더는 끌지 말고 오늘로써 매듭짓겠다는 마음이었다. 먼저 왕을 만나 오늘의 만남이 틀림없이 이뤄질는지를 미리 알아보려고 일찌감치 혼자서 대궐로 왔다. 그러나 들어서자마자 궁녀로부터 둘의 만남을 주선하지 말라는 왕비의 은밀한 전갈을 받았다. 그는 비로소 두 번이나 되돌아서야 했던 까닭을 깨우쳤다.

대궐을 물러나오던 벌휴가 들어오는 세오녀와 마주쳤다. 벌휴는 좀 거북스러웠다.

"일찍 오셨네요. 오늘도 뵙기가 쉽지 않을 것 같아요. 마냥 기다릴 것이 아니라 비단을 맡겨 놓고 오내벌로 가시면 어떨는지요?"

세오녀도 머뭇거릴 까닭이 없었다.

"오늘 빈손으로 오기를 잘했네요. 그럼 다음 기회에 대왕을 뵙도록 하고 이만 돌아가겠습니다."

그렇게 헤어졌다.

서라벌에서 오내벌로 오는 길은 거의가 맏내를 따라가는 들녘이라 험한 고개를 오르내릴 일은 없었다. 마을 가까운 곳은 논밭으로 일궈졌지만 군데군데 울창한 숲도 있었다. 말을 달려 절반쯤 왔을 때였다. 짙은 숲으로 들어서며 천천히 달리는데 갑자기 앞쪽에서 세 사람이 불쑥 나타났다. 두 사내와 한 예쁜 계집이었다. 긴 나무로 말이 지나가지 못하게 길을 막아 놓고 있어 어쩔 수 없이 멈추자 돼지처럼 뚱뚱한 사내가 다가와 말고삐를 틀어쥐었다.

"당신들은 누구요? 누군데 앞을 가로막나요?"

놀라서 묻자 그 사내가 쳐다보며 되물었다.

"네가 도기야 사는 세오녀 맞나?"

"누군데 함부로 반말하며 길을 막는 거요? 나무 치우고 비키세요. 난 바빠요."

다른 사내가 함께 온 여자를 보고 말했다.

"맞는가 보네. 홍매야, 이 건방 떠는 년을 어떻게 할까? 그런대로 쓸 만하게 보이네. 저쪽으로 끌고 가서 고기 맛 좀 볼까?"

세오녀는 두려움과 매스꺼움에 부르르 떨었다.

홍매란 여자가 발끈하며 말했다.

"야, 이 못된 놈아! 내 앞에서 다른 계집하고 놀아나겠다고? 그따위

252

주둥아리 한 번 더 놀리면 멱을 따 놓겠다. 이년을 나두에 묶어 늑대
밥으로 남겨 놓고 우리는 말이나 챙겨 돌아가자.”

“그래, 알았어. 하긴 네가 제일이지. 더 달콤한 계집이 어디 있
겠나?”

“말조심 안할 거야?”

“잘못했어.”

고삐 잡은 사내가 말했다.

“그래. 홍매 시키는 대로 말이나 몰고 가서 한잔하자.”

두 사내는 세오녀를 길에서 스무 발쯤 떨어진 외진 곳으로 끌고 가
서 입에 재갈을 물리고 질긴 끈으로 온몸을 나무에 꽁꽁 묶었다. 사내
들의 억센 힘에 어떻게 할 수가 없었다.

다 묶어 놓자 여자가 말했다.

“너를 살려 보내고 싶지 않은데…, 싸움터에서 죽은 오빠의 저승길
친구로 삼아 줘야 하는데…, 하지만 살려 두기로 했다. 쌍문보길, 그
늙은 점쟁이가 오늘 사람을 해치면 큰 재앙이 내릴 거라 했거든. 점괘
덕에 목숨 붙이는 줄 알아. 밤중에 늑대가 와서 맛좋게 뜯어먹든 말든
내가 알 것 아니고.”

그들 셋은 세오녀의 말을 끌고 서로 히히대며 서라벌 쪽으로 사라
졌다.

‘쌍문보길? 장님 점쟁이다. 저 여자에게도 점을 쳐 주었나?’

그녀는 혼자가 되었다. 이리저리 몸을 비틀어 보았지만 끈을 풀 수
없었다. 크게 외쳐 보았으나 목소리가 입에 물린 재갈을 벗어나지 못
했다. 몇 차례 사람들이 길을 지나가며 주고받는 말소리가 두런두런

들렸다. 멀리 떨어진 것도 아닌데 숲이 우거진 탓에 그들 눈에 띄지 않으니 어떻게 해 볼 수가 없었다.

어느덧 긴 하루 해가 다하여 외진 숲에 어둠이 천천히 내려앉고 있었다. 더 어두워지자 곳곳에서 짐승들의 울부짖음이 소름끼치게 들려왔다. 늑대가 와서 뜯어먹든 말든 내가 알 것 아니라던 계집의 말 한마디가 자꾸만 귓가에 맴돌았다.

'정말 늑대가 나타나 날 물어뜯을까?'

문득 그 계집의 이름이 떠올랐다.

'홍매라 했지. 대왕이 좋아한다는 년이 아닌가? 비단옷을 뺏어 가버리던 왕의 시종 홍두란 놈의 누이구나. 그년이 저렇게 생겼나? 대왕에게 버림받고 쫓겨났다더니 저따위 못된 사내 둘 거느리고 돌아다니는가?'

이상한 미움과 역겨움을 느끼다 문득 남편이 떠올랐다.

'내일 새벽에 떠난다는데 이렇게 묶여 있다니. 내가 없어도 남편은 배를 띄울까? 서른 척이 넘는 배가 기다려 줄 수 있을까? 날 끔찍이도 사랑하는데 버려두고 왜로 건너가 다른 여자를 만나 사랑하고 아내 삼을까? 왜의 여자들은 어떻게 생겼을까? 그들도 잠자리에서 사내가 주는 숨 막히는 즐거움을 알고 있겠지?'

사방을 둘러보았다. 밤이 차차 깊어지고 있었다. 풀벌레 소리가 끝없이 이어지고 나뭇잎을 흔드는 바람 소리에 섞여 간혹 이름을 알 수 없는 새소리가 '꾹 꾹 꾹' 들린다. 그 거친 새소리가 갑자기 뚝 끊어지더니 이번에는 짐승 우는 소리가 어지럽다. '우- 우- 우-' 하는 것은 틀림없이 늑대다.

늘대가 나타나면 그냥 지나치지 않을 것이다. 언젠가 덫을 놓아 잡았다는 살아 있는 늑대를 본 적이 있다. 마당에 놓아 기르는 개와 비슷하게 생겼지만 날카로운 이빨은 한눈에도 섬뜩했다. 굶주린 늑대가 그 날카로운 이빨로 피가 철철 흐르는 자기 허벅지를 뜯어먹는 아찔한 모습이 떠올랐다. 소름이 끼치면서 몸이 저절로 움츠려진다. 이렇게 무서울 줄 알았으면 그때 늑대를 보지 말걸. 한 차례 바람이 나뭇가지를 흔들고 지나갔다. 달이 나뭇잎 사이로 얼굴을 내밀자 사방이 좀 더 밝아졌지만 그만큼 눈에 띄는 것이 많아 온갖 생각에 빠져들며 두려움이 더해졌다.

다시 마음은 자기를 만나 주지 않았던 대왕에게로 돌아갔다. 재작년 가배 때의 거짓 사랑에 가득 찬 그의 말이 생각났다.

"두려워하지 마라. 내 또한 남자라 하지 않았던가? 이 달빛에 그대와 거닐어 보고 싶구나."

떨리는 목소리였다. 자기를 보고 두려워하지 말라고 했지만 정작 떨고 있는 사람은 대왕 자신이었다. 그는 이미 보일 것 다 보이는 벌거벗은 사내였다. 예쁜 꽃을 찾아 이리저리 닥치는 대로 기웃거리는 얼룩덜룩하고 칙칙한 호랑나비 한 마리였다.

그 중얼거리던 말이 다시 생각났다.

"내 오늘 그대를 만나다니. 내 오늘 그대를 만나다니. 소녀는 어떤가? 그대 만나 이렇듯 마음 흔들리다니…."

그 말을 떠올리자 대왕이 한없이 얄미워졌다. 그렇게 말 떨리고 스스로 마음 흔들린다던 왕이 홍매란 천하고 막돼 먹은 것고 껴안고 맨살 비비며 구역질나는 꿈에 빠졌나? 그에 비하면 오로지 자기만 사랑하고 첩 하나 두지 않는 연오랑은 얼마나 참되고 멋진가? 얼마나 믿음 직한 사낸가?

어디선가 닭 우는 소리가 들려왔다. 잠깐 졸다 번쩍 눈을 떠 보니 아직도 어두컴컴하다. 목이 마르고 배도 고팠다. 큰집 나설 때 마음이 급해 먹는 둥 마는 둥 숟가락 놓았던 것이 아쉽다. 이제는 물이나 벌컥벌컥 마시고 뭔가 목구멍으로 넘기고 싶은 것밖에는 아무런 생각도 나지 않았다. 쌀밥에 생선구이…. 맏내 어귀에서 갓 잡아 왕소금 흩어 숯불에 구워 낸 전어를 떠올리니 침이 꼴깍 넘어간다. 아니, 그보다 타들어가는 목에 시원한 찬물 한 쪽박이 좋겠다. 다시 잠이 들었다. 재갈 물어 숨이 막히고 힘이 모두 빠져 까무러쳤는지도 모른다.

어둠 속에서 눈에 시퍼런 불을 켠 늑대 두 마리가 나타났다. 섬뜩하여 저절로 온몸이 움츠러들었다. 날카로운 양쪽 송곳니를 드러내며 쳐다보고 으르렁거리다 그중 한 마리가 입을 딱 벌려 왈칵 덤볐다. 묶은 끈이 조금 느슨해져 다리를 돌리고 비키자 옷자락이 물리며 두 겹의 치마와 속곳이 찌익 찢겨 나갔다. 다음엔 틀림없이 종아리나 허벅지를 물어뜯을 것이라 다리가 쩌릿쩌릿하다. 호랑이 잡았다는 시아버지가 왜 빨리 오시지 않을까? 시아버지가 오시면 활을 쏘아…, 아니야, 지난봄에 돌아가셨지. 남편이라도 할 수 있어. 하고말고.

그때 어디로 왔는지 남편 연오랑이 나타나더니 긴 장대를 휘둘러 늑대를 쫓아 버리고 자기 앞에 섰다.

"아! 당신이?"

"연오랑 이 사람, 색시 놔두고 도대체 어디서 뭘 하나? 쯧 쯧."

그 말을 듣고 다시 보니 남편이 아니다. 누군가가 자기 앞을 가로막고 서서 묶은 끈을 풀고 있다. 길게 늘어뜨린 흰 수염, 빛이 사라진 눈, 긴 지팡이, 듣던 목소리. 그렇지, 쌍문보길! 귀하게 된다는 거짓 점괘로 속이고 말을 뺏어 간 장님 점쟁이다. 어디선가 닭 우는 소리가 어렴풋이 들려온다. 어느새 하룻밤이 지나갔는가 보다.

"이런 고약한 연놈들이 있나? 사람을 이렇게 묶어 놓으면 어쩌란 거야?"

쌍문보길이 중얼거렸지만 그녀는 아무 말도 할 수 없었다. 힘이 모두 빠져 서 있지 못하고 끈에서 풀리자마자 제풀에 털썩 주저앉았다.

"자, 내 손을 잡고 일어나 브게. 기절했나? 잠들었나? 조금만 늦었으면 늑대 밥이 될 뻔했네. 으 흐 흐 흐."

세오녀는 쌍문보길의 찌그러진 웃음소리를 들었지만 곧 까무러쳤다. 얼마나 지났을까? 눈을 뜨자 풀을 깔고 큰 나무 밑에 누워 있었다. 따뜻한 햇살이 흔들리는 나뭇잎 틈으로 빠져나와 얼굴에 내리쬐었다. 눈이 부시다.

"자, 그만 일어나게."

"할아버지. 어떻게 된 거죠? 늑대는요?"

"말 팔아서 술 마시는 연놈들 지껄이는 것 주워 듣고 이거 큰일 났다 싶어 허겁지겁 달려왔지. 참 운이 좋았네. 내가 왔을 적에 막 허기진 늑대 두 마리가 눈에 시퍼런 불을 켜고 으르렁거리던 참이었으니까. 말 타지 않고 걸어왔으면 기껏 뼈다귀나 주워 담았겠지? 자네 옷을 보라고. 아마 한 자락은 물어뜯겼을걸. 내가 이 지팡이를 휘두르자 도망치고 말았어. 그만하기가 다행일세. 멀리 쫓아 버렸으니 이젠 마음 놓게."

　그제야 치마를 보니 한 자락이 뜯겨져 있다. 조금 전에 꾸었던 꿈이 꿈 아니었던가? 할아버지 지팡이를 보니 꿈에서 눈에 익었고 묶은 끈을 풀어 주던 일도 생각났다.

　"할아버지가 날 살렸군요. 고마워요."

　"그런 말은 천천히 듣지. 여기 주먹밥 한 덩이와 호리병 물 한 모금이 남았네. 이걸로 기운을 차리게. 어머니가 기다릴 텐데."

　그녀는 얼른 손을 내밀고 호리병을 낚아채어 물부터 벌떡벌떡 들이켜고는 주먹밥을 씹어 넘겼다. 정신이 들고 힘이 생겼다.

　"이제 빨리 돌아가게."

　"정말 고마워요. 할아버지 덕택에 목숨을 구했네요. 할아버지가 날 살렸군요."

　"어려운 사람을 그냥 지나칠 수 있나?"

　얼마만큼 기운을 차렸으니 이제 빨리 집으로 돌아가야 하는데 타고 갈 말이 없지 않은가? 어쩔 줄 모를 때 가까이서 말이 힝힝거리며 우는 소리가 들렸다. 고개를 들어 보니 쌍문보길이 타고 온 말이 저만큼 서 있었다. 옛날의 자기 말이다. 옛 주인을 알아본 말이 반갑다는 듯 고개를 번쩍 쳐들더니 좌우로 절레절레 흔든다.

　벌떡 일어나 말했다.

　"아 참, 은혜는 은혜고 할 말은 해야죠."

　"그래, 맞아. 갑자기 할 말이 뭔데?"

　"지난번에 점쳐 보고 왕비가 된다고 하셨죠? 그래서 복채로 내 말 가져갔죠?"

　"내가 언제 왕비가 된다고 했나? 귀하게 된다고 했지. 세상에 어디 왕비만 귀한가? 자넨 바람둥이 사내에게 넋을 뺏겨 귀한 여자를 바로 왕비라고 생각했네그려. 하지만 다시 점괘를 받아 보았더니 왕비가 된다는 말이 틀리지 않더군. 그러고 보니 자네 점이 나보다 용하네. 핫 핫 핫."

"무슨 말을 하시죠? 두 번이나 꼬임에 빠지는 일은 없어요. 그를 만나려고 서라벌에 갔던 건 맞지만 다른 꿍꿍이속이 있었다고요. 이제 곧 멀리 떠나면 다시는 만나지 못할 거예요. 좋아하지도 않고 만나지지 않을 텐데 어떻게 왕비가 되나요?"

"뭐, 자네 마음대로 생각하게. 믿거나 말거나."

"날 나무에 묶어 놓은 놈들이 말을 가져가 버렸어요. 돌아갈 일이 걱정이어요. 지칠 대로 지쳤는데…."

"말 빼앗긴 것 알고 있어. 그래서 저 말 돌려받으려고 점괘를 꼬투리 잡았나? 내 말을 빌려주지. 아니야. 서라벌에서 여기까지 달려올 때는 아주 요긴하게 탔지만 이제는 쓸 일이 없어. 그만 돌려주겠네. 점이 맞지 않는다고 꿍꿍 앓는 소리 듣기보다는 차라리 땅벌 구멍에 주둥이 박고 꿀 빨아먹는 게 훨씬 편하겠다. 저 말 타고 가게. 자네에게 점쳐 주고 받은 말."

세오녀는 고마움에 눈물이 핑 돌아 입 언저리로 주르르 흘러내렸다.

"할아버지는 장님이라서 보이지 않죠?"

"뭘 말인가? 자네 눈물?"

그는 소매를 들어 올려 세오녀의 눈물을 닦아 주었다. 눈물은 흐느낌으로 변했다. 그녀는 쌍문보길의 손을 꼭 쥐고 말했다.

"할아버지, 고마워요. 정말 고마워요. 또 만나요."

"울긴 왜 우나? 잘 가. 내 점이 맞으면 말 다시 달라고 할 텐데 뭣하러 또 만나? 헛 헛 헛."

세오녀는 서라벌을 떠난 다음날 낮에 오내벌 친정으로 돌아왔다. 어젯밤 늦게 도기야의 당평 치소에서 돌아와 뜬눈으로 밤을 새우고 종일토록 간 졸이며 기다리던 어머니가 버선발로 뛰어나왔다.

"살아왔구나! 애야, 어디 갔었니? 서라벌에서는 어제 떠났다는 애가?"

"그렇게 되었어요. 도기야는 어떻게 됐죠?"

"오늘 새벽 동틀 무렵에 모두 떠났다. 어젯밤까지 왔으면 함께 갈 수 있었는데 어쩔 수 없었다."

"날 두고요? 그 사내가 날 버려두고 혼자 떠났다고요? 정말요? 정말 혼자 떠났어요?"

그녀의 목소리가 비단 찢어지듯 날카롭게 울렸다.

공주가 나지막하게 말했다.

"애야, 제발 그 목소리 낮춰라. 귀청 떨어지겠다. 서라벌 신용이란 녀석이 네 낭군을 군영에 가둬 버렸잖아. 오늘 새벽까지 떠나지 않으면 서른 척 넘는 배들이 서라벌 군사들 눈에 띌 것이고, 근기국 군사들은 불화살 쏘아 대고, 연오랑은 군영에 갇혀 있고, 너도 소식이 감감하고, 정말 아슬아슬하고 힘겨운 하루였구나. 수달 부장이 죽음을 무릅쓰고 빼내서 제때 떠날 수 있었던 거야."

"갇혔던 걸 빼냈다고요? 수달 부장이 갇힌 낭군 구해서 떠났다고요?"

"그랬단다."

"왜 가뒀대요? 아무래도 그렇지. 날 두고 떠나 버리면 어쩌라는 거죠? 대왕이든 장군이든 사내들이란 도무지 믿을 수 없다니까."

"넌 나하고 살면 되잖아?"

"아뇨. 안돼요. 그 사내 없이는 하루도 못 살아요."

"하 하 하. 우스갯소리 한번 해봤다. 녀석에게 아주 푹 빠져 버렸네. 수달 부장이 널 따로 데리고 가려고 여기 남았으니 걱정하지 마라."

22

근기토평장군 신옹이 오내벌에 발을 들여놓자마자 밤중에 기습당해 1백의 군졸이 죽거나 다치고 군영이 불탔다. 그 분을 풀겠다고 앞뒤 돌아보지 않은 채 무턱대고 뒤따르다 자신이 화살을 맞았을 뿐만 아니라 자그마치 4백의 군졸이 죽거나 다쳤다.

이런 참담한 패전이 그날 밤 곧바로 서라벌에 알려지자 조정은 발칵 뒤집혔다. 사로국이 2백여 년 동안 그보다 더 큰 희생도 여러 차례 치렀지만 이번만큼 어이없이 당하기는 처음이었다.

새벽에 황급히 어전 회의가 열리자 이찬 계원이 말했다.

"파진찬이 입만 열면 근기국을 토평하자고 우겨 스스로 토평 장군까지 맡았다가 이 꼴이 되었습니다. 신이 생각하기로 근기국 토평은 바쁜 일이 아니었습니다. 오내벌과 도기야의 힘에 눌려 땅의 끝까지 밀려나 있는 한줌거리 적을 쫓다가 당했으니 궁한 쥐에게 물어뜯긴

고양이 꼴입니다. 기껏 한두 해만 기다리면 저절로 다 익어 땅에 떨어질 것을 괜히 생감 따겠다고 장대 들고 나선 것입니다.”

“짐이 신용의 말을 무턱대고 받아들인 잘못도 없지 않소. 이찬, 어쩌면 좋겠소? 그만 군사를 되돌리면 어떻겠소?”

“아닙니다. 홍패 죽었을 때와는 사뭇 다릅니다. 1천이나 보냈다가 졌다고 그대로 물러난다면 세 번이나 이긴 그들의 콧대는 하늘 높은 줄 모르게 높아질 것이며 사로국은 천하의 웃음거리가 되고 맙니다. 웃음거리로만 끝나면 그래도 좋겠지만, 우리가 피 흘리며 토평했던 변두리 여러 곳이 하나둘 들고일어나 한꺼번에 시끄러워지고 2백 년 사로국이 앞날을 점칠 수 없게 됩니다. 한번 근기토평군을 만들어 싸우러 나갔으면 반드시 이기고 돌아와야지요. 새로 벌휴 장군을 보내심이 옳을 줄 압니다.”

“벌휴 장군의 뜻은 어떻소?”

“소신은 싸우지 않고 이기는 것이 가장 좋다고 들었습니다. 전쟁을 치르면 반드시 많은 사람이 죽고 다칠 뿐만 아니라 많은 물자와 군량이 들어갑니다. 조정이 싸움을 즐기면 백성이 괴롭고 나라는 거덜납니다. 신이 생각건대 신용 장군은 싸우는 것만 즐겨 하여 싸우지 않는 길을 찾을 줄 모르다가 이 꼴이 되었습니다. 이제 누가 맡든 앞뒤를 잘 살펴보면 후회가 남지 않을 것입니다.”

“장군의 뜻이 내 마음에 맞소. 젊은 장군이 어떻게 그런 깊은 속내를 가졌소?”

“신은 어릴 적에 돌아가신 아버지 구추각간仇鄒角干께서 남겼다는 말씀을 아뢰었습니다.”

"훌륭한지고, 각간 구추! 그가 살아 있었다면 오늘의 이 부끄러운 일은 없었으리라. 그 아들 벌휴를 근기토평장군으로 삼겠소."

어전 회의가 끝나 막 흩어질 참인데 왕이 다시 불렀다.

"벌휴 장군, 날 좀 보오."

"예, 대왕이시여."

"내가 장군더러 사량부의 세오녀를 만나겠다고 하지 않았소? 그녀가 짠 비단이 워낙 좋다기에 구경하고 싶었는데 어떻게 되었소?"

"세오녀는 비단을 가지고 서라벌로 와서 대왕을 만나뵈려고 신과 함께 세 차례나 대궐을 찾아왔으나 궁녀가 나와 대왕께서 고뿔이 걸려 만날 수 없다기에 더 기다리지 못하고 어제 도기야로 돌아가고 말았습니다."

"저런, 저런."

왕은 몹시 아쉬웠지만 더 이상 묻기가 쑥스러웠다. 보나마나 왕비가 가로막았을 것이다.

벌휴가 토평 장군에 올라 대궐을 나설 때는 이미 해가 뜰 무렵이었다. 집에도 들르지 않고 곧바로 오내벌로 달려갔다. 다쳐서 누워 있는 신웅을 이어받고 군사를 헤아려 보니 서라벌 나설 때의 1천 가운데서 죽은 자와 다친 자가 각각 2백50 안팎이었다. 여기에다 병이 들거나 조금이라도 시원찮은 자들을 모두 신웅과 함께 서라벌로 돌려보내고 나니 나머지는 5백에도 한참 모자랐다. 곧장 세월랑을 찾아갔다. 무영 공주도 함께 있었다.

벌휴가 먼저 입을 열었다.

"저는 근기국 토평의 명을 받고 이곳에 왔습니다. 이제 다친 놈 병든 놈을 2백50 넘게 돌려보내고 나니 남은 군사가 5백에도 모자라고 사기는 땅바닥에 곤두박질했습니다. 게다가 낯선 곳이라 어디서부터 어떻게 손써야 할는지 모르겠습니다. 이곳에 밝은 공주와 세월랑께서 좀 도와주십시오."

세월랑이 말했다.

"신옹 장군이 참으로 지나쳤습니다. 근기국을 치러 갈 때 저에게도 아무런 말씀이 없었습니다. 도기야의 연오랑이 힘을 보태겠다고 나섰지만 오히려 그를 군영 안에 가뒀습니다. 지난 30여 년 동안 오로지 조정의 명에 따랐을 뿐 잘못이 하나도 없는 오내벌과 도기야를 적으로 삼았던 것입니다. 이제 장군께서 오셨으니 지난 일은 모두 잊어버리겠습니다. 남은 군사가 5백도 안된다니 싸우러 나갈 때 우리 군사가 한몫 맡겠습니다. 군량도 가을 공납 때 셈하기로 하고 가져가 먹이십시오."

"고맙습니다. 그런데 도기야 연오 장군은 어떻게 지내십니까?"

무영 공주가 입을 열었다.

"내 사위 연오랑은 철부 장군의 외아들이고 철부 장군은 각간 구추와 한 핏줄입니다. 장군이 연오랑과 남남이 아니니 감출 것이 없네요. 내 이 자리 자식 앞이니 숨김없이 말씀드리지요. 연오랑은 이 땅에 없습니다."

"이 땅에 없다니요?"

"많은 백성과 부하를 데리고 바다 건너 왜의 한 섬으로 옮겨 갔어요. 돌아오지 않을 것입니다. 하지만 내 나라를 버리고 떠났다고 생각지는 마세요. 고구려나 백제에서는 오래전부터 많이 왜로 건너가 새

264

세상을 일구고 산다고 들었어요. 연오랑은 사로국을 버린 것이 아니라 고구려나 백제 사람들처럼 왜 땅에서 새로운 나라를 만들고자 떠난 것이지요. 또 하나의 사로국을 세울 것이오."

"그렇군요. 건너간 사람들이 얼마나 됩니까?"

"모두 2천이 넘고 그 밖에 근기국에서도 3백쯤 따라갔지요. 지금 도기야는 텅 비었어요."

"그 많은 사람들을 어떻게 데려갔습니까? 역시 철부 장군의 아들답습니다. 부인께서도 낭군을 따라갔습니까?"

"세오녀가 대왕을 만나러 서라벌에 간 것은 알고 계시죠?"

"제가 만남을 주선하지 않았습니까? 대왕께서 고뿔이 걸려 만나지 못하시자 도기야로 돌아가겠다고 했습니다."

"서라벌에서 어제 낮에 돌아왔습니다. 하지만 새벽 동트기 전에 사위는 이미 떠나 버린걸요. 내 딸은 따라가지 못하고 안에서 쉬고 있어요."

"어제 낮이라니요? 그저께 아침나절에 돌아가신다며 저와 작별했는데 왜 그렇게 늦었는지요?"

"그럴 사정이 있었답니다. 열흘 안에 딸을 왜로 보내려 합니다. 가로막지 말아 주시면 고맙겠어요."

무영 공주와 세월랑을 만나고 나오자 기나긴 여름 해도 겨우 한 발이나 남았을까 말까였다. 벌휴는 숨 돌릴 틈도 없이 기마 군사 10여 기를 거느리고 도기야 언덕으로 내달았다. 들은 대로 연오랑의 당평치소는 텅텅 비어 사람 그림자를 찾을 수 없었고 백성들도 대부분 집을 버리고 떠난 듯했다. 내친 김에 숲실나루로 가 보니 마을 사람들

몇몇이 남아 있을 뿐이었다. 남은 백성들 말로는 근기국에서 둘러보고 갔으며 아마 며칠 안으로 이곳을 차지할 것이라고 했다.

어두운 밤길을 더듬어 오내벌로 돌아온 벌휴는 이튿날 아침에 다시 세월랑을 찾았다. 무영 공주는 세월랑 세오녀 남매와 수달을 불러 놓고 세오녀를 왜로 보낼 이야기를 나누는 중이었다.

벌휴가 세오녀를 보고 말했다.

"그저께 낮에 오셨다고요? 좀 더 일찍 오실 줄 알았는데 늦었군요."

세오녀가 기가 막힌다는 얼굴로 말했다.

"그 참, 세상에 이런 일도 있나요? 그저께 장군과 헤어지자마자 서라벌을 떠나 집으로 돌아오는데 숲 속을 지나다 도적 떼에게 붙잡혔죠. 두 사내와 한 계집이었어요. 나를 나무에 꽁꽁 묶어 놓고 내 말을 가져가 버렸어요. 밤이 되어 꼼짝없이 늑대 밥이 되려던 참에 어떤 노인이 구해 주었지요. 날이 밝자 그 노인의 말을 얻어 타고 집으로 돌아왔답니다."

"큰일 날 뻔했군요. 그 도적 떼를 그냥 둬서는 안되겠네요. 연놈들 얼굴 아십니까?"

"사내들은 모르지만 계집은 이름이 홍매라더군요. 제법 예쁘던데요."

"뭐, 홍매요? 내 참, 그 여자 이야기는 다음에 천천히 나눕시다."

세월랑이 물었다.

"어제 어디 다녀오셨습니까?"

"잠깐 돌아보니 말씀하신 대로 당평 치소는 텅텅 비었고 숲실나루 백성들도 거의 따라간 듯해요. 백성들이 말하기로 도기야가 비어 있는 참에 근기국이 땅을 넓히려 한답니다. 그러기 전에 빨리 근기국을 쳐야 할 텐데 몇백 남은 군사가 또 피를 흘려야 하니 걱정이네요. 병법에 싸우지 않고 이기면 상책이라는데 무슨 방도가 없겠소? 항복하도록 권해 보는 것은 어떨는지요?”

“어려울 것입니다. 지금 근기국 왕 설도는 철부 장군께서 일찍이 근기국을 토평할 때 장군의 화살에 절름발이가 되었던 부조기란 자의 아들입니다. 부조기는 스스로 부끄럽게 여겨 한평생 부하와 아들에게 활쏘기를 가르쳤다고 해요. 그 화살에 신웅 장군이 당했지요. 제게 출병한다는 말 한마디만 해 줬어도 어떻게 맞서라고 일러 주었을 것입니다.”

“근기국의 활이 그렇게 무서운가요?”

“그뿐 아닙니다. 근기국 치소가 있는 용주성을 치면서 가까운 희날재 쪽을 버려두고 숨어 기다리는 먼 산골짜기로 따라 들어갔으니 천년 묵은 여우에게 홀렸던가 봐요. 적이 그쪽에 있다면 이쪽 희날재는 비었을 것이니 용주성 치기가 식은 죽 먹기였을 텐데. 어찌되었든 근기국 왕은 그 싸움에 이겨 매우 콧대가 높아졌겠지요.”

벌휴는 세월랑의 말을 들으면서도 가볍게 눈을 감고 뭔가를 생각하는 눈치였다. 어차피 싸우지 않고는 길이 없다. 그의 감은 눈에는 군사들이 뒤엉켜 창과 칼이 맞부딪히며 불꽃이 일어나고 붉은 피가 이리저리 튀는 싸움터가 그려지고 있었다. 얼굴이 크게 한번 일그러지더니 눈을 번쩍 뜨고 세월랑을 바라보며 말했다.

“이 싸움은 꼭 이겨야 해요. 진다면 몇이 죽고 몇이 다치는 데 끝나지 않고 백성들의 마음이 크게 흔들릴 것이오. 서라벌에서 보낸 군사가 여기에서 두 번, 아니 세 번이나 당하면서 이미 5백이 넘게 죽거나 다쳤어요. 나는 싸움을 즐겨 하지 않지만 이번만큼은 죽기로써 싸워 반드시 이겨야지요. 네 번을 잇달아 질 수는 없잖습니까? 다만 군졸의 사기가 땅바닥에 깔렸으니 어떻게 해야 할는지 걱정이네요."

무영이 말했다.

"사기가 떨어진 적은 군사로 큰 싸움을 벌여 서로가 피를 흘리기보다는 저쪽 왕 하나만 끌어내릴 수가 없을까요? 나는 이곳으로 시집오기 전에 그쪽 임금의 딸이었소. 새 왕은 마땅히 쳐내야 할 역적이지만 그 백성은 곧 나의 백성이니 피 흘리기를 원치 않아요. 그 원수의 역적 놈만 끌어내릴 수 있다면 사로국에 합치는 일은 내가 맡을 것이오."

저쪽 왕을 끌어내면 공주가 뒷일을 맡는다니 벌휴로서는 반가웠지만 아무 말도 하지 못하고 있었다. 쥐가 고양이 목에 방울 달기가 아닌가?

그때 수달이 차분한 목소리로 말했다.

"저에게 방책이 하나 있습니다. 문득 왜로 건너가신 우리 연오 장군이 하신 말씀이 생각납니다."

"무슨 말씀이시오?"

"바다로 나가면 키 잡아 뱃머리 돌리는 쪽은 모두 길이고 돛폭에 바람 안으면 어디로든 갈 수 있다고 하셨지요. 뱃머리 돌아가는 쪽에 길이 있습니다."

"무슨 뜻인지 뜸들이지 말고 바로 말씀해 주십시오."

"도기야가 왜로 건너가면서 큰 배는 모조리 몰고 갔지만 그 대신 작

은 고기잡이배는 수십 척이 주인을 잃고 버려져 있습니다. 큰 것을 골
라 열 척을 모으고 한 배어 열 명씩 태워 1백 군사를 밤중에 용주성 아
래 사라끝에 내려놓자는 것입니다. 대궐이 코앞이니까 1백 명이면 넉
넉히 새 왕을 사로잡을 수 있습니다. 공주께서 왕을 끌어내리면 끝내
겠다고 말씀하지 않았습니까?"

"아! 그러네요."

둘러앉은 네 사람은 모두 입이 딱 벌어졌다.

"정말 귀신같은 꾀를 냈소. 내 반드시 그렇게 하고 싶소."

"이건 지난번에 근기국이 써먹은 꾀ᄂ데 저들이 거꾸로 그 꾀에 당할
줄은 생각지 않을 것입니다."

"그렇군요. 다만 걱정이 하나 있소. 우리가 배를 부리거나 물로 쳐
들어가는 싸움에는 서툽니다. 부장께서 좀 도와줄 수 있소? 아예 그
우두머리를 맡아 주시면 좋겠소."

"원하시면 맡겠습니다. 하지만 저 혼자만 공을 세우면 토평 장군의
얼굴이 서겠습니까? 약밭을 지나 곧바로 용주성으로 가는 희날재 쪽
과 바깥바다 당고개 쪽으로 근기국과 맞서면 저들의 군사가 그 두 곳
에 붙들려 영주성이 텅 비어 저는 더욱 쉬워질 것입니다."

"물론이오. 그렇게 하겠소."

그때 세월랑이 나섰다.

"장군이 거느린 군사가 5백에도 모자란다지요? 세 곳으로 나누기
어려울 테니 희날재 쪽은 내가 맡겠소. 내가 1백 명을 데리고 가서 싸
우겠소."

"그쪽을 맡겠다면 1백 명을 보태 2백을 채워 드릴 터이니 함께 이

끌어 주십시오."

수달이 말했다.

"그렇다면 오늘 오후에 군영을 나서서 내일 새벽부터 싸움을 걸어 보십시오. 저는 내일 밤에 설도를 잡으러 가겠습니다. 한 가지 당부 드리자면, 희날재와 당고개 쪽으로 가는 군사는 반드시 큰 방패를 준비해서 저쪽의 활을 대비해야 합니다."

"하긴 방패만 있으면…."

"활을 잘 막아내면 저쪽 군사는 별것 아닙니다. 또한 두 분은 죽기 살기로 맞붙을 일이 없습니다. 싸우는 척 물러서고 물러서는 척 싸워서 많은 군사들을 싸움터에 붙들어 놓으면 저절로 공을 세우게 될 테니까요."

"싸움을 눈치껏 해서 적을 싸움터에…, 그렇게 하겠소. 그대는 병법에 밝은 사람이군요. 내 그대를 이 자리에서 당장 토평군 부장으로 삼겠소."

"아니요, 사로국 벼슬은 사양하겠습니다. 다만 저희 마님께서 마음대로 왜로 떠나도록 눈 감아 준다고 약조하십시오."

"말할 것도 없소. 우리는 남남이 아닌데 어떻게 막겠소. 하지만 부장만은 건너가지 못하게 막을 수 있지 않겠소? 핫 핫."

"웃지 마십시오. 저는 연오 장군에게 아직 쓸모가 있는 사람입니다. 이 일이 마무리되면 마님 모시고 바람처럼 떠나겠습니다. 그럴 수 없다면 왜 장군을 도우려 하겠습니까?"

"어쩔 수 없군요. 좋을 대로 하십시오."

둘의 이야기를 듣던 무영 공주가 벌휴에게 말했다.

"장군은 앞날에 큰 사람이 될 것이라는 생각이 듭니다. 사로국에 우뚝 설 사람이오."

"뭘 보시고 그렇게 생각하십니까?"

"망설이지 않고 수달 부장의 꾀를 받아들이고 있지 않소?"

"남의 꾀를 빌리는 것이 뭐가 대단하겠습니까? 마음이 닫힌 사람에게는 늘 다니던 자기 길만 보인다는 말이 있지요. 내 길 아닌 여러 길을 찾으려고 언제나 마음의 문을 열어 두고 있을 따름입니다."

"정말 훌륭하신 말씀입니다."

이야기가 끝나자 수달은 곧바로 배를 찾으러 떠났고 사로국 군영도 움직이기 시작했다. 벌휴의 군사 2백은 당고개가 바라보이는 칡밭으로 갔고, 세월랑이 이끄는 2백의 군사는 약밭을 지나 희날재로 향했다.

한편 근기국 새 왕 설도는 동심밑에서 서라벌군을 두찌르자 크게 기쁘고 이젠 뭐든지 할 수 있다는 마음이 들었다. 더구나 아버지가 활을 잘 쓰게 군사들을 가르쳤던 탓에 서라벌군을 쉽게 둘리치고 자기네는 손가락 하나 다치지 않았다.

한 중신이 말했다.

"대왕이시여, 저들은 아마 혼이 났을 겁니다. 장군 신웅이란 자도 화살 맞아 들것에 실려 갔다던서요?"

"들것에 실려 갔는지 칠성판에 실려 갔는지 모르지만 화살은 맞은 것 같네. 핫 핫 핫."

"도기야가 텅텅 비었습니다요. 고기잡이들 말로는 저들의 여러 척 배가 올여름에 세 차례나 동쪽으로 떠나갔답니다. 왜로 갔을까요?"

"글쎄, 어디로 갔든 우리가 서라벌을 물리쳤으니 이참에 빨리 군사를 보내 빈 땅을 거둬들여야겠소."

"맞습니다. 본래 근기국 것이니 이제 찾아야죠. 백성을 낱낱이 헤아리고 조세를 많이 걷어 군사를 늘리십시오."

"좋소. 그렇게 합시다."

설도는 싸움에 이긴 이튿날 잔치를 벌여 부하들을 실컷 먹였다. 그 이튿날이 되자 곧바로 빈 땅을 차지하려고 나섰지만 서라벌군이 움직이고 있다고 염탐꾼이 알려오자 먼저 그걸 막기로 했다.

그는 거드름을 피우며 말했다.

"서라벌 쓰레기들이 희날재와 당고개 쪽으로 온다고? 어리석은 놈들이 아예 죽겠다고 마음먹었네. 어디로 오든 우리 활잡이들의 과녁 밖에 더 되겠어? 서질랑은 두 백인대를 이끌고 희날재로, 남무랑도 역시 두 백인대를 데리고 당고개로 가라. 내가 가르쳐 준 대로 저들이 쉰 걸음 안에 들 때 활잡이들이 한꺼번에 활을 쏘아 절반 넘게 무너뜨린 뒤 창잡이가 쳐들어가는 것, 알겠지?"

한 신하가 말했다.

"이곳 용주성에 백여 명 군사만 남을 터인데 너무 적지 않을는지요?"

"아니다. 두 곳을 잘 지키면 놈들이 어디로 들어올 건데? 그렇다고 배 타고 올 일도 없잖아. 남은 1백 군사는 병영에서 기다리다 어느 쪽이든 위급해지면 구원하러 보낼 것이네."

근기토평장군 벌휴는 해 질 무렵 칡밭에 이르러 하룻밤을 보내고 이튿날 아침 한걸음 더 나아가 큰나루에 가까운 당고개 아래에다 진을 쳤다. 서라벌군의 움직임을 알고 있는 저들은 이미 당고개로 물러나 기다리고 있었다.

함께 다니며 길을 알려 주는 오내벌 군졸이 말했다.

"앞쪽을 보십시오. 저 재가 당고개랍니다. 제법 가파르지요. 저들이 고갯마루에 진을 치고 있습니다."

벌휴는 큼직한 방패를 든 군사를 앞세우고 천천히 움직였다. 나팔을 불고 북을 쳐 싸움을 부추기자 저쪽도 바쁘게 움직이는 것이 보였다. 거리가 좁혀져 화살을 몇 대 날려 보아도 숲에 숨어 지키고 있다가 더 가까워지자 비로소 싸움에 응하며 한꺼번에 소나기처럼 화살을 쏟아 부었다. 그러나 미리 짐작한 일인 데다 모두 방패를 갖춰 다친 자는 생겨나지 않았다.

벌휴의 2백 군사들은 명에 따라 싸우는 흉내만 내고 있었다. 근기국 쪽이 싸움을 걸어오면 지키기만 하다가 뒤로 물러서면 이쪽에서 싸움을 걸었다. 활잡이들이 닳은 대신 창잡이 칼잡이가 적은 저들은 함부로 덤벼들지 못했다.

서로 엿보며 이런 싸움이 하루 내내 지루하게 이어지다 드디어 해가 서산으로 넘어갔다. 벌휴는 자욱한 물안개와 어둠이 함께 내려앉는 바다를 바라보며 여유로운 웃음을 흘렸다.

"오늘 하루는 그런대로 지나갔네. 수달이 이 싸움을 끝장내겠지."

어둠이 더욱 짙어지자 벌휴는 당고개 아래 큰나루로 물러나 수십 명 군사를 남겨 두어 모깃불로 적의 눈을 속이고 그는 오내벌로 돌아왔다.

해 넘어가기를 기다리던 수달은 숲실에서 이리저리 주워 모은 열 척의 고기잡이배에 서라벌 군사 백 명을 나눠 태웠다. 돛을 올리고 근기곶 모퉁이를 돌며 바깥바다로 나와 깜깜한 어둠 속에서 겨우 사라 끝을 찾아 닻을 내렸다.

하늘에 달이 없어 별만 쏟아질 듯 총총하다. 서늘한 바닷바람이 땀 밴 잔등을 부채질하며 지나간다. 마을을 살짝 피해서 1백 명의 군사를 이끌고 마치 표범이 사슴을 노릴 때처럼 숨소리를 죽이고 납작 엎드려 한발 한발 대궐로 다가갔다.

근기국 대궐은 성이라기보다는 돌담을 두른 치소에 지나지 않았다. 일찍이 철부에게 쫓겨 이곳으로 옮겨 와 바다가 훤히 내려다보이는 언덕 위에 터를 잡고 서둘러 마련했던 것을 두 공주를 시집보내 싸움이 없어지면서 그냥 쓰고 있었다. 성 밖 언덕 아래 군영에 1백의 군사가 있었으나 그들은 왕궁을 지키는 게 아니라 당고개나 희날재로 달려가려고 명을 기다리는 참이었다.

수달은 군사를 두 패로 나눠 한 패는 담 밑을 둘러싸고 다른 한 패가 담을 넘어갔다. 파수 보는 놈을 잡고 곧바로 침전으로 들어가니 왕은 깜짝 놀라 벌떡 몸을 일으켰다. 칼을 들이대어 왕 내외를 묶고 끌어내자 담 밖에서 기다리던 군사들이 부싯돌을 쳐서 화살에 불을 댕기고 왕궁을 향하여 쏘았다.

왕 내외를 끌고 배에 올랐을 때는 그쪽에 불길이 솟아오르고 갑자기 소란스러워졌다. 뒤늦게 달려온 군사들이 이리저리 뛰어다니는 모습이 타오르는 불빛에 어른거렸다. 그들과 마주치면 괜한 싸움이 벌어질 것이다. 수달은 뒤도 돌아보지 않고 배를 띄워 사라끝을 벗어났다. 열 척의 배가 만내를 거슬러 오내벌 나루에 닿았을 즈음에는 둥근

274

해가 동쪽에서 떠올랐다.

벌휴와 세월랑은 먼저 와서 기다리고 있다가 수달을 맞았다. 벌휴의 입이 벙긋 벌어졌다.

"수달 부장! 큰 공을 세웠소. 정말 대단하오. 대왕께 말씀 올려 이번 싸움에 공을 세운 부장에게 큰 상과 높은 벼슬을 내리도록 하겠소."

"아니요. 어차피 떠날 사람이 상과 벼슬로 무엇에 쓰겠습니까? 저를 따라갔던 군사들에게 대신 내려 주십시오."

"수달 부장, 왜로 가지 말고 여기 사로국에 머물러 날 도와주면 안 되겠소?"

"저는 연오 장군의 사람입니다. 소싯적에 아버지 어머니를 잃어 이름도 없이 거지처럼 떠돌다가 그분의 아버지 철부 장군을 만나 한평생을 사람 노릇 하며 살았습니다. 더구나 아내와 아이들도 그쪽에서 나를 기다리고 있습니다. 저에게 미련을 두지 마십시오. 정 그냥 두기 섭섭하다면 벼슬 대신 제가 원하는 물건을 내려 주십시오."

"무슨 물건이오?"

"덩이쇠 3백 개만 주시고 왜로 가져가도록 허락해 주십시오."

수달은 근기국 토평에 공을 세워 덩이쇠 3백 개를 얻고 세오녀와 함께 왜로 갖고 가기로 했다.

근기국 중신들은 새 왕이 서라벌과 맞서다 잡혀가면서 하룻밤 사이에 세상이 뒤집어진 것을 알았다. 모두 모여들어 앞으로의 일을 의논했다.

각간 우슬이 말했다.

　　"근기국은 수백 년 동안 무금왕의 할아버지들이 대를 이어 다스려 왔지요. 설도의 아비 부조기가 옛 임금의 마복자로 총애를 받아 권세가 그에게 이어졌으나 더 큰 욕심을 부리다가 마침내 오늘에 이르렀어요. 설도가 왕의 자리를 빼앗은 것이 크게 잘못되었다고 알았지만 그의 창과 칼에 맞서지 못해서 어쩔 수 없이 신하 노릇을 해 왔소. 무금왕에게 죄를 빌고 다시 임금 자리로 모시는 것이 옳다고 생각하오."
　　여러 중신들은 모두가 설도의 신하 노릇을 재빨리 털어내고 싶어 그 말을 함께 받아들이면서 감쪽같이 사라진 무금을 찾아보기로 뜻을 모았다. 그때 마침 무영 공주가 보낸 사람이 글을 전했다.

　　"근기국 공주 무영은 오내벌에서 여러 중신들에게 이 글을 보냅니다. 나 무영은 아들과 서라벌의 군사를 부려서 역적 설도를 잡아왔습니다. 역적이 쫓겨나면 마땅히 옛 임금이 다시 돌아와야 옳습니다. 그러나 무금은 더 넓은 새 세상을 열고자 이미 이 땅을 떠나 먼 곳으로 갔습니다. 생각건대 오늘의 근기국은 땅이 좁고 백성이 적어 나라를 꾸리기가 쉽지 않습니다. 날로 그 기세가 뻗어 나가는 사로국은 오내벌에 진치고 있는 근기토평장군 벌휴로 하여금 언제든지 우리 근기국을 끝나게 할 수 있습니다. 신옹의 서라벌군이 설도의 군사와 싸우다 수백 명이 죽고 다쳤지만 덕이 높고 인자한 벌휴 장군은 우리 조정과 백성을 불쌍히 여기는 마음으로 앙갚음을 미루며 아직 토평군을 크게 움직이지 않은 채 지켜보고 있습니다. 슬프고 안타까운 마음이 앞서지만 세상의 큰 흐름에 따라 한시바삐 사로국에 귀부하는 것이 옳다고 믿습니다. 늦추지 말고 중신들의 뜻을 전해 주십시오."

사신이 읽기를 마치자 고개를 끄덕이지 않는 자가 없었다. 철부와 비연랑에게 큰 땅을 빼앗겨 근기국의 운명이 다할 즈음에 요행히 싸움이 멈춰지고 슬기로운 옛 임금이 두 장수를 사위로 삼아 오늘날까지 버티어 왔었다. 이제 왕 자리를 뺏어 간 설도가 사라지고 옛 왕 무금 또한 이 땅에 없다면 자리를 이어받을 사람은 바로 무영 공주다. 중신들은 공주의 큰 뜻을 무겁게 여겨 그에 따르기로 했다.

근기국의 각간 우슬과 몇 중신들은 오내벌로 와서 무영 공주와 벌휴를 만났다.

우슬이 공주 앞에 엎드려 말했다.

"소신들이 무금 대왕을 지키지 못했습니다. 죽여 주십시오."

"각간은 일어나세요. 설도가 창과 칼을 쥐었으니 맨주먹인 여러분에게 무슨 수가 있었겠소? 내가 살펴보니 사로국은 혁거세거서간을 받들어 나라를 세우고 2백여 년이 흐르도록 해마다 번창하고 힘을 키워 작은 여러 나라를 합치면서 이 땅의 주인이 되었소. 가까운 곳에서 사로국에 맞설 자는 아무도 없지요. 무금은 이런 사정을 꿰뚫고 설도의 반역이 일어나기 전에 이디 왕 자리를 내놓을 생각을 가지고 있었어요. 이제 일이 이렇게 되었으니 신하와 백성을 더 힘들게 하지 말고 사로국에 귀부하는 것이 옳다고 생각합니다."

"소신들을 용서하여 주십시오."

무영 공주와 중신들의 이름으로 된 근기국의 항복 문서는 벌휴를 통하여 곧바로 서라벌에 전하겼고, 사로국은 이를 받아들여 장차 군현을 두게 될 때까지 토평 장군 벌휴로 하여금 도기야와 함께 다스리게 하였다. 그로써 수백 년을 이어 오던 근기국은 끝이 났다.

　연오랑이 마지막 배들을 이끌고 오키 제도의 니시노 섬에 발을 들여놓았을 즈음에는 주타로와 그 아들 니시오의 노력으로 나카노와 지부리 두 섬은 말할 것도 없고 오키노 섬의 젊은 부족장 오키히로도 이미 합병의 뜻을 밝혀 왔다.

　오키노 섬에서는 늙은 족장이 세상을 떠나고 과부가 된 후미코가 딸 하나코를 데리고 첫 남편 주타로 옆으로 돌아왔다.

　주타로는 족장 여섯을 모았다. 여섯 족장이란 니시노 섬의 니시오를 포함한 네 섬의 족장 넷과 근기국의 무금, 도기야의 족장 자리를 물려받을 우대랑이었다.

　주타로가 말했다.

　"나는 새파란 젊은 나이에 니시노 섬의 족장으로 바다 건너 서쪽으로 노략질에 따라 나갔소. 우리는 곧 철부 장군에게 잡혀 모두가 목숨을 잃을 참에 놀랍게도 그분이 놓아주어 손가락 하나 다친 사람 없이 돌아올 수 있었소. 오직 나 하나만 새 세상을 배우고 싶어 스스로 그분 밑에 남아 서른 몇 해를 살다 왔소. 그곳에서는 이미 2백여 년 전에 서라벌 여섯 마을이 마음을 합치고 사로국을 세워 나라는 크게 번창하고 백성은 더욱 개명되어 살기 좋은 땅으로 바뀌었소. 내가 모시던 철부 장군은 사로국의 탈해 임금과 고구려 시조 주몽 임금의 핏줄을 이어받아 열다섯 살에 화살 한 대로 황소만 한 호랑이를 잡았소. 그분의 외아들인 연오 장군은 근기국 왕실의 핏줄까지 섞은 세 왕가의 후손이오. 이제 연오 장군은 개명된 사로국을 본받아 이 섬과 바다를 건너온 도기야와 근기국까지 합친 여섯 부족이 모두 위아래 없이 하나가 되는 큼직하고 든든한 '오키'를 세워 후손들에게 물려주려 하오. 서라벌 사람들이 혁ㄱ세를 모셔 사로국을 세웠듯이 우리도 이분을 왕으로 모셔 새 나라를 세우려는데 여러분의 생각은 어떻소?"

나카노 섬의 부족장이 일어났다.

"우리 부족은 오랫동안 이웃 오키노 섬을 받들고 양식과 여자와 앞바다에서 잡은 물고기를 빼앗기며 겨우겨우 살아왔습니다. 이제 여섯 부족이 크든 작든 위아래 없이 하나가 될 수만 있다면 주타로 어른의 말씀에 따라 연오 장근을 우리의 왕으로 모시는 데 뜻을 같이합니다."

이어서 오키노 섬의 젊은 부족장이 일어났다. 그는 주타로가 새 나라를 '오키'라 부르자 기분이 붕 떠서 말했다.

"지금까지 오키노 섬이 힘을 믿고 몇몇 작은 섬을 괴롭혀 온 것을 사죄드립니다. 여러 부족장께서 그런저런 지난날을 너그러이 용서해 주신다면 저는 기꺼이 연오 장군을 왕으로 받들어 충성을 바치고 새 나라 '오키'에 함께하겠습니다."

다른 부족장들도 모두 한마디씩 거들어 같은 뜻을 밝히자 마침내 연오랑이 일어섰다.

"여러분의 뜻이 그렇다면 내일 백성들을 모아 여섯 부족이 하나가 되어 새 나라를 만든다고 널리 알리겠소. 우리가 참으로 하나가 되려면 피가 섞여야 합니다. 바다를 건너온 부족의 처녀 총각과 이곳 처녀 총각이 서로 짝 지어 우리 자손들을 하나의 핏줄로 만들어야 합니다. 그보다 먼저 할 일은 이곳 사람들이 사로국의 개명된 풍속을 받아들이고 새로운 마음을 길러야 합니다. 앞으로 조정에서 가르치는 것에 따라 옛날의 나쁜 풍속을 하나하나 버리도록 하십시오. 족장이 죽으면 산 사람 죽은 사람 여럿을 함께 묻는 것도 버려야 할 나쁜 풍속의 하나입니다. 우리가 개명된 풍속을 세우지 못하면 사람답게 살기 어렵고, 서로 생각이 달라 자손에게 가르쳐 줄 큰 뜻을 마련할 수 없습니다."

여러 부족장이 고개를 끄덕이자 연오랑은 다시 말을 이었다.

"지금의 땅은 우리에게 너무 좁습니다. 단단한 쇠로써 날카로운 칼과 창을 만들어 우리에게 맞서는 부족을 물리치고 넓은 땅을 후손들에게 물려줍시다. 또한 쇠로써 온갖 연장과 뾰족한 낚시를 만들어 농사와 고기잡이에 쓰면 모두가 배부르게 먹을 수 있습니다. 아내가 곧 이리로 오면 비단 짜는 일을 크게 일으켜 매끄럽고 부드러운 비단옷을 입고 살도록 할 것입니다."

다음날 여러 족장과 많은 백성들이 모인 자리에서 연오랑은 새로운 나라의 왕의 자리에 올랐다.

오랫동안 애써 온 주타로가 감격한 듯 벌떡 일어나 말했다.

"우리 새 왕을 모시는 천세를 부릅시다."

"천세, 천 천세!"

"천세, 천 천세!"

"천세, 천 천세!"

곧이어 새 왕 연오랑은 나이 많은 주타로와 고질부를 조정의 대신으로 세우며, 아직도 사로국에 머물러 있는 수달을 장군으로 삼았다. 각 부족장은 조정의 명에 따라 자기 부족을 맡아 다스리기로 했다. 또

한 왕의 대장간을 세우고 쇠꺽지의 아들 억쇠를 편수로 삼았다. 큰 잔치를 벌이고 모두 즐거운 시간을 보냈다.

사흘째 날에도 모임이 이어졌다.

오키노 섬의 족장이 말했다.

"어제 대왕께서 바다를 건너온 남자 여자와 여기 살던 남자 여자가 서로 짝 짓자고 하신 말씀을 반갑게 받아들였습니다. 다만 그렇게 피를 섞으려면 대왕께서 앞장서야 합니다. 우리 족장들의 딸이나 누이 가운데 하나를 대왕의 두 번째 아내로 삼게 하는 것이 어떻습니까?"

나카노 섬의 족장은 눈치가 빠른 사람이었다. 연오왕이 지난해 이곳을 살피러 와서 오키노 섬 늙은 족장의 딸을 만나고 갔다는 소문을 듣고 있어 새 족장 오키히로가 연오왕과 자기 누이를 짝 맞추려 한다는 속내를 얼른 알아챘다. 오키노와 니시노 두 큰 섬이 손잡고 자기네를 따돌릴까 두려워 일어나서 말했다.

"오키가 작은 나라도 아닌데 대왕께서 아내가 좀 많으면 어떻습니까? 여기 다섯 부족장의 딸이나 누이를 골고루 하나씩 취해 아내로 삼아 주십시오. 저는 기꺼이 가장 예쁜 딸 우사메를 바치겠습니다. 우사메가 얼마나 예쁜지는 여러분께서 모두 잘 알고 계시겠지요?"

그들은 아직까지 혼인으로 엮지 않고서는 여섯 부족이 꼭 같은 지위를 누릴 수 있도록 한다는 약속을 믿지 못했다.

연오왕은 대답하기가 내키지 않았다. 여러 계집을 옆에 두기보다는 백성의 마음을 얻는다는 아버지의 말씀이 문득 떠올랐다. 아버지의 할아버지조차 열다섯 살이나 많았던 할머니만을 오로지 사랑하였다지 않은가? 새로 생긴 아내가 다섯이라면 곧 찾아올 세오녀가 받아들이기도 어려울 것이다. 그렇지만 다시 생각해 보니 처음 왔을 때 만났던 하나코는 그냥 물러설 여자가 아닐 듯했다. 오키히로가 첩을 두라고 먼저 나섰던 것도 하나뿐인 누이 하나코 때문이 아니었을까? 생각할수록 골치가 아팠다. 그토록 자랑하는 우사메가 얼마나 예쁜지는 뒷일이었다.

왜의 부족장들은 왕이 반갑게 받아들일 줄 알았다가 뜻밖에도 아무런 대답 없이 눈을 감자 실망하는 기색이 뚜렷해졌다. 나카노의 족장은 어색해서 고개를 돌려 먼 하늘을 바라보고 있었다. 갑자기 서먹해졌다.

주타로도 어려워졌다. 그는 왕의 아버지 철부가 다른 여자를 돌아보지 않던 것을 가장 잘 아는 사람이다. 하지만 오키노에서 건너와 어젯밤을 함께했던 후미코의 말이 떠올랐다.

"교코는 하나코와 사이좋게 어울려 서로가 질투하지 말자며 함께 대왕의 아내가 될 꿈에 부풀어 웃음꽃을 피운다오."

"그 무슨 말이오? 교코에게는 약속한 사내가 있잖소?"

"당신은 아직도 모르시나요? 그 사내가 오키노 족장의 삼촌을 따라다니던 녀석인데 삼촌이 스스로 목숨을 끊자 그도 따라갔대요."

일이 그렇다면 이제 죽은 철부의 고집만 편들 수는 없다. 왕과 가장 가깝다는 자기가 일을 마무리짓지 못하면 딸은 말할 것도 없고 다시 돌아온 후미코에게 뭐라고 말하랴?

주타로가 연오왕에게 귓속말을 건넸다.

"대왕께서 마음을 바꾸십시오. 저들의 얼굴빛을 보십시오. 끝내 받아들이지 않으면 무슨 궂은 일이 벌어질는지 알 수 없습니다."

282

연오왕은 생각했다. 저들은 계집은 많을수록 좋다는 생각에 굳어 있고 갑자기 고칠 수 없다. 이모 무영 공주가 뭐라 하셨던가? 사람의 마음이란 언제든지 움직이고 어디든지 갈 수 있지만 누구나 스스로 움직이고 스스로 갈 길을 찾기는 참으로 어렵다며 호랑이 사냥을 그만둔 나를 칭찬하지 않았던가? 외통수 고집을 버려야 할 때라고 느꼈다.

한참을 이리저리 성각하다 여러 족장들을 향하여 말했다.

"내가 빨리 대답하지 못한 것은 여러분의 딸이나 누이가 싫어서가 아니라 아내가 아직도 바다를 건너오지 못했기 때문이오. 사로국 풍속에 따르면 아내가 없는 틈을 노려 다른 여자를 맞는 것은 사내답지 못한 짓입니다. 또한 사사로운 집과는 달리 왕이 다른 아내를 두는 일은 왕비가 정합니다. 아내가 이곳으로 건너오면 곧바로 왕비로 삼는 한편 왕비로 하여금 다섯 부족이 골라 주는 딸에서 각각 하나씩 아내를 얻도록 하는 것이 어떻습니까?"

부족장들은 그제야 고거를 끄덕이며 모두 만족했고 연오왕도 아내 세오녀를 곧바로 왕비 자리에 앉힐 길을 열었다.

세오녀는 어머니 무영 공주와 헤어져 수달 부장과 함께 덩이쇠 3백 개를 실은 배를 타고 숲실나루를 떠나 니시노에 닿았다.

연오왕이 비로소 크게 안심하고 내일 곧장 왕비로 즉위한다고 알리자 세오녀의 기쁨은 가늠할 수 없었다.

세오녀가 시녀에게 말했다.

"보라니까. 그 장님이 내가 귀한 사람이 된다고 점쳤어. 왕비가 얼마나 귀한가? 함께 오지 못하고 오내벌에 혼자 처졌을 때는 대왕이 혹시나 다른 여자에게 마음 빼앗기지 않을까 무척 속 썩었지. 알고 보니 괜한 걱정이었네."

그러다 이튿날 왕비로 즉위하면서 자기 외에 다섯 여자가 비록 왕비 자리는 아니나 함께 남편의 여자가 되는 것을 알았다.

"시앗이 한꺼번에 다섯이라니…."

그녀는 기절하고 말았다. 한참 지나서 눈을 뜨자 옆에서 남편이 걱정스럽게 지켜보고 있었다.

"여보! 깨어났구려."

"아버지가 평생을 한 여자만 사랑했고 아버지의 할아버지도 그렇게 했다고 자랑하시기에 찰떡같이 믿었더니 어떻게 된 거죠?"

그 말 한마디만 던지고는 남편을 등지고 돌아누워 버렸다.

"진심으로 말하건대, 내키지 않았지만 부족장들이 자기 딸을 아내로 맞아 주지 않으면 날 믿지 않고 따르지 않으려 했소. 그들이 등을 돌려 버린다면 이 머나먼 곳에 와서 어떻게 왕 자리를 지키고 누구 땅에 발붙여 살겠소? 내가 왕이 아니라면 어떻게 당신이 왕비가 되겠소? 당신은 장님 점쟁이가 귀한 사람이 될 것이라고 했던 점이 맞았으니 얼마나 기쁘겠소? 하지만 왕비라는 귀한 자리는 마음이 바다처럼 넓어야만 지킬 수 있소. 왕비 된 것이 정녕 기쁘다면 마음을 넓혀 그걸 지키시오."

말을 마치자 속이 상한 왕은 밖으로 나가 버렸다. 세오녀는 밤새 괴로워하던 끝에 수달을 불렀다.

"장군, 날 데려오시느라 고생하셨죠? 하지만 여기는 내가 살 곳이 아니오. 나를 다시 어머니 계시는 오내벌로 데려다 주오."

"마마, 왜 그렇게 생각하십니까? 새로 맞은 다섯 여자 때문입니까?"

"엉큼한 주타로 늙은이 그 다섯 중에 자기 딸에다 마누라가 다른 사내 품에 안겨 낳은 딸까지 끼워 넣었다면서요? 어떻든 내 사내가 벌거벗은 다른 계집 껴안고 누운 꼴을 생각하면 가슴이 터져 버릴 것 같아요."

"마마, 대왕의 옆에는 많은 여자들이 그림자처럼 늘 곁에 따르기 마련입니다. 사로국의 왕도 마찬가지였습니다."

왕비는 생각해 보았다. 많은 여자들이 늘 곁에…. 어디서 듣던 말이다. 그건 바로 엄마 말씀이 아니던가?

"수달 장군도 누구와 한통속이네요."

말은 그랬지만 못 이기는 처 받아들였다.

24

어느 날 아침 서라벌에서는 구름 한 조각 없는 하늘에서 어쩐지 해가 제대로 빛나지 못하고 있었다. 밤이 되자 달조차도 또렷하게 드러나지 않았다. 이튿날도, 그 이튿날도 마찬가지로 해와 달의 눈부시고 아름다운 빛을 볼 수 없었다. 연오랑이 왜로 건너간 이듬해인 아달라 이사금 4년(AD 157)이었다.

백성들은 한 말로 해와 달의 정기가 사라졌다고 했다. 눈에 익은 구름이나 안개가 없다 보니 하늘이 맑지 않아 해가 제대로 빛나지 못하는 것이 아니라 해가 정기를 잃어 빛나지 않고 하늘도 어둡다고 생각하는지도 몰랐다. 논밭에 심은 곡식이 가을에 제대로 열매 맺지 못하여 크게 흉년 들 것이 뻔했다.

곳곳에서 수군거렸다.

"해와 달의 정기를 품은 세오녀의 비단옷을 대왕이 입지 못하고 홍패와 홍매가 가로채어 해와 달의 빛이 사라졌다."

"연오랑과 세오녀가 해와 달의 정기가 깃든 비단옷을 가지고 왜로 가 버려 해와 달의 빛도 따라갔다."

"해와 달의 정기를 지닌 연오랑과 세오녀가 왜로 가 버려 그 빛이 사라졌다."

여러 갈래로 떠도는 소문은 이렇게 '비단옷', '해와 달의 정기와 빛', '연오랑과 세오녀' 등의 말로 서로 이어져 서라벌 골목에 넘쳐흐르면서 백성들의 마음이 흔들리고 있었다. 엉뚱한 야심을 가진 자나 권력에서 밀려난 어둠의 세력들은 그런 틈새를 노린다. 무슨 엉뚱한 일이 벌어질지 알 수 없어 왕은 잠을 이루지 못했다.

중신들이 모여들자 왕이 말했다.

"경들은 해와 달이 빛이 없어진 것을 어떻게 보시오? 이찬이 말씀해 보오."

"소신도 이런 변고는 처음인지라 그 까닭을 알 수 없습니다. 거리마다 백성들이 와글와글 들끓고 있습니다. 6부 촌장들을 모시고 화백을 열어 의논함이 옳을 것입니다."

"그럽시다. 서둘러 화백을 열지 않으면 앞으로 저들 6부가 조정을 탓할 것이오. 내일 바로 촌장들을 모셔오도록 하세요."

이튿날에 화백이 열렸을 때, 입빠르기로 소문난 촌장이 대뜸 말했다.

"대왕께서 홍매라는 요망한 계집을 대궐에 들여 이런 변고가 일어났다는 말이 떠돌고 있습니다. 그 요망하고 엉큼한 남매가 해와 달의 비단옷을 가로챘다는데 정말입니까?"

그 송곳 같은 물음에 여러 촌장들이 웅성거리자 왕은 등에 식은땀이 흘렀다. 둘러대는 수밖에 없었다.

"그 계집 남매를 모두 쫓아낸 지가 이미 오랜데 요즘에 일어나는 변고와 무슨 상관이겠습니까?"

여러 촌장들이 끼리끼리 온갖 말을 주고받느라 웅성거리자 점잖은 한 촌장이 나서서 말했다.

"자ー, 조용히들 합시다. 요망한 계집 한둘이 이 거룩한 사로국에서 무얼 어쩌겠소? 반드시 우리가 알지 못하는 무슨 조화가 있을 것이오. 대왕께서는 이 하늘의 변고를 어찌 일자日者(일관)에게 물어보지 않았소?"

촌장들이 이 말에 하나같이 고개를 끄덕여 곧 일관이 불려오자 왕이 물었다.

"지금 서라벌의 변고를 알고 있겠지요? 해와 달이 광채를 잃은 것이 무엇 때문이오?"

일관은 눈을 감고 한동안 알아들을 수 없게 중얼거리더니 말했다.

"여태까지 해와 달의 정기가 우리나라에 내려 있었는데 이제 왜로가 버렸기 때문에 이런 괴상한 변이 생기는 것입니다."

왕이 갑갑하다는 듯 급하게 물었다.

"정기가 왜로 가 버렸다니요?"

"정기를 지닌 사람이 왜로 갔다는 뜻입니다. 동쪽 바닷가에 살던 연오랑 세오녀 부부가 해와 달의 정기를 갖고 있었는데 그들이 왜로 건너가 버렸습니다."

일관도 이 변괴에 연오랑과 세오녀의 이름을 들먹이는 서라벌 거리의 소문을 익히 들었기에 어쩌면 미리 마련된 점괘였다. 둘러앉은 촌장들은 일관의 점괘와 떠도는 소문이 맞아떨어지자 모두 고개를 끄덕였다.

연오랑과 세오녀의 이야기가 나오자 왕은 속으로 움찔하며 발이 저렸으나 시치미를 떼고 옆에 있던 벌휴에게 다른 사람이 들을 만한 큰 소리로 물었다.

"연오랑과 세오녀라? 그게 어디 사는 누구요?"

"죽은 철부 장군의 아들과 며느리입니다."

"그들은 동쪽 바닷가에 여기저기 널려 있는 바위에 붙은 *바닷말[海藻]이나 따서 말려 두었다가 해마다 조정에 바치는 사람이 아닌가? 그들이 해와 달의 정기를 갖고 왜로 가 버렸다니…. 이거 어쩌면 좋겠소? 6부의 어른들께서도 말씀해 보시오."

한 촌장이 말했다.

"해와 달의 정기를 품은 그들이 왜로 가 버려 이런 일이 생겼다면 마땅히 다시 데려오면 되지 않겠습니까? 군사를 보내서 잡아오면 틀림없겠지요."

다른 촌장이 말했다.

"연오랑이 비록 호랑이 잡은 철부의 아들이긴 하지만 미개한 곳으로 달아나 숨었으니 무슨 힘을 쓰겠습니까? 여기 젊은 벌휴 장군으로

---

*延烏 歸海採藻 … (삼국유사)

말하자면 수십 년 동안 그 아비 철부도 손대지 못한 근기국을 신웅이 남긴 패잔병 몇백 데리고 가서 눈 깜짝할 사이에 항복받지 않았습니까? 그러고도 우리 군사는 손가락 하나 다치지 않았으니 귀신도 울고 돌아설 것이오. 고작 연오랑 내외를 잡아오는데 무엇이 힘들겠습니까?"

벌휴는 자기를 높이 보는 말이기는 했지만 사실이 너무 다르다 보니 거북하고 기가 막혀 그냥 듣고 있을 수가 없었다.

"6부의 여러 촌장께서 들어 보십시오. 연오랑과 세오녀는 혼자 와로 건너간 것이 아니라 4백의 군사를 데리고 갔습니다. 가벼이 보시지 마십시오."

"그렇다면 달리 무슨 방책이 없소?"

촌장들이 또다시 끼리끼리 마주 보며 온갖 의견을 주고받느라 웅성거리자 왕이 말했다.

"알겠소. 자, 촌장 어르신네. 너무 걱정하지 마시오."

한순간에 모두 입을 닫고 왕을 쳐다보았다.

"우리 2백 년 사로국이 이만 일로 흔들리겠습니까? 짐이 망설이지 않고 오늘의 재앙을 물리칠 것이오. 데려오든 잡아오든 젊은 장군 벌휴를 왜국토평대장군倭國討平大將軍으로 삼아 바다 건너로 보내겠소."

"옳은 말씀입니다."

홍패와 신웅이 잇달아 세 차례나 싸움에 졌던 분한 마음을 단숨에 풀어 준 벌휴를 두고 달리 말할 사람은 아무도 없었다.

벌휴는 서라벌의 남산보다 더 큰 걱정을 안고 집으로 돌아왔다. 배를 어떻게 마련해야 할는지? 오내벌에서 듣기로 철부는 동예 옥저나 변한 가야와 장사하면서 사람 서른을 태우고도 남을 큰 배를 만들었다고 했다. 그런 배가 열 척도 더 있어서 적어도 3백이나 4백 군사는 되어야 토평군 모양새를 꾸밀 수가 있는데 연오랑이 모두 끌고 가 버렸다고 한다. 열 사람도 태우기 어려운 고기잡이배로써는 바다를 건널 수 없다. 3,4백이 건너간다 한들 저들이 손 놓고 있지 않을 텐데 어떻게 잡아오며, 잡아온들 재앙이 꼭 물러가겠는가? 혼자 이런저런 생각에 머리가 어지러웠다.

밥맛이 없어 저녁상도 마다하자 아내가 들어왔다.

"낭군께서는 대장군에 오르셨다고요? 오늘같이 기쁜 날에 큰 잔치를 열어도 모자랄 텐데 무엇을 그리 걱정하고 계십니까?"

"해와 달이 빛을 잃은 것이 연오랑과 세오녀 때문인즉 왜로 가서 그 두 사람을 잡아오라는 명을 받았지만 어떻게 해야 할는지 알지 못하고 있소."

"쌍문보길을 청하여 물어보시는 것이 어떻겠습니까?"

아내가 데리고 온 쌍문보길이 대뜸 말했다.

"대장군은 왜로 건너가 연오랑 세오녀를 만나거든 창과 칼을 믿지 말고 저들의 마음을 열어 세오녀가 지은 비단옷을 갖고 와 하늘에 제사지낸다면 소원을 이룰 것이오."

"세오녀의 비단옷으로 제사를요? 옷을 주지 않으면 어쩌지요?"

"이쪽에서 그만한 선물을 마련해 가면 안 줄 까닭이 없겠지요. 선물은 송장도 벌떡 일으켜 세운다고 하지 않소?"

"제사 지낸다고 해와 달이 밝아지겠습니까? 제사로 과연 이 재앙이 끝나겠습니까?"

"제사로는 백성의 마음을 달랠 뿐이오. 백성들은 제사를 즐겨 하고 큰 효험이 있다고 믿소. 제사를 지내든 말든 재앙은 곧 끝난다는 것은 장군께서 나보다 더 잘 아시잖소? 내 말이 틀렸소?"

"어르신 고맙습니다. 몰랐던 것이 아니라 그동안 아무도 뜻을 같이 해 주지 않아서 너무 외롭고 저도 모르게 힘이 빠져 있었습니다."

"핫 핫 핫. 대장군답지 않은 말씀이오. 그곳에 가면 예쁜 부인이 반드시 도울 것이니 걱정 말고 잘 다녀오시오."

벌휴는 치소가 있는 도기야로 돌아오기 전에 대왕을 알현했다.

"대왕이시여, 몇 가지 청이 있습니다."

"말해 보시오."

"군사를 움직이는 비용으로 덩이쇠 1천 개를 내려 주십시오. 어디에 가서든 군량이나 물자로 바꿀 수 있습니다."

"은이 아니고 덩이쇠를요? 덩이쇠를 군량이나 다른 물자와 바꿀 수 있다? 1천 개라면 큰 재물이지만 어쩌겠소. 그렇게 하오."

"군사를 크게 줄이겠습니다. 많으면 많을수록 군량과 군비가 더 들뿐더러 타고 갈 배를 마련하기 어렵습니다."

"대장군이 알맞게 줄이도록 하오. 다만 그들과 맞붙어 피 흘리고 싸우라 하기는 좀 뭣하네. 세오녀는 내가 정말 좋아하는 아까운 여잔데…."

"대왕이시여, 미리 말씀드리자면 몇백 명 데리고 가서 싸움으로 이겨 연오랑을 잡아오기는 어렵습니다. 소신이 알아본즉 세오녀가 해와 달의 정기가 깃든 비단옷을 왜로 가져가 버려 그 빛도 따라갔다고도 하니 그 옷을 얻어 와 하늘에 제사지내면 정기가 살아날 것이라고 믿습니다.”

“연오랑을 잡아오지 않고도 재앙을 물리칠 수 있다는 말인가요?”

“무릇 재앙이란 오래 이어지지 않습니다. 몇 달 지나면 저절로 끝납니다. 끝나지 않는다면 사람이 살 수 없을 터인데 하늘이 어찌 이 땅의 어진 대왕과 착한 만백성을 버리겠습니까?”

“그렇고말고. 하늘이 어찌 사로국 이사금인 나를 버리겠소. 나는 하늘을 우러러 한 점 부끄러움이 없는지라 이 재앙이 곧 끝날 것이라 믿고 있소. 장군에게 모든 것을 맡길 테니 몸조심해서 잘 다녀오세요.”

벌휴는 도기야로 돌아오자 부하들을 시켜 혹시 고기잡이배 가운데서 큰 것이 없는지 알아보던 중 뜻밖에도 숲실나루 가까이서 짓다 만 큰 배 세 척을 찾아냈다. 연오랑이 왜로 건너가며 쓰려고 처음에 열 척을 짓다 네 척은 때를 맞추지 못해 왜의 배 다섯 척을 가져오면서 버려두었는데 수달이 그 한 척을 손보아 타고 가 버렸다는 것이다. 목수들에게 물어보니 열흘 안으로 바다에 띄울 수 있다고 했다.

“큰 배가 세 척이라….”

벌휴는 데려갈 군사를 1백으로 정하고 배 세 척으로 토평군을 꾸렸다. 교섭 때 내놓을 덩이쇠 1천 개와 동예에서 가져온 단궁 30벌을 실었다. 원정대라 하기에는 한참 모자랐지만 싸움에 익숙한 군졸을 가려 뽑았다. 왜에 갔다 돌아온 사람을 태워 길잡이로 삼았다.

그의 배들은 사흘이 걸려 오키의 니시노에 닿아 바깥 바다에 닻을 내리고 흰 깃발을 올리자 작은 배 한 척이 다가왔다.

벌휴가 외쳤다.

“나는 서라벌의 대장군 벌휴요. 연오 장군을 만나러 왔소.”

오장이 배에 올라와서 말했다.

"장군이 아니라 대왕이시오. 대왕에 올랐소."

"대왕이라고?"

벌휴는 깜짝 놀랐다. 연오랑이 이렇게 빨리 자리 잡아 왕의 자리까지 꿰찰 줄은 내다보지 못했다.

"과연 철부 장군의 아들이구나. 탈해이사금의 후손이라 역시 다르네."

벌휴는 오장의 안내에 따라 안바다로 들어와 나루에서 닻을 던지고 배를 내렸다. 바다에서 며칠을 지내다 흙을 밟으니 마음이 편해지고 왜 땅에 첫발을 디뎠다는 생각에 기뻤다. 왕궁으로 가서 연오왕과 세오녀를 만났다.

"사로국 벌휴가 문안드립니다. 왕비께도 인사 올립니다."

"벌휴 대장군 반갑소. 내 일찍이 대장군을 만나보고 싶었는데 이곳까지 오셨군요. 먼 바닷길에 웬일이오?"

"이 땅의 대왕과 싸우러 왔습니다."

연오왕은 속으로 깜짝 놀라면서 쓴웃음을 짓고는 벌휴를 뚫어지게 바라보며 말했다.

"싸우러 왔다고요? 내가 왕이오. 헛 헛. 하긴 타고 오신 배에 왜국토평대장군벌휴倭國討平大將軍伐休라는 깃발이 나부낀다고 들었소. 싸우겠다면서 이렇게 날 찾아오시다니요?"

"사로국 화백으로부터 나온 이야기라 어쩔 수 없이 그런 깃발을 세웠을 뿐 저의 이사금께서는 싸울 뜻이 없고 대왕을 모셔오라고 했습니다."

"왜 날 데려오라 했소?"

"지금 서라벌에서는 구름이 낀 것도 아닌데 하늘이 흐려지며 해와 달이 빛을 잃고 말았습니다. 해가 밝고 뜨겁게 빛나지 않으면 대낮이라도 사방이 어둡고 날씨가 싸늘해져서 곡식이 열매 맺지 못하고 돌림병이 번집니다. 달빛이 없으면 밤길을 걸을 수 없고 바다에서 고기가 사라집니다. 서라벌에서는 잃어버린 해와 달의 정기를 찾아야 한다고 법석을 떨고 민심이 사나워졌습니다."

"그 참, 별일이네요. 하지만 그게 나와 무슨 상관이오?"

"왕비께서는 일찍이 사로국 대왕께 바치려고 해와 달을 수놓은 비단옷을 만들지 않았습니까? 서라벌 사람들은 그 옷으로 해서 대왕이 해를, 왕비께서 달의 정기를 품었다고 믿고 있습니다. 그래서 두 분을 모셔오면 해와 달이 다시 정기를 찾는다고 생각합니다."

연오왕은 한바탕 크게 웃으며 말했다.

"핫 핫 핫, 일찍이 왕비에게 청혼하면서 너는 달이고 나는 해라고 말한 적이 있소. 하지만 해와 달을 수놓은 비단옷은 내 눈으로 본 적도 없소. 그게 어떻게 생긴 물건인데 내가 그 정기를 갖고 있다니…."

"대왕께서 본 적이 없다 해도 왕비께서는 만들었습니다. 서라벌 백성들은 해와 달이 빛을 잃은 것이 그 정기를 품은 두 분께서 이곳에 와 버렸기 때문이라 믿고 있습니다."

"헛 헛 헛, 그래서요? 서라벌에 혹시 서북풍이 오래 불고 있지 않소? 서라벌의 이변은 먼지 때문이 아닌지요? 아버지께서 어릴 적에 당신을 키워 주신 할머니로부터 들었다며 얘기해 주셨는데, 눈에 보이지 않고 아주 느끼기 어려울 만큼 부드러운 먼지가 바람 타고 먼 곳에서 날아오면….”

“아! 그 말씀을 듣고 보니 문득 생각납니다. 저도 어릴 적에 어머니로부터 그런 이야기를 들었습니다. 어머니는 당신의 시어머니가 고구려에서 살 때 그런 일이 있었다고 말씀하셨지요.”

“어머니의 시어머니라면 대장군의 할머니가 고구려 사람이셨나요?”

“아닙니다. 어머니가 젊어서 유복자를 낳아 기를 때 시어머니가 고구려 사람이었으나 아버지 구추각간을 만나 우리 가문에 시집오면서 그쪽과는 헤어졌다고 합니다.”

“구추각간은 제법 오래전 분이신데?”

“나는 각간의 아주 늦둥이 아들이지요. 아버지가 사냥을 나가셨다가 남편 없이 어린 아들 하나만 키우던 처녀를 만나 사랑하여 집으로 데려오셨는데 그분이 서른 하나 지난 쉰 살에 나를 얻었답니다.”

“그럼 장군은 바로 *탈해이사금의 손자군요.”

연오왕은 속으로 깜짝 놀랐다. 어쩌면 이럴 수가? 처녀 몸으로 아버지를 낳고 고구려 공주였던 시어머니와 함께 살다 젖 떼고 시집갔다는 할머니가 벌휴 대장군의 어머니란 말인가? 하지만 달리 따져 볼 때가 오리라고 믿고 말을 이었다.

“우리 둘은 탈해이사금의 자손이니 한 핏줄이네요. 정말 자랑스럽소. 그런데 내가 이 먼 곳까지 와서 임금 자리에 오른 것도 하늘의 뜻일진대, 한 핏줄인 나를 모셔가겠다는 달콤한 말로 꾀어 사로국으로 잡아가려 하시오? 헛 헛 헛.”

“대왕이 그런 꼬임에 빠져 따라갈 것이라 믿지는 않습니다. 우리 대

---

*벌휴이사금이 즉위하다. 성은 석씨로 탈해 왕자 구추각간의 아들이다.
伐休尼師今立 姓昔 脫解王子九鄒角干之子也 (삼국사기)

왕은 모셔오라 하셨지만 소장은 두 분을 여기 앉혀 놓은 채 정기만 받아 가겠습니다."

"앉혀 둔 채 정기를 받아 가다니요?"

"두 분이 해와 달을 품었다고 본 것은 왕비께서 그런 비단옷을 지었기 때문입니다. 저는 그 비단옷이 정기를 지녔다고 믿습니다. 그 옷을 주시면 가져가서 제사를 지낸다든지 백성들이 믿을 만한 푸닥거리를 치르고자 합니다."

"그런다고 재앙이 물러가겠소?"

"어머니가 말씀하시기를, 당신 시어머니 말씀이 서북풍이 오래 불면 그럴 때가 있는데 백성들이 큰일 났다고 법석을 떨고 제사 지내는 것을 나라에서는 그냥 지켜본다는 것입니다. 재앙은 때가 되면 물러가기 마련이지만 백성들이⋯."

연오왕도 곧 그 이야기를 기억해 냈다. 이젠 정말 아버지를 낳고 다른 남자 따라갔다는 할머니가 벌휴의 어머니인 것을 의심할 수 없다. 하지만 굵은 침만 꿀꺽 삼키고 말했다.

"세상이 모두 정기를 말하고 있는데 때가 되면 물러간다고 믿네요. 벌휴 대장군은 아주 슬기로운 분이오. 탈해이사금 이후 그 핏줄은 한 사람도 임금 자리를 잇지 못해서 아버지는 그걸 안타까워하셨소. 이제 대장군과 같은 훌륭한 분이 나타났으니 반드시 뒤를 잇게 될 것이라 믿소. 지금 사로국의 대왕께서는 슬하에⋯."

벌휴가 거북하여 왕의 말을 끊고 왕비에게 말했다.

"이제 왕비께서는 저의 뜻을 아실 것입니다. 부디 해와 달이 수놓인 비단옷을 한 벌씩만 주십시오."

"장군의 뜻은 알았지만 그 비단옷은 이제 저에게 없습니다. 단 한 벌의 그 옷을 홍두란 놈이 뺏어 가 홍패와 홍매가 차지했던 일을 잘 아시잖습니까?"

"그러니까 새 옷을 지어 주십시오."

"새 옷을 지으려면 여러 달 걸립니다. 더욱이 그 옷은 사로국 대왕께서 저를 왕비로 삼겠다기에 가져갈 혼수로 마련했던 것입니다. 이제 이곳 왕의 아내가 된지라 마음을 짜내어 혼수에 버금가는 그런 옷을 짓기는 어렵겠는데요."

"제가 비단옷을 공짜로 얻어 가겠다는 것이 아닙니다. 지금 배에 덩이쇠 1천 개를 싣고 있습니다."

왕이 깜짝 놀랐다.

"덩이쇠를 1천 개나요?"

"수달 부장에게 근기국을 토평한 공에 상을 내리겠다고 하자 덩이쇠 3백 개를 달라고 했습니다. 이제 나라 하나를 토평한 상보다 세 배가 넘는 1천 개를 가져왔으니 비단옷과 맞바꿉시다. 어떻습니까?"

왕이 왕비를 바라보며 안타까운 듯 말했다.

"대장군께서 이렇게 먼 바닷길을 오셨는데 옷 지을 방도가 없겠소? 덩이쇠 1천 개라면 우리 군사 모두가 갑주를 입고 쇠칼을 들어도 남을 터인데…"

왕비는 문득 도기야에서 갖고 온 비단 두 필을 떠올렸다. 아달라에게 바치려고 온갖 정성으로 비단옷을 지었는데 연오랑과 혼인할 때는 미처 마련할 틈이 없어 맨손으로 시집왔던 것이 자꾸만 마음에 걸렸다. 그래서 언젠가 불쑥 내놓아 깜짝 놀라게 할 속셈으로 아무도 모르게 비단폭에 해와 달을 수놓아 두었다. 마름질만 잘하면 수놓은 옷이 될 수 있다. 그걸 벌휴에게 주고 덩이쇠를 얻는다? 이즈모에 군사를 보내 놓고 있는 남편에게 덩이쇠는 많으면 많을수록 좋은 보물이 아닌가? 교코나 하나코, 예쁘다고 소문났다는 그 우사메 따위의 다섯 계집을 모두 합친 것보다 왕비인 자기가 더 소중하다고 깨달을 것이다. 하지만 수놓아진 비단이라 말하기는 어쩐지 내키지 않았다.

"꼭 옷이겠습니까? 비단이 어떻겠습니까? 제가 해와 달을 마음으로 수놓은 비단 두 필을 드리죠. 그 마음의 수를 놓느라 며칠 밤을 새웠는지 모릅니다. 그것으로 제사를 올린다면 귀신이 알아보겠지요. 귀신처럼 안다는 말도 있지 않습니까?"

"떠나올 때 쌍문보길이란 장님 점쟁이를 만났습니다. 그분이 비단 옷을 가져오라 했습니다. 비록 옷은 아니지만 밤 새워 마음으로 수놓은 비단이라면 기꺼이 받아 가겠습니다."

"쌍문보길을 만났군요. 그 노인이 다른 말씀은 않았습니까?"

"예쁜 부인이 나를 돕겠다고 하더군요."

"역시 기가 막히는 점쟁이네요. 앉아 삼천리 서서 구만리를 본다더니, 내가 누구보다 예쁘다는 것을 천리만리 밖에서도 훤하게 알아내다니요. 그분이라면 내가 마음의 수를 놓는 데 얼마나 정성을 들였는지 모르진 않겠죠."

"어떻든 고맙습니다. 두 분이 왕과 왕비에 오른 것을 축하하는 예물로 단궁 30벌도 함께 드리겠습니다."

연오왕이 입이 벌어지며 말했다.

"단궁도요? 단궁 서른 벌이라 하셨소? 정말 고맙소. 장군이 가져오신 덩이쇠와 단궁은 이즈모에 나가 있는 우리 군사들에게 아주 귀하게 쓰일 것이오."

"이즈모에 나가 있는 군사들요?"

"우리는 여기에서 여섯 부족이 합쳐 마치 6촌이 함께했던 사로국처럼 하나의 나라를 이뤘지요. 하지만 모두 함께 살기에는 섬이 너무 좁아요. 그래서 나는 여섯 부족의 군사 팔백을 이끌고 지난봄에 이즈모로 쳐들어갔소. 여기에서 하루 뱃길에 있는 뭍의 바닷가지요. 그곳에 사방 백 리의 땅과 수천 백성들을 얻어 수달 부장에게 잠시 맡겨 놓고 며칠 전에 잠깐 돌아왔소."

"그 땅에는 주인이 없었습니까?"

"핫 핫, 주인 없는 땅이 하늘 아래 어디에 있겠소? 저들도 악을 쓰며 덤볐지만 우리 군사들은 창과 칼이 날카롭고 활까지 갖춘 데다 싸움 솜씨가 뛰어나요. 게다가 수달 부장이 얻어 온 덩이쇠로 갑주까지 갖췄으니 하나가 백을 당할 수 있소. 그러나 칼로써만 저들을 이기고 땅을 얻기는 어려워요. 백성들이 농사짓기 쉽게 연장을 마련해 주고 비단 짜기를 가르치며 고기 잡는 낚시나 그물을 나눠 주고 있지요. 여태까지 닥치는 대로 백성들 목이나 베던 저들 칼잡이와는 아주 다르죠. 백성들이 우리에게로 꾸역꾸역 모여들고 있소."

"혁거세 이후 사로국이 땅을 넓혀 온 지난 160년을 되돌아보는 것 같습니다. 부디 뜻하시는 일이 잘되도록 빌겠습니다."

"사로국은 할아버지 아버지의 나라요, 내가 태어난 땅입니다. 이즈모로 옮기는 일이 끝나는 대로 서라벌로 사신을 보내 새나라가 생겨났다고 알리겠습니다. 오늘 우리가 비단을 내드리고 덩이쇠를 얻듯이

귀한 물자를 서로 주고받으며 새로운 풍습과 문물을 배워 오고 싶습
니다.”

“서로가 오고가며 귀한 물건을 주고받을 날을 기쁜 마음으로 기다
리고 있겠습니다.”

왕비가 말했다.

“제가 드리는 비단은 서라벌에 닿아 대왕과 왕비가 함께 계시는
곳이 아니면 절대로 펼쳐 보지 마십시오. 그걸 미리 펼치면 부정을
타고, 재앙이 자꾸만 이어질는지도 모릅니다. 반드시 그렇게 해 주
세요.”

“마음에 새기겠습니다. 그 귀한 비단을 어찌 다른 물건과 견줄 수
있겠습니까? 소홀함이 없도록 하겠습니다.”

25

왜에서 돌아온 벌휴는 곧바로 대궐로 향했다.

“장군! 어떻게 되었소? 연오랑과 세오녀는 데려왔나요?”

“연오랑과 세오녀는 왜의 섬에서 왕과 왕비가 되었습니다. 데려올
수 없었습니다.”

“앗! 왕과 왕비. 어떻게 그런 놀라운 일이?”

“왕과 왕비가 되어 네 섬을 다스리기에 이르렀습니다. 또한 뭍으로
군사를 보내 땅을 넓히고 있어서 앞으로 그곳에 옮겨 갈 것이라고 말
했습니다.”

“그게 정말이오?”

"그들 군사의 힘은 우리 사로국에 버금갈 것입니다. 바람이 순하고 바다가 잔잔해도 밤낮 사흘이나 걸리는 저편에 있으니 우리가 쉽게 다루지 못할 곳입니다."

"그래, 어떻게 되었소?"

"그는 본래 우리나라 사람입니다. 그들 부부는 대왕께서 보낸 사신이 왔다고 소신을 크게 반가워하면서 대왕께 바치는 예물로 비단 두 필을 보냈습니다. 그 예굴로써 제사하면 하늘은 반드시 받아들일 것이라 믿습니다."

"잘했소. 정말 제사로 해와 달의 정기가 돌아올까요?"

"하늘과 땅이 생기면서 온갖 재앙이 일어났고 사람이 살자마자 제사가 있었습니다. 재앙은 때가 되면 물러날 것이지만 제사로써 재앙을 물리친다는 백성의 굳은 믿음은 앞으로 천년이 흐르고 이천년을 지나도 결코 사라지지 않을 것입니다. 간절한 믿음을 이치로 말하여 뒤엎을 까닭이 있겠습니까? 소신이 떠날 때보다는 하늘이 더 맑아지고 햇살이 더 쨍쨍합니다. 이제 머뭇거리지 마십시오. 흑시나 제사 지내기 전에 해가 제 모습을 찾아 버리면 때를 놓치는 것입니다. 하루빨리 제사를 지내 이 서라벌과 삼한 땅에 대왕의 공적을 높이소서."

"때를 놓치는 것이라…. 하면, 가져온 비단 예물을 좀 구경합시다. 쓸 만한 물건이던가요?"

"대왕과 왕비 앞에서단 풀어 보라 해서 저도 아직 보지 못했습니다. 여기 가져왔습니다."

벌휴가 비단이 담긴 상자를 건네자 왕비가 받아서 봉한 것을 뜯어 뚜껑을 열고 보자기를 풀어 비단을 펼쳤다.

비단을 보자 대왕이 소리쳤다.

"아이고, 눈부시네."

윤기 흐르는 그 비단의 찬란하고 화려함은 이루 말로써 나타낼 수 없었다. 한동안 놀라움으로 입을 딱 벌렸던 왕비가 정신을 차리고 더 활짝 펴서 장대에 내걸었다. 비단폭에는 이제 막 아침 바다에 솟아오른 해와 그 해가 낳은 삼족오가 날개를 펴서 힘차게 날아오르는 모습이 수놓아져 있었다.

왕이 다시 말했다.

"아하! 참으로 대단하구려. 정말 대단해. 나는 사라진 해의 정기가 이 비단폭을 타고 우리 땅에 다시 나타날 것을 굳게 믿소."

"소신도 놀랐습니다. 저쪽에서 왕비는 이 비단을 건네줄 때 마음의 수를 놓는 데 며칠 밤을 새웠는지 모른다고 했습니다. 그 마음의 수란 이제 보니 마음을 모아 수놓았다는 뜻이었습니다."

"온갖 정성을 모아 한 올 한 올 짠 비단, 한 땀 한 땀의 수, 이제야 그 갸륵한 마음씨를 느낄 수 있소. 참으로 착한 아가씨였던 것을….."

"대왕이시여, 이 빛나는 해와 힘이 넘치는 삼족오를 보십시오. 삼족오가 해를 떠나 하늘을 훨훨 날고 있지 않습니까? 이는 바로 옛 조선으로부터 물려받은 살아 있는 기운이 이 땅에서 날아오르는 모습입니다. 이로써 제사 지내면 백성들의 마음이 하나로 모아지고 대왕께 더욱 충성하는 마음이 일어나 사로국은 천년을 이어 갈 것입니다."

"그렇구나. 고맙소, 세오녀! 내가 그 옷을 제대로 찾아 입었다면 결코 오늘과 같은 재앙은 없었을 것인데. 나쁜 놈 홍두, 홍패."

왕비가 입을 비쭉이며 말했다.

"홍매는 왜 말씀 안하십니까? 아니, 그보다 대왕께서 착한 규수 세 오녀를 제2왕비로 삼았으면 좋았을 터인데 이제 어쩌렵니까? 그녀가 제2왕비가 아닌 진짜 왕비, 제1왕비가 되었다니…."

"질투하지 마오. 여자의 질투는 꿈에서도 소름이 끼쳐요. 어서 남은 한 필도 펼쳐 보시오."

왕비가 두 번째 비단을 펼쳤다. 그 비단에는 이제 막 떠오른 보름달이 새겨져 환하게 웃고 있었다. 한순간에 방 안에는 평온하고 아늑한 기운이 퍼져 나갔다.

그녀가 소리쳤다.

"세상에! 세상에! 이렇게 아름다운 보름달이라니. 대왕! 머리가 땅하고 세상이 빙빙 도는 것 같아 무슨 말을 해야 할는지 모르겠네요. 나 같은 잘생긴 여자가 이 비단으로 지은 옷까지 차려입는다면 세상에 어느 남자가 반하지 않으리요. 대왕도 이 자리에서 아주 녹아 버릴 테지. 정말 좋네, 정말 좋아."

"잘생기신 왕비! 어느 남잔들 반하지 않으리라고 하셨소? 세상 남자가 모두 반해야 마음에 차겠소? 정말 엄청난 허영이오. 왕비답게 마음을 다독이세요."

"장군, 들어 보세요. 대왕은 내 말 끝날 때마다 꼬투리 잡지 못해 안달이 난 것 같지 않소? 언젠가 넓은 대궐로 들라는 말을 꼬투리 잡아 그 못된 홍매를 불러들였다니까요. 정말 기가 막혀."

벌휴가 쉽게 다음 말을 잇지 못하여 머뭇거리는 사이에 대왕이 점 잖게 말했다.

"이 비단은 우리 옷 해 입으라고 보낸 것이 아닙니다. 백성의 마음을 비추고 서라벌 구석구석을 비추는 해와 달을 다시 찾으라고 보낸 것이오. 여기 해가 우리의 승리와 번영의 뜻을 담았다면 이 달은 만백성의 희로애락을 그린다고 생각하오. 모든 것은 나를 위해서가 아니라 만백성을 위해 있다는 것을 깨닫게 합니다. 이 두 필 비단으로 하늘에 제사 지냅시다. 6부에 기별해서 촌장들을 모셔 제사 일을 의논하는 화백을 열겠소. 일관을 들게 하고 중신들도 모으세요."

화백이 열려 6부의 촌장들과 조정 중신이 모이고 일관도 불려왔다.

대왕이 말했다.

"벌휴 장군이 짐의 명으로 왜국토평대장군에 올라 군선을 끌고 바다를 건너 왜 땅을 다녀왔습니다. 먼저 장군의 이야기를 들어 봅시다."

"소장이 군선과 군사들을 이끌고 왜로 건너갔습니다. 바다가 아주 조용하고 바람이 순하여 사흘 만에 저쪽에 닿았습니다."

촌장들은 생각보다 멀다고 느꼈던지 저마다 입을 딱 벌렸다.

"그곳은 섬이었습니다. 말이 섬이지 우리 사로국만큼 컸습니다. 연오랑은 그곳의 왕이 되고 세오녀는 왕비가 되었습니다."

"왕이라니?"

"왕과 왕비?"

모두가 깜짝 놀라며 입을 다물지 못한다.

"그뿐 아닙니다. 저들은 이미 뭍으로 군사를 끌고 가서 백 리의 땅을 아우르고 수천의 백성들을 모았다고 했습니다. 연오랑과 세오녀는 데려올 수 없었습니다. 연오랑은 자기가 탈해이사금의 후손이라 밝히고 한 핏줄인 우리가 싸우지 말자며 왕비가 짠 비단을 바쳤습니다. 이 비단에는 해와 달이 수놓아져 있습니다. 또한 해에서 태어나 세상 밖으로 날아가는 삼족오도 함께 있습니다. 이 비단을 한번 보시고 어떻게 했으면 좋을는지 말씀해 주십시오."

벌휴는 비단을 펼쳤다. 해를 수놓은 비단과 달을 수놓은 비단이 나란히 장대에 내걸리자 여섯 촌장들은 놀라고 두려워하며 눈을 떼지 못했다.

한 촌장이 말했다.

"대단하네요. 일찍이 해와 달의 정기가 사라진 것은 연오랑과 세오녀가 왜로 가 버렸기 때문이라고 일관이 말했습니다. 오늘 일관이 이 자리에 나왔으니 다시 한번 들어 봅시다.

여러 촌장들이 같은 뜻이어서 일관이 나섰다.

"비단에 해와 달이 수놓아져 있고 그 비단이 우리 손에 있습니다. 그렇다면 해와 달의 정기는 이미 우리에게 돌아왔습니다. 며칠 전부터 해의 광채가 조금씩 살아나는 듯했는데 이제 보니 비단이 배로 실려 와 이 땅에 내려지면서 그렇게 되었던 것입니다. 연으랑과 세오녀가 살던 저 도기야의 바다가 내려다보이는 못 가에서 이 비단을 놓고 하늘에 제사 지내면 그 정기가 더 또렷하게 살아날 것입니다."

여러 촌장이 모두 찬성했다. 하늘과 백성의 마음을 달래는 것에 제사가 가장 좋다고 알기 때문이다. 벌써 거리에는 벌휴 대장군이 해와 달이 수놓인 세오녀의 비단을 가져왔으며 그것으로 하루빨리 제사 지내 하늘의 미움을 풀어야 한다는 말이 돌고 있었다.

왕명을 받은 벌휴는 말을 달려 도기야 언덕 위를 빠짐없이 돌아보니 못이 셋 있었다. 그 가운데서 둘은 남쪽 누을이란 마을 가까이 있어 하나는 논밭에 물을 대주고 다른 하나는 도랑으로 아래쪽 못에 물을 흘러 보냈다. 작은 도랑을 따라가니 바다가 가까이 보이는 언덕의 북쪽에 또 하나의 못이 있었다.

함께 간 마을 노인이 말했다.

"이 못은 일찍이 옛 할아버지들이 하늘의 해와 달에게 제사하던 곳입니다. 그래서 *해와 달의 못이라 하고 이 들녘을 큰 제사 올리는 들, 도기야都祈野라 불렀지요. 한때 그 제사가 끊겼으나 철부라는 훌륭한 장군이 다시 일으켜 삼족오가 알을 깔 둥지를 마련했던 거죠. 우리가 듣기로 철부의 아들이 왜의 왕이 되었다니 그 삼족오가 도와주지 않았겠습니까?"

"그것 참, 이 못이 이미 해와 달의 정기를 품고 있군요."

"그 정기가 아직 그대로 살아 있으니 새로운 대왕도 이 성스러운 곳에서 나타날 것이라는 말이 있습니다."

벌휴는 마을 노인을 돌려보내고 혼자 중얼거렸다.

"정말로 해와 달의 정기를 품었는지 새로운 왕이 어떤지는 따질 것 없다. 백성이 품었다면 품은 것이고 백성의 입으로 새 왕이 나타난다면 반드시 나타날 테니 여기가 바로 제사 지낼 곳이다. 사방이 시원하게 트여 아주 좋아 보이는구나."

벌휴는 못가에 서서 바다를 내려다보았다. 바다에서 불어오는 바람이 지나가자 이리저리 무리지어 자라난 싱싱한 억새풀이 흐느낀다. 이 언덕을 누비던 연오랑의 꿈은 먼 바다를 건너 왜로 떠나갔다. 그는 바람을 안고 서서 두 팔을 활짝 펴고 하늘로 향해 크게 외쳤다.

*일월(日月) 못, 일월지(日月池)

"이 언덕에 부는 바람은 누구의 것입니까? 탈해이사금의 손자 벌휴의 것이 맞습니까?"

벌휴가 왜에서 돌아오고 닷새째 날 새벽에 제사가 치러졌다. 대왕과 왕비, 6부 촌장과 중신들과 일관이 함께 모였다. 시원한 바닷바람이 짠 냄새를 듬뿍 담아 언덕 위로 불어오고 있었다. 일관이 집사로 나서서 왕이 초헌初獻하고 6부 촌장 한 사람 한 사람의 아헌亞獻을 거쳐 벌휴가 종헌終獻하여 제사가 치러졌다. 장차 아달라가 아들을 생산하지 못한다면 이르써 벌휴가 다음 이사금 자리에 오르도록 정해진 것이나 마찬가지였다.

차례로 잔을 올리고 마지막으로 귀신을 배웅하는 예가 치러질 때를 맞춰 해가 떠올랐다. 구름 한 조각 없는 맑은 하늘에 둥근 해가 힘차게 솟아올라 바다를 온통 붉게 물들였다. 어제와는 다른, 터 맑아진 하늘과 더 빛나는 해였다.

높이 내걸린 삼족오의 형상도 남쪽에서 불어오는 따뜻한 바람을 따라 나부끼는 비단폭에 실려 마치 하늘을 주름잡을 듯 힘차게 날갯짓하고 있었다.

"해가 떴다. 해가 떴다. 해가 떴다."

사로국 여기저기에서 우렁찬 함성이 번져 갔다. (끝)

영일만을 안고 있는 이 고장에서는 해와 달과 연오랑과 세오녀의 이름을 딴 갖가지 지명이 생겨났다. 일월日月 못, 일월日月리, 오천烏川읍, 영일迎日군, 연일延日읍, 오천烏川리, 근기국 옛 땅에 사로국이 설치했다는 근오지현近烏支縣, 일일이 헤아리기 번거로울 만큼 많다. 동해면 도구리의 도구都邱란 지명은 도기야都祈野의 발음이 변한 것으로 믿어진다.

삼국사기에 따르면 벌휴伐休는 AD 184년에 자식 없는 아달라이사금을 계승하여 사로국 아홉 번째 왕으로 즉위했고 재위 기간은 13년이다. 그의 왕위는 손자인 내해이사금奈解尼師今으로 이어졌다.

학자들은 신라계 사람들도 백제나 고구려계 사람들에 비하면 늦기는 하지만 역시 왜로 건너가 철기, 벼농사와 직조, 그 밖의 선진 문물을 전파하고 이즈모[出雲] 등지에 여러 식민지를 건설했다고 말하고 있다.

이 소설에서 '도기야 언덕'으로 불리는 곳은 필자가 태어날 때만 해도 마을과 논밭, 동양 최대의 포도밭, 숲, 소나 말을 풀어 놓는 풀밭, 공동묘지 등이 자리 잡고 있었다. 나는 초등학교에 진학하기 전해이던 여섯 살 때 짧은 비탈길을 올라 그 언덕의 일부로 우리 마을 지

척에 있던 '마장터'라 부르는 풀밭에서 놀았던 것을 기억한다. 이 마장터는 마을 머슴애들이 새끼를 감아 만든 짚뿔을 차고 온갖 놀이를 즐기는 운동장이고 놀이터였다. 마을 사람들이 정월대보름날 달맞이하는 곳이기도 했다.

제2차 세계대전 중이던 1940년대 초반에 일제는 이 평화롭던 언덕에 군용 비행장을 만들었다. 영일군 오천면이란 지명에 따라 공식적으로는 영일 비행장이라 했고, 이곳 주민들은 흔히 오천 비행장이라 불렀다. 비행장에 들어가지 않았던 남쪽 끝의 내가 놀러 갔던 마장터에도 마침내 병영이 세워지고 마을 가운데를 뚫고 지나는 진입로에 물려 1943년 겨울에 필자가 태어났던 집이 뜯겼다.

광복 후 이 군사 기지에는 국방경비대와 그를 이은 국군 어느 연대가 주둔하였다가 6·25 전쟁 때 미 해병 항공단이 북으로 출격하는 전폭기의 기지로 썼다. 휴전이 되자 미군이 돌아가고 국군 해병대가 물려받아 그 요람으로 삼으면서 오늘에 이르렀다. 해병대는 기지 규모를 더 넓혀 지금은 언덕의 거의 모두를 차지하고 있으나 연오랑 서오녀 전설이 깃든 일월지日月池는 문화 유적으로 보존하여 온다. 비행장은 현재 민간 공항으로 겸용되고 있다.

이 언덕이 오랫동안 군사 기지로 활용되었던 것은 수심이 깊고 파도가 낮은 영일만을 바로 옆에 끼고 있어 대규모 해상 군수 지원이 쉬운 지리적 조건 때문이라고 들었다. 나는 실제로 6·25 전쟁 당시 엄청난 미군 군수 물자를 대형 상선으로 실어 와 영일만에 정박시켜 놓고 마치 배처럼 생긴 수륙 양용 트럭에 실어 길 건너의 기지 안으로 옮기는 광경을 여러 차례 보았다.

　1970년대에 건설된 포항제철소는 이 언덕에서 내려다보이는 옛날의 어링불 서쪽 절반을 깔고 앉아 있어 그 동쪽으로 접한 포항 신항에는 수만 톤짜리 배에 실린 철광석과 석탄, 철강 제품이 끊임없이 들락거린다.

　나는 삼국유사에 실린 한 편의 전설 안에 깃들어 있을는지도 모르는 까마득한 옛날을 이 역사소설로 그려 보았다. 한 가닥 고구마뿌리를 들춰 주렁주렁 매달린 고구마를 줍듯이 신기한 설화로써 숨겨진 역사를 찾고자 하는 마음에서였다. 이 소설이 어쩌면 잃어버린 옛 일을 그 설화보다 훨씬 더 실재에 가깝게 그려냈을지도 모른다.

2016. 5. 9.

일연과 삼국유사

성홍근 역사소설

연오랑 세오녀

2016년 7월 10일 초판 1쇄 인쇄
2016년 7월 15일 초판 1쇄 발행
지은이 · 성홍근
펴낸이 · 이미례 | **펴낸곳** · (주)학은미디어
주　소 · 서울 양천구 오목로 128, 302호
전　화 · 02)2632-0135~7 | 팩　스 · 02)2632-0151
등록번호 · 제13-673호

편집책임 · 육은숙
디자인 · YP-design
ⓒ 2016, 성홍근, (주)학은미디어
ISBN 978-89-8140-600-4　03810